「十三五」国家重点图书出版规划项目
国家社会科学基金重大项目「中国近代日记文献叙录、整理与研究」
（项目编号：18ZDA259）阶段性研究成果

中国近现代稀见史料丛刊【第八辑】

张剑 徐雁平 彭国忠 主编

英和日记

(清)英和 著

郑小悠 校释

本辑执行主编 徐雁平

凤凰出版社

图书在版编目（CIP）数据

英和日记 / (清) 英和著 ; 郑小悠校释. -- 南京 : 凤凰出版社, 2021.10
（中国近现代稀见史料丛刊. 第八辑）
ISBN 978-7-5506-3469-5

Ⅰ. ①英… Ⅱ. ①英… ②郑… Ⅲ. ①日记－作品集－中国－清代 Ⅳ. ①I264.9

中国版本图书馆CIP数据核字(2021)第147690号

书　　名	英和日记
著　　者	(清)英　和 著　郑小悠 校释
责任编辑	樊　昕
装帧设计	姜　嵩
出版发行	凤凰出版社(原江苏古籍出版社) 发行部电话025-83223462
出版社地址	江苏省南京市中央路165号,邮编:210009
出版社网址	http://www.fhcbs.com
照　　排	南京凯建文化发展有限公司
印　　刷	江苏凤凰通达印刷有限公司 江苏省南京市六合区冶山镇,邮编:211523
开　　本	880毫米×1230毫米　1/32
印　　张	8
字　　数	208千字
版　　次	2021年10月第1版
印　　次	2021年10月第1次印刷
标准书号	ISBN 978-7-5506-3469-5
定　　价	78.00元

(本书凡印装错误可向承印厂调换,电话:025-57572508)

袁行霈先生题辞

「音实难知，知实难逢，逢其
知音，千载其一乎！」（文心雕龙·
知音）今读新编稀见史料丛
刊，真有治学知音之感也。

傅璇琮谨书

二〇一二年

傅璇琮先生题辞

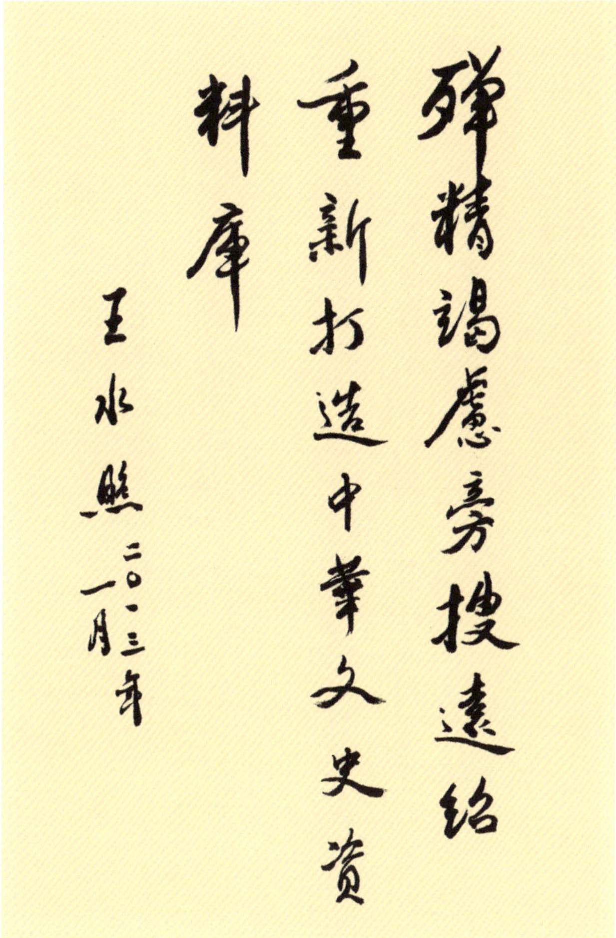

王水照先生题辞

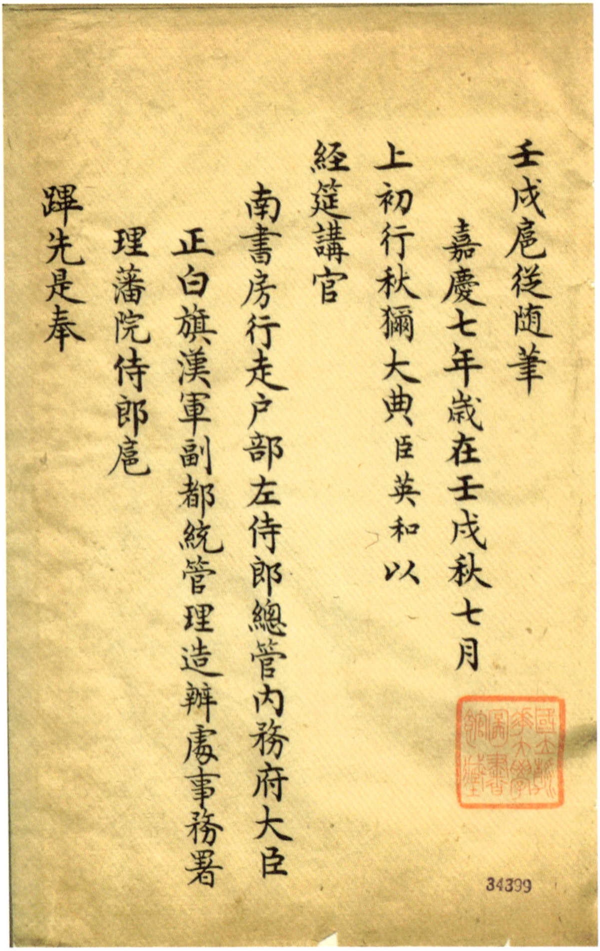
壬戌扈從隨筆

嘉慶七年歲在壬戌秋七月

上初行秋獮大典臣英和以

經筵講官

南書房行走戶部左侍郎總管內務府大臣

正白旗漢軍副都統管理造辦處事務署

理藩院侍郎扈

蹕先是奉

《壬戌扈从随笔》

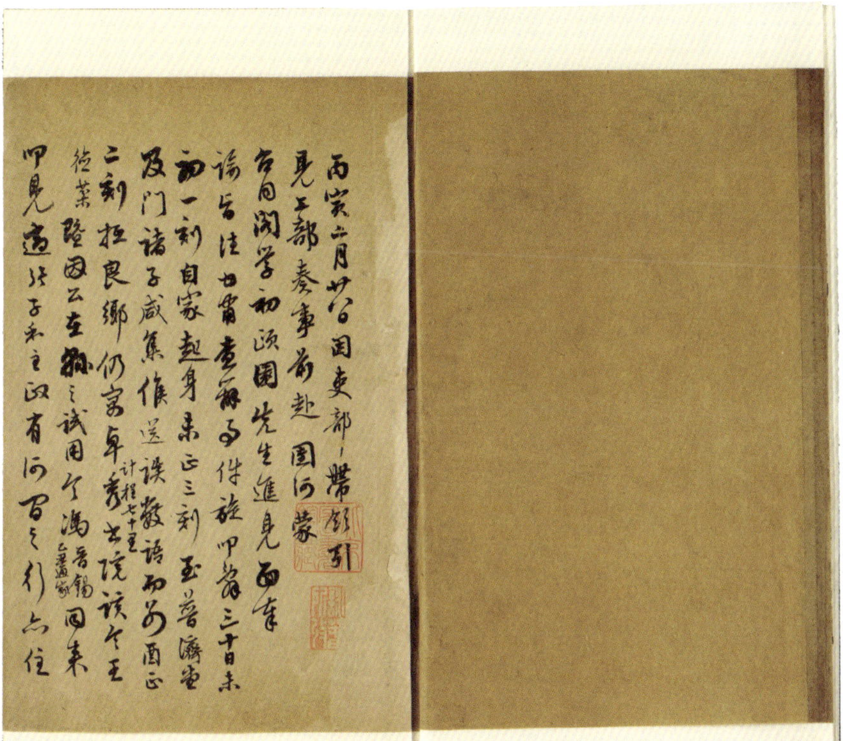

《奉使陕甘日记》1

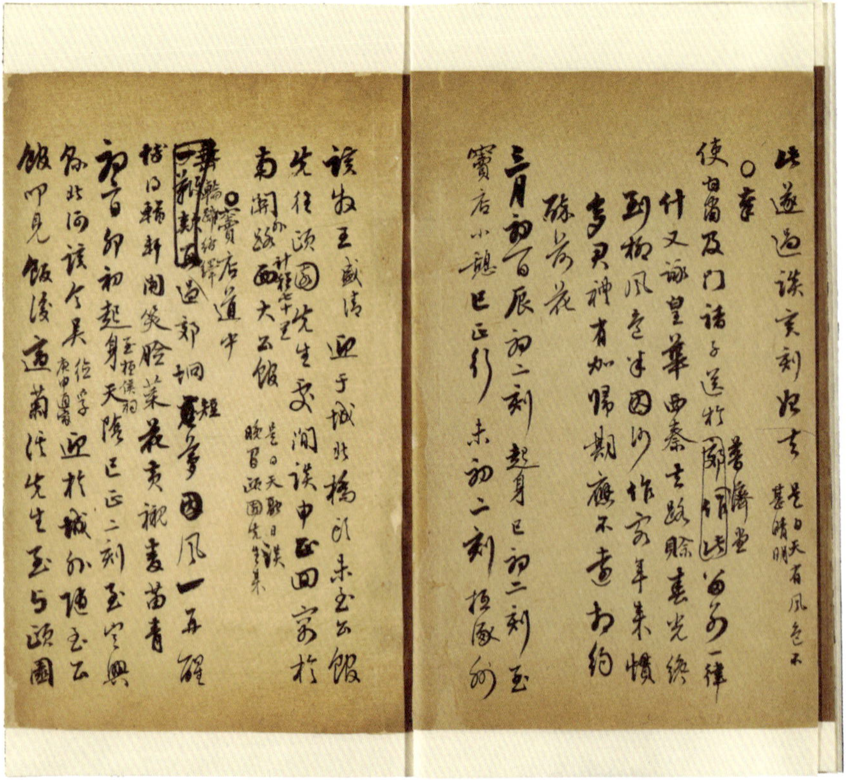

《奉使陕甘日记》2

《中国近现代稀见史料丛刊》总序

在世界所有的文明中，中华文明也许可说是“唯一从古代存留至今的文明”（罗素《中国问题》）。她绵延不绝、永葆生机的秘诀何在？袁行霈先生做过很好的总结：“和平、和谐、包容、开明、革新、开放，就是回顾中华文明史所得到的主要启示。凡是大体上处于这种状况的时候，文明就繁荣发展，而当与之背离的时候，文明就会减慢发展的速度甚至停滞不前。”（《中华文明的历史启示》，《北京大学学报》2007 年第 1 期）

但我们也要清醒看到，数千年的中华文明带给我们的并不全是积极遗产，其长时段积累而成的生活方式与价值观具有强大的稳定性，使她在应对挑战时所做的必要革新与转变，相比他者往往显得迟缓和沉重。即使是面对佛教这种柔性的文化进入，也是历经数百年之久才使之彻底完成中国化，成为中华文明的一部分；更不用说遭逢“数千年来未有之变局”、“数千年未有之强敌”（李鸿章《筹议海防折》），“数千年未有之巨劫奇变”（陈寅恪《王观堂先生挽词序》）的中国近现代。晚清至今虽历一百六十余年，但是，足以应对当今世界全方位挑战的新型中华文明还没能最终形成，变动和融合仍在进行。1998 年 6 月 17 日，美国三位前总统（布什、卡特、福特）和二十四位前国务卿、前财政部长、前国防部长、前国家安全顾问致信国会称：“中国注定要在 21 世纪中成为一个伟大的经济和政治强国。”（徐中约著《中国近代史》上册第六版英文版序，香港中文大学 2002 年版）即便如此，我们也不能盲目乐观，认为中华文明已经转型成功，相反，中华文明今天面对的挑战更为复杂和严峻。新型的中华文明到底会怎样呈现，又怎样具体表现或作用于政治、经济、文化等层面，人们还在不断探索。这个问题，我们这一代恐怕无法给出答案。但我们坚信，在历史上曾经灿烂辉煌的中华文明必将凤凰浴火，涅槃重生。这既是数千年已经存在的中华文明发展史告诉我们的经验事实，也是所有为中国文化所化之人应有的信念和责任。

不过，对于近现代这一涉及当代中国合法性的重要历史阶段，我们了解得还过于粗线条。她所遗存下来的史料范围广阔，内容复杂，且有数量庞大且富有价值的稀见史料未被发掘和利用，这不仅会影响到我们对这段历史的全面了解和规律性认识，也会影响到今天中国新型文明和现代化建设对它的科学借鉴。有一则印度谚语如是说："骑在树枝上锯树枝的时候，千万不要锯自己骑着的那一根。"那么，就让我们用自己的专业知识与能力，为承载和养育我们的中华文明做一点有益的事情——这是我们编纂这套《中国近现代稀见史料丛刊》的初衷。

书名中的"近现代"，主要指 1840—1949 年这一时段，但上限并非以一标志性的事件一刀切割，可以适当向前延展，然与所指较为宽泛的包含整个清朝的"近代中国"、"晚期中华帝国"又有所区分。将近现代连为一体，并有意淡化起始的界限，是想表达一种历史的整体观。我们观看社会发展变革的波澜，当然要回看波澜如何生，风从何处来；也要看波澜如何扩散，或为涟漪，或为浪涛。个人的生活记录，与大历史相比，更多地显现出生活的连续。变局中的个体，经历的可能是渐变。《丛刊》期望通过整合多种稀见史料，以个体陈述的方式，从生活、文化、风习、人情等多个层面，重现具有连续性的近现代中国社会。

书名中的"稀见"，只是相对而言。因为随着时代与科技的进步，越来越多的珍本秘籍经影印或数字化方式处理后，真身虽仍"稀见"，化身却成为"可见"。但是，高昂的定价、难辨的字迹、未经标点的文本，仍使其处于专业研究的小众阅读状态。况且尚有大量未被影印或数字化的文献，或流传较少，或未被整合，也造成阅读和利用的不便。因此，《丛刊》侧重选择未被纳入电子数据库的文献，尤欢迎整理那些辨识困难、断句费力、裒合不易或是其他具有难度和挑战性的文献，也欢迎整理那些确有价值但被人们习见思维与眼光所遮蔽的文献，在我们看来，这些文献都可属于“稀见”。

书名中的“史料”，不局限于严格意义上的历史学范畴，举凡日记、书信、奏牍、笔记、诗文集、诗话、词话乃至序跋汇编等，只要是某方面能够反映时代政治、经济、文化特色以及人物生平、思想、性情的文献，都在考虑之列。我们的目的，是想以切实的工作，促进处于秘藏、边缘、零散等状态的史料转化为新型的文献，通过一辑、二辑、三辑……这样的累积性整理，自然地呈现出一种规模与气象，与其他已经整理出版的文献相互关联，形成一个丰茂的文献群，从而揭示在宏大的中国近现代叙事背后，还有很多未被打量过的局部、日常与细节；在主流周边或更远处，还有富于变化的细小溪流；甚至在主流中，还有漩涡，在边缘，还有静止之水。近现代中国是大变革、大痛苦的时代，身处变局中的个体接物处事的伸屈、所思所想的起落，藉纸墨得以留存，这是一个时代的个人记录。此中有文学、文化、生活；也时有动乱、战争、革命。我们整理史料，是提供一种俯首细看的方式，或者一种贴近近现代社会和文化的文本。当然，对这些个人印记明显的史料，也要客观地看待其价值，需要与其他史料联系和比照阅读，减少因个人视角、立场或叙述体裁带来的偏差。

知识皆有其价值和魅力，知识分子也应具有价值关怀和理想追求。清人舒位诗云“名士十年无赖贼”（《金谷园故址》），我们警惕袖手空谈，傲慢指点江山；鲁迅先生诗云“我以我血荐轩辕”（《自题小像》），我们愿意埋头苦干，逐步趋近理想。我们没有奢望这套《丛刊》产生宏大的效果，只是盼望所做的一切，能融合于前贤时彦所做的贡献之中，共同为中华文明的成功转型，适当“缩短和减轻分娩的痛苦”（马克思《资本论》第一卷第一版序言）。

《丛刊》的编纂，得到了诸多前辈、时贤和出版社的大力扶植。袁行霈先生、傅璇琮先生、王水照先生题辞勖勉，周勋初先生来信鼓励，凤凰出版社姜小青总编辑赋予信任，刘跃进先生还慷慨同意将其列入“中华文学史史料学会”重大规划项目，学界其他友好也多有不同形式的帮助……这些，都增添了我们做好这套《丛刊》的信心。必须一提的是，《丛刊》原拟主编四人（张剑、张晖、徐雁平、彭国忠），每位主编负责一辑，周而复始，滚动发展，原计划由张晖负责第四辑，但他尚未正式投入工作即于 2013 年 3 月 15 日赍志而殁，令人抱恨终天，我们将以兢兢业业的工作表达对他的怀念。

《丛刊》的基本整理方式为简体横排和标点（鼓励必要的校释），以期更广泛地传播知识、更好地服务社会。希望我们的工作，得到更多朋友的理解和支持。

2013 年 4 月 15 日

目　录

前　言

本书点校、注释日记两种，作者均为清代嘉庆、道光年间重臣英和，故统名以《英和日记》。

第一种即《壬戌扈从随笔》（以下称《随笔》），稿本，一卷，上下两册，现藏清华大学图书馆，收入《清华大学藏稿钞本日记丛刊》。全文正楷撰写，无格，半页八行，每行十六字，“弦”“炫”二字缺末笔，每册首、尾均钤“国立清华大学图书馆藏”朱文印。全文约一万字，所记为嘉庆七年（壬戌，1802 年）秋，英和随扈皇帝木兰秋狝及拜谒东陵诸事，随文录自作诗三十八题、四十二首，含应制诗二十题、二十首；另附同僚、友人诗二十一首。逐日而记，无所缺漏。

第二种即《奉使陕甘日记》（以下称《日记》），稿本，一卷，一册，现藏国家图书馆，收入《国家图书馆藏钞稿本日记选编》。全文行草撰写，无格，半页九行，每行字数不等，内多双行小字及单行夹注，“泫”“弦”二字缺末笔，正文前一页有“西来牟尼”四大字。卷首钤“咏春所收”白文印，“咏春”为同治时凤阳府知府、篆书名家杨沂孙之号，可知本书曾为杨氏收藏；卷首、尾均钤“北京图书馆藏”朱文印。全文约两万字，所记为嘉庆十一年（丙寅，1806 年），英和奉旨偕内阁学士初彭龄赴甘肃查办案件的沿途情形，并录己诗六十四题、七十二首。途中逐日而记，惟审办案件及会商政务之处，或统而言之，不以日次为序。

一、两种日记的主要内容与史料价值

1. 关于《壬戌扈从随笔》

《随笔》记述嘉庆七年秋，英和随扈皇帝木兰秋狝及拜谒东陵诸事：当年农历七月二十日，嘉庆皇帝从圆明园启跸，经南石槽、密云、要亭子、两间房、常山峪、喀喇河屯六行宫，至避暑山庄，居住二十天。中秋后一日赴木兰围场，经中关、波罗河屯、张三营三行宫进入哨门，举行了长达十五天的围猎活动。围猎范围主要涉及木兰七十二围中，东南界、东界、东北界、南界的十三个围场，即：永安莽喀佛勒、巴颜喀拉佛勒、巴雅尔额尔滚郭佛勒、巴颜布尔哈苏台佛勒、巴颜沟佛勒、莫尔根约络佛勒、巴颜木墩佛勒、德尔济佛勒、必图舍利佛勒、阿吉格鸠佛勒、莫而根经克乃佛勒、颇赖佛勒、塔里雅图佛勒。围猎结束后，皇帝先回到避暑山庄，继而经喀喇河屯、常山峪、两间房、要亭子、密云、丫髻山、盘山、隆福寺八行宫，至东陵拜谒。复经桃花寺、白涧、烟郊三行宫，至九月二十三日返回圆明园，历时两月有余。秋狝期间，嘉庆皇帝接见热河、东三省文武官员，宴请了喀尔喀蒙古黄教领袖哲普尊丹巴呼土克图，及众多蒙古王公。又接到经略额勒登保、参赞德楞泰等剿灭白莲教首领苟文明、蒲添宝各部的奏报，是为嘉庆初年平定白莲教起义的标志性事件。

这是嘉庆皇帝亲政后首次举行的木兰秋狝，规模很大。木兰秋狝是清王朝整军精武、抚绥北方各民族的重要手段，在康熙、乾隆、嘉庆三朝屡次举行，多位亲历者留下日记。著名者如高士奇《松亭行纪》记康熙二十年事，查慎行《陪猎笔记》、汪灏《随銮纪恩》记康熙四十二年事，张玉书《扈从赐游记》记康熙四十七年事，胡季堂《扈从木兰行程日记》记乾隆四十一年事，朴趾源《热河日记》记乾隆四十五年事，柳得恭《滦阳录》记乾隆五十五年事。其中高士奇、查慎行、汪灏、张玉书均为康熙帝身边的汉族侍从文人，除张玉书时任大学士外，余皆南书房翰林。胡季堂时任刑部左侍郎，是刑部随驾办事的堂官，与皇帝直接接触较少。而朴趾源、柳得恭则是朝鲜派来庆贺乾隆皇帝寿诞的使团成员，以外来者的视角，审视乾隆皇帝在热河的各项活动。相比之下，英和在嘉庆七年木兰秋狝中的角色要复杂、重要得多，这一年，只有三十一岁的英和以经筵讲官、南书房行走、户部左侍郎、总管内务府大臣、正白旗汉军副都统、管理造办处事务、署理藩院侍郎扈跸，既是皇帝的文学侍从，又是外朝高级官员，还是皇室家务的大总管，并与嘉庆帝的侄子荣郡王绵亿一起担任管围大臣。作者的角色多元，自然伴生着写作视角的不断切换，这是《随笔》区别于其他几部木兰亲历日记的最重要特点。

《随笔》虽然篇幅不长，但涉及到清代巡行体制、宫廷生活、职官事权、满蒙关系、君臣互动、士大夫群体交往、行宫与围场地理状况、围猎路线与过程等大量信息，且多寓于细节记述之中。今根据英和的年谱、笔记、诗集，以及实录、档案、方志、传记等史料，将其标点、注释一过，供读者与康乾时期各木兰亲历日记参阅互鉴，或可对相关问题的研究稍有助益。

2. 关于《奉使陕甘日记》

《日记》所述为嘉庆十一年英和作为钦差赴甘肃查办案件事：当年农历二月二十八日，时任工部侍郎的英和与内阁学士初彭龄一起奉旨，到甘肃审理正宁知县徐振鹏受贿案。途中又迭次奉旨，加审庄浪满营马甲伊经额诉凉州副都统成明受贿案、正宁县民刘启印控告典史王阎芝得贿屈断案、山西文水县监生韩震控案、山西平遥县民张丙乙控该县户书白光玢等浮收匿灾案，并受命与山西、陕西、甘肃三省督抚会商改革河东盐政诸事。二月三十日，英和一行由京师出发，道经直隶顺天府、保定府、定州、正定府、承德府(去程未经)，山西平定州、太原府、汾州府、霍州、平阳府、绛州、解州、蒲州府，陕西同州府、西安府、乾州、凤翔府，甘肃庆阳府、泾州、平凉府、巩昌府、兰州府，计四省二十二府(直隶)州，赴避暑山庄缴旨后返京，历时近半年。《日记》中有《咏归》一首，谓："来时堤畔柳才黄，归日盆中桂已香。十六旬余何所获？新髯颏下数茎长。"尽道旅况客怀，宦途奔波。

英和此行的目的性很强，是为审理五桩京控大案，并与沿途督抚商讨盐政，但《日记》中涉及到刑案、政务办理过程的内容却很少，甚至连案由、结果也没有交代，只笼统点出"审讯""得实""画供""拜折"

的时间，案件的具体内容，需与英和《年谱》及奏折、实录、上谕档的记载相对照。这样的记述方式，在清代高级官员的日记中是具有代表性的。一则儒家意识形态下的古代读书人，往往以仁人君子自居，杀人、刑人非其乐为，而与簿书、吏役、犯人为伍，更是风尘俗吏的勾当，英和出身四世五翰林之家，对“清”“浊”之分自然是很在意的。另外按照乾、嘉以降的行政安排，凡有外派审理大案的工作，钦差之任必由二品以上大员担当，非如此不足以挟制、弹压地方官员。至于承审案件、拟稿引例的具体工作，则多由大员们随带的刑部司官完成，人称“小钦差”。英和此行随带了明山、李于培两名刑部司官，其中李于培“在比部二十年，练习律例，执法平允”，是业务精湛的刑名老吏，当为案件审断的最主要力量。英和《日记》对案件审理记载较略，恐怕也有功非己出，不宜居之的考虑。

《日记》虽然以奉使为名，但其记述旨趣，还是文人式的，譬如津津乐道于游览名胜，大量录入沿途诗作等等。即便如此，看似流水账的记录背后，仍有许多能将制度史激活的催化剂式信息，如清中期将大量京控案件付诸钦差派审的行政成本问题。乾隆年间，地方上凡有大案付诸京控，朝廷多采取钦派军机、部院大臣带领刑部司官前往审理的做法。嘉庆中期以后，则改为先发本省督抚审理，如行复控，再派钦差。其中一个重要原因是钦差办案过于频繁，地方政府“不胜繁扰”。钦差派往地方审案，随行人员的一切公、私开支都要由地方承担，地方官往来迎送、殷勤接待，都是题中应有之义。而地方积案累累的一个重要原因就是州县办公经费不足，本衙门和上司衙门的供应使费需要由当事吏役人等承担，以致其苛索犯、证，遂有搁案之弊。外派钦差审案，无疑是给本来经费紧张的地方官署再添重负，造成恶性循环。嘉庆皇帝对此问题的认识，很大程度上来源于英和的建议。因为在六部大员中年富力强，又通达政事，英和经常作为钦差外出，嘉庆十二年，他与侍郎蒋予蒲自淮安回京缴旨，嘉庆帝便向他询问：“汝之自爱，朕稔知之，此次地方供顿当不致过费？”英和回奏：

“虽侨居两月，地方所费恐不免盈千累万。”嘉庆帝对此表示十分不可思议。英和解释说：“臣之仆御及马夫不过八人，蒋予蒲亦同，司员四人又各递减，然公馆中不能无应役者，加以巡捕、兵丁、书役等人逐日听候，所有饭食皆地方供应，其费安得不多？”是以英和在此次派审后恳请皇帝：“嗣后除督抚被揭被控不能不用钦差，此外悉交督抚审办，若不能办，朝廷安用此大吏？倘审办不公，难免复控，自有典刑在，谁能逃之？”很快，英和的这一看法转化为清廷处理京控案的基本策略。嘉庆十一年英和一行奉使甘肃，情况与次年应无不同，是以《日记》中所记沿途地方官迎送，驿站供给，官差、兵弁、仆役人等往来伺候情形，都可作为当时钦差出行成本的生动展现。这样的史料，能使学者更加直观地了解清代中期皇权欲施之基层背后的经济成本与行政效率考量，在研究中央地方关系、政府管理模式等问题时大有用处。

再则钦差奉使的行进路线、速度、方式，《日记》中都一一展现，颇可咀嚼。譬如英和一行，春秋二季，大多卯时、辰时起身，日行多则一百三四十里，少则六七十里，中途需在驿站、递铺，或繁华集镇等处打尖、换马，晚则宿于省府州县城中，住所多在公馆、书院，亦有住在官衙、考棚的情况。盛暑时则改为夜间起行，正午住宿，以借夜风凉气。再钦差二人，虽然行动路线相同，但考虑行进效率或是各自方便，白天并不同行，住宿虽在同城，又多不同馆，偶尔相邀共饮，如同拜客一般。而随带的两位刑部官员，甚至并未和钦差一起出京，直到山西平定州境内，才会合同路。又往返路上或为雨所阻，或遭遇山洪，或拜折接旨，或收寄家书，种种情事，不一而足，给读者呈现出很多意料之外又情理之中的清代官员行旅方式。与地方志中的山川、村镇、驿传、衙署、学校、祠庙、职官、选举等内容相对照，对了解清代地方行政、官员交往、交通状况、古迹民风等事，自能有所裨补。

二、从两种日记看英和的文化与身份认同

英和姓索绰络氏，又以石为汉姓，字树琴，号煦斋，世为内务府正

白旗人，生于乾隆三十六年，逝于道光十九年，享年六十八岁。英和出身贵介，其父德保官至尚书。又少年早达，二十一岁中举，次年连捷成进士、选翰林，二十八岁即列卿贰，后官至军机大臣、协办大学士，是嘉庆及道光前期政坛举足轻重的实权派。不过，英和夙性直率，不避嫌怨，且兼有兴利除弊的强烈改革愿望，又不免成了官场上的悲情人物。他曾经四进军机处，而屡起屡蹶，不能久任。最终在道光八年，因为负责督办的宝华峪陵工浸水而获罪，以近花甲之年被发往黑龙江充当苦差，并从此告别官场。《清史稿》将他与曹振镛、文孚、王鼎、穆彰阿、潘世恩并置于道光宰辅列传中，评价其身处守成之世，“通达政体，遇事有为，而数以罪黜”“才不竟用”，可谓中肯持平之论。

英和性格的塑造，宦途的穷通，和他的出身背景有很大关系。他所在的索绰络家族，是清中期最重要的内务府科举世家，清人或是当代研究者谈及英和，往往强调其家族“起家词林，为八旗士族之冠”的清贵属性，却常常忽略其作为皇帝私人奴仆的内务府近臣角色。而英和本人，也终生纠结在这矛盾的双重身份认同之中，可以说成也由此，败也由此。

1.《奉使陕甘日记》中的“八旗士族之冠”

英和家族以科举发迹，获得功名的人数之多，延续时间之长，在八旗内当居首位。雍正二年，英和伯祖富宁考中举人，开启了家族的读书科举之路，到英和之孙锡祉、锡章为止，其家族共产生进士七人、举人七人，其中最显赫者是英和本支，有所谓“四世五翰林”之目，可与同时代最顶尖的汉人文化精英家族相比肩。

在清初，旗人为高官，除世袭勋臣子弟外，以部院笔帖式、侍卫两途最佳，其中不乏出将入相者。雍正以后，八旗科举世家开始崛起，凭借其民族、文化双重优势，很快在旗人高级文官的选拔中占据有利地位。雍正、乾隆年间掌握实权，且声誉颇佳的几位重要满人大臣，如鄂尔泰、尹继善、阿桂等，都出身于这样的家族。他们通过科举师门、联姻结媾等形式，形成政治文化共同体，并与同为科举出身的汉人士大夫保持密切联系，民族认同较弱，而文化认同较强。英和的父亲德保、堂伯观保都跻身在这个集团之中，虽然在政治上没有占据核心位置，却频繁典试、教习翰林，培植了大批门生故吏，成为英和入仕后最重要的依靠力量。

在当时人看来，英和之所以在嘉庆初年飞黄腾达，盖因其父德保拒绝了权臣和珅的联姻请求，遭到打击报复，让同样被和珅欺压的嘉庆帝有同病相怜之感，故而垂注德保的独子，特加提携。事实上，乾隆后期，仅凭皇帝宠信而得以“幸进”的和珅，正备受以阿桂为首的满汉士大夫群体孤立，他急切希望通过与英和家族的联姻，打通与科举世家沟通交往的障碍，而德保拒婚，正是严以门户之见。这样的举动，除了使英和在嘉庆帝那里获得孤忠哲嗣的照拂，更为他在嘉、道年间认同日益强化的满汉政治文化精英共同体中赢得很好的口碑。

从这一视角审视，《奉使陕甘日记》更称得上是以钦差英和为中心的，清中期科举史、士大夫群体社交史的动态展现。《日记》里那些看似不经意的细节，都可作为有意思的史料，激活科举史研究。谨举三例加以说明。

第一，《日记》中英和笔触最亲切的，是父子两代通过科举师门构建的世交关系，代表人物是方维甸与那彦成。方维甸时任陕西巡抚，其父乾隆朝名臣方观承曾经作过观保、德保兄弟的业师，两家在微末时即为莫逆之交。后方维甸中乾隆四十五年进士，又以德保为座师，遂被英和称为“渊源结最深，当待孰能仿”。出京未几，英和就在直隶安肃县瞻阅了方观承的祠堂、遗像，随即写下《慈航寺观方恪敏公遗照》长诗，回忆两家旧交。途经西安、与方维甸会面时，则屡有“晚赴葆岩中丞约，亥正二刻归”，“申初，葆岩中丞过谈同饭，亥初散”，“方葆岩中丞、朱晋阶方伯约游少陵原”之类的记录。在陕甘期间，还多次委托方氏代寄、代收家信。古人习惯早起早睡，英和等人每天行程的结束时间，多在申、酉之间，而旅途奔波中竟与方维甸由申至亥，畅谈四个时辰，其关系之密切可见一斑。

那彦成是乾隆后期首辅阿桂之孙。阿桂与德保未仕时，曾同在咸安宫官学读书，那彦成本人于乾隆五十三年中举人，次年成进士，德保是其乡试座师。嘉庆十一年，那彦成因为在两广总督任内对海盗一意主抚，与皇帝意旨相悖而遭革职，被发往伊犁效力赎罪，路遇英和等人于兰州城外。《日记》记载："十九日……行至半途，遇那绎堂三兄于路旁土地，坐谈数刻，始放手。"二人分别后，英和又作《怀那绎堂前辈》诗二首，抒发对他远赴绝塞的牵挂。无论称呼、动作、诗作情感，都显得与众不同。

第二，英和一行人沿途所过省府州县，除有地方文武官员照例迎送外，那些与他们有科举师生、同年关系的人，即便处在出差、候补、乡居、卸任滞留的状态，也会前来迎送问候。为了显示这些人与自己的特殊关系，英和特意将他们的身份标识出来，注明某岁同榜（同年）、某岁通家。所谓同榜（同年），即是和他同中乾隆五十七年（壬子）顺天乡试，或乾隆五十八年（癸丑）会试之人。前者有二，后者有五。所谓通家，即英和作为嘉庆四年（己未）殿试读卷官、嘉庆五年（庚申）顺天乡试副主考，以及嘉庆十年（乙丑）会试副总裁时录取的门生。其中四年殿试一人，五年乡试二人，十年会试最多，共十五人。

英和与同年在异乡见面，相待之殷勤往往超过常例。譬如他出京当日，就在良乡遇见了另有公干的会试同年、刑部主事张夔。《日记》中写："适张子和主政有河间之行，亦住此，遂过谈，亥刻始去。"一路谈至亥刻者，除方维甸外惟此一例。再英和到太原时，受到会试同榜探花，时任山西学政陈希曾的热情接待，二人单独见面、同饭，英和还特作《留题太原学署兼简同年陈钟溪阁学》二首，叙说"旧游久已成陈迹，好友何期遇晋阳"的心意。

第三，不单这些交谊深厚的世交、同年，对于那些品秩差距很大、见面次数不多的门生，《日记》中也有专门的会面记录。三月初三日，英和一行到达出京后的第一座省城——保定，入住莲池书院后，他先接见了藩司、臬司、首府等一应大员，随后则有“试用令吴宝裕、牟安儒、王铨、包棻四人，皆乙丑通家，亦来叩见”。四人都是嘉庆十年进士，当年五月分发直隶试用，嘉庆十一年初，他们仍是在省城候缺的“试用令”，若非“通家”的特殊关系，本来是没有资格单独拜见钦差的。到八月初二日英和返程再经保定时，《日记》则仅有“包、王两通家叩见”的记录，想必吴、牟二人已经候得差事，各自赴任去了。同样是嘉庆十年进士，被分发到陕西的候补知县王森文、林庆章也在省城西安见到了座师，英和在《日记》中记到：“（六月）十一日，午初一刻拜折，即起身，将军、抚台，文武各官俱送于城外，乙丑通家王森文、林庆章单送。”时任陕西巡抚的方维甸是英和“渊源结最深”的世交挚友，这样“单送”的举动，自然能为王、林二人在陕西的发展提供潜在帮助。

按照清人说法，英和担任副主考的嘉庆十年会试可称得上是一个“响榜”，其间有官致显达者，如穆彰阿、孙尔准、那清安、宗室宝兴、郑祖琛、彭寿畴；有以学问、清才名世者，如徐松、李兆洛、姚元之、孙原湘等等。榜运之响、哑，固然有运气的缘故，但以清代科举师门相连固结、呼吸与共的风气而言，座师对门生的提携力度，与门生的仕途发展，显然是密不可分的。德保“待门生情意最挚”的家风，被英和继承下来。《日记》中提到的嘉庆十年进士，大多因为殿试名次不高，而被分发各省去做知县，按照当时的制度安排，仕途前程无法与入选翰林，或是留为部郎的同年相比。即便如此，英和尚且单独接见，且仔细记录，其待清华高第者之优厚自然更甚。

英和自道光七年失势，以致抄家遣戍、老死林泉，但门生相待，始终殷勤。他自黑龙江回京后，门生英瑞以西郊园居相赠；诗集在道光十一年由孙尔准出资刊刻，陈晋、穆彰阿、郑祖琛、彭邦畴、徐松、祁寯藻、张祥河、程恩泽均有题诗；死后年谱、墓志则由徐松填讳，其师弟之情始终可见矣。

《日记》中与英和同任钦差的内阁学士初彭龄也是进士出身，但其家世不显，谈不上科第世交。举人功名为“特赐”，并无乡试同年；入仕后也并未担任过乡、会考官。奉使途中，两钦差大多数时间不在同一馆舍居住，所以初彭龄接待客人的情况，英和并无记录，但仅就其仕宦履历而言，想必没有如许多的世兄、同年、门生前来应酬。

2.《壬戌扈从随笔》中的世仆与儒臣

然而对于英和家族来说，比科举世家身份更根深蒂固的，是内务府皇家世仆的身份。英和在参加科举考试之前，就曾获得一个低微的官职——内务府会计司笔帖式，一年后，只有十三四岁的他还差点被挑去充当拜唐阿这样的杂差。这些被其他旗人看作是“美差”的机会，正是英和家族内务府世仆的身份带来的。英和的高高祖布舒库从龙入关，初为睿亲王多尔衮府属，后归入内务府正白旗，所以高、曾辈多为内务府司官，或皇帝的侍卫亲随，联姻各族也大多不出此列。到乾隆年间，虽然观保、德保兄弟都考中进士，出任外朝高官，但其女仍循例参加内务府组织的宫女选拔，英和长姊入宫之初即在嘉庆皇帝生母令妃位下学习规矩，随后成为乾隆皇帝的瑞贵人；而观保之女，也就是英和的再从姊，也通过选秀被赏赐给皇五子永琪为侧妃。和珅向德保求婚时，特意邀请与其家同为内务府高官的皇亲金简作媒人，足见和珅用心之细，是在特意强调英和家族与皇室的亲昵关系。

作为一个“少有异才”的皇家世仆子弟，英和从小就被给与特殊关照。中举前，乾隆皇帝就特意下旨：“英和年纪尚小，著令其读书，不必带领引见。”使其免于履行内务府家臣的义务。中第后，又“每次引见，必蒙纯庙垂问数言”，虽然碍于和珅的干预，这样的关注没能在乾隆末年转化成政治上的重用，但势必给英和带来极高的自我期许。

儒臣名士和天子世仆的双重身份，使英和既受益，又困惑。显然，后者让他被皇帝视作可以完全放心的亲信，使他在入仕之初就接近核心政务，甚至屡次“独对”。嘉庆六年，只有三十岁的英和就成为嘉庆皇帝的倾诉对象，这位亲政两年、如履薄冰，却被白莲教起义折磨得痛苦不堪的君主私下里对英和抱怨:"宵旰筹军,忧勤备至,何以天意尚不欲奏功耶?"英和对曰:"此正天心仁爱,欲吾皇知为君难耳。"嘉庆皇帝又问:"岂天知三省教匪平定后,朕意将有所放乎?"英和则对曰:"皇上数年来兢兢业业,天早鉴之,惟父母爱子之心要万年如一日也。"这样寻求安慰式的对话发生在君臣之间,当然要有紧密的私人关系作为基础。也正是基于这一身份与关系,英和才能屡次不避莽撞专擅之嫌,对国家政务和皇帝私务提出重大改革意见,令朝野侧目。

但同时,英和自幼所受的正统儒家文化教育,与他对士大夫共同体的强烈认同感,使他不愿意承认一个基本现实:自己的发迹之快、信用之专,主要基于皇家世仆的出身,而非翰林儒臣的价值。细读《壬戌扈从随笔》,即能体会到他在身份认同上的纠结。

仕途上风光无限的英和在此次木兰之行中任务繁重。作为南书房行走的文学侍从之臣,他负责处理避暑山庄各宫殿内的"笔墨帖落",又多次奉旨赓和御制诗。作为理藩院侍郎,他要引导哲普尊丹巴呼土克图和蒙古王公觐见皇帝,并组织招待外藩的盛大宴席。不过,最辛苦的职任还是内务府总管大臣,这需要他在行进途中"每日前驱至行宫,必入内查看,出候圣驾"。比如启程当天,英和在《随笔》中记载:"七月二十日,丑初三刻,自海淀杨家井之直庐启行。辰初二刻,至南石槽行宫,著白马褂跕班。巳初三刻,召见一次。是日,上启跸时,有含经堂太监刘进忠冲突仪仗,妄控总管。上命管圆明园臣苏楞额审办,申正复奏。复召见,命缮谕旨。酉初二刻,回帐房。是晚微雨,旋晴。"丑初三刻启程,行路、跕班、召见、缮写谕旨,直到酉初二刻才回到帐房,全天高强度工作将近十六个小时。至于充当管围大臣,则要遍历木兰十三围的深林大岭,遇到山火突起,便须飞马上山,率众扑打。

不过,即便作为内务府总管大臣、管围大臣的工作更加烦剧,与宗室王公、蒙古外藩,以及八旗、内务府官员们工作的交集更多,但在

《随笔》的记述中，英和仍然不遗余力表现自己的士大夫身份认同。因为奉命主管避暑山庄的笔墨帖落，英和约才华出众的挚友谭光祜同行，襄办其事。谭光祜出身显赫的江西南丰谭氏，其父谭尚忠官至侍郎，其兄谭光祥是英和的会试同年，此次亦以礼部主事身份扈从。二人一路形影不离、频频唱和，诗中各以"书生""儒臣"相称。回京前，光祜受邀前往天津主持问津书院，英和与之惜别后，又作诗寄怀，交谊之笃厚跃然纸上。另外英和在承德期间往来宴饮，联句唱酬的主要对象如朱珪、戴衢亨、赵秉冲、黄钺、张燮等，均为汉人士大夫，满人则只有同为进士出身的刑部侍郎瑚图灵阿，以及能文善画的亲姐丈伊铿额。

再如木兰行围时，英和作为管围大臣，本不应亲自参加围猎，但嘉庆皇帝特意强调他的满洲"世臣"身份，要求他"射猎宜示勇"。英和先在巴彦喀喇围场射得兔、雉，后又在巴彦沟围场跃马逐鹿，射中献尾。嘉庆皇帝大喜，以花翎、黄马褂赐之。对于这桩出尽风头的好事，英和在《随笔》中的叙事角度，完全集中在"尽擅儒臣美"一面。他以此事寄诗奎照、奎耀二子，诗作："黄裳翠羽趁金貂，数十年来孰幸邀。尽是读书能食报，好持定力坐深宵。"内注："又自喜花翎、黄褂自章嘉文端公(雍、乾满人名臣尹继善)后三十余年，我满洲翰林出身，兼而有者仅见。"以"武"邀赏，却用来作为教子读书，而非奋勉练习骑射的事例，其文化与身份认同可见一斑。

特殊的出身和少年得志的经历，让英和对于朝廷政事和皇家私事都具有强烈的主人翁意识，从而缺乏小心谨慎的臣仆姿态，这自然与承平日久，因循保守的官场风气相抵触。以致嘉、道两帝都曾将他与乾隆年间的和珅相比，批评其专擅的行事风格。在朝廷大政方面，英和反对加开捐纳，主张多开矿厂，建议清查地方陋规，力持开海运以代河漕，这些建议无论最终成行与否，都对相关利益集团有所触犯，激起部分官吏的强烈不满；在皇家私务方面，他长期充任内务府大臣，管理皇宫、禁苑内务，负责帝后的婚丧仪式、陵寝工程，却动辄以重臣、儒臣立场发表对宫廷事务的看法，劝谏皇帝在私人用度上克制、节俭，不但大大开罪了内务府同侪，也难免让皇帝本人口不言而心不悦。道光八年，英和督办宝华峪陵工过于追求节省，导致工程质量糟糕，地宫浸水，险些被定为死罪。幸而皇太后提出不能以家事诛大臣，才得脱险，改为遣戍黑龙江。以其苍凉晚境对比两种日记中的英发意气，足以令人嗟吁叹惋。

三、日记所录英和诗作的文献学价值

作为"八旗士族之冠"家族的最重要成员，英和著作极多，后经刊刻者有《恩福堂诗钞》《恩福堂年谱》《恩福堂笔记》《卜魁纪略》，未经刊刻而存其稿、钞本者，则有散文集、奏稿奏议集、试帖诗赋集等等。其中，以诗集的版本情况最为复杂。

英和有诗名，一生吟咏不辍，又注重保存、编辑。他入仕前就与百龄、法式善等八旗前辈翰林结社倡酬，所作古今体诗，于乾隆五十七年编为《蛾术集》。通籍后则"纪恩遇、咏皇华，无不见之章句"，并将所作几年一编，抄录以存。如乾隆五十八年至嘉庆五年七月者名《瀛洲集》，嘉庆五年至六年九月者名《容台集》，嘉庆六年至十年闰六月者名《民部集》，嘉庆十年九月至十一年正月者名《西馆集》，嘉庆十一年至十三年五月者名《水部集》，诸集均经其师友、门生如法式善、戴衢亨、黄钺、胡敬、张问陶等阅览、品评，提出不少修改意见。今《瀛洲集》《容台集》《西馆集》稿本藏国家图书馆，《民部集》稿本藏大连图书馆，均是由名家圈点批校的珍善孤本。

嘉庆十三年以后，或因职任日重，公务繁剧，英和虽然亦有诗作，却未能逐次整理、邀请师友评点。直至道光七年因失察家人增租一事被贬为热河都统，才有条件在公余整理旧稿，亲自将包括以上诸集在内的，乾隆四十五年至当年所作古今体诗"沙汰归并"，辑为《恩福堂诗钞》十二卷。道光十一年，英和自黑龙江释归，自为之序，称"若以问世，则吾岂敢"。道光十八年春，英和以此稿示阮元，阮元亦为之序。次年六月,英和病故,盖其生前并未将诗集付梓。《恩福堂诗钞》稿本十二卷,今藏上海图书馆。此外因为英和曾经居高位、享盛名,门生故吏甚多,是以其诗文著作“久已流播艺林”,“人之争先快睹者,抄胥有所不给”,其中《恩福堂诗钞》亦有十二卷钞本流传,现存国家图书馆。该钞本字画端楷,抄录甚工,其卷次安排与稿本基本一致,但所收诗作数量、内容亦有不小的改动。而现在较多见的刻本《恩福堂诗钞》十卷《外集》一卷,是英和去世后他人所刻,其中《外集》所收,都是他寄赠、悼念夫人萨克达氏的作品。

除以上作品外,英和作为乾、嘉、道三帝的文学侍从之臣,还有许多“赓扬三朝宸翰”的应制之作,这些诗虽然几乎谈不到什么文学上的美感,却是他夸耀词林的身份象征。道光六年,英和辑录了自己从嘉庆元年至当年四月的应制诗,取名《赓扬集》,其钞本现藏中国科学院图书馆、大连图书馆。另外英和晚年谪戍所作,名《卜(步)魁集》;在京闲居七载,又辑新作,名《植杖集》,二集稿本均藏上海图书馆。

由此可知,英和诗作的整理刊定,有从稿本《蛾术》《瀛洲》诸集,到稿本《恩福堂诗钞》十二卷,再到钞本《恩福堂诗钞》十二卷、刻本《恩福堂诗钞》十卷《外集》一卷的三个阶段,另外应制诗又自成一系,不与其他作品混杂。本次整理的两种日记里,共辑出英和嘉庆七年随扈热河、十一年奉使陕甘途中的诗作一百零二题、一百一十四首。考虑日记类史料的即时性,这百余首诗作对应同年份的稿本,以及整理时间更晚的《恩福堂诗钞》稿本、钞本、刻本,其初稿属性和原始价值是毋庸置疑的。用以与其他版本逐诗对读,就能发现同一首诗,各版本收与不收,改动多少,都大不相同。

如《奉使陕甘日记》作于嘉庆十一年,其所对应的诗集稿本《水部集》已不见于著录,未能经眼。而仅将《日记》中的诗作与《恩福堂诗钞》稿本、钞本、刻本相对比,仍能看到复杂的变化:凡《日记》中诗作,有稿本、钞本、刻本均收,而几无改动者;有稿本、钞本、刻本均收,而改动各异者;有稿本、钞本、刻本均收,而面目大变者;还有稿本、钞本收而刻本不收者；有稿本、钞本不收而刻本竟收者；亦有稿本、钞本、刻本均不收者。是以笔者在整理时，将《日记》诗作与所见各版本逐一核对，以表格形式注明变化情况，附于正文之后，对其文献脉络的系统梳理当有所帮助。

此外，英和虽然有能诗之名，实则多是借重其八旗士族之冠的家世，和少年早达的经历，得以在顶层的满汉士大夫交游圈中相与唱酬，高抬声价，是典型的"诗以人重"。他晚年的《卜魁》《植杖》二集，尚可称"穷而后工"，至于中前期的诗作，仅就文学技法而言，并无特别出众之处，应制诗更让人有穿凿附会、索然寡味之感。单去翻阅他的诗集，恐怕难有兴致通读下去。不过，如将这些诗作置于扈从、奉使的旅途日记，特别是生活细节中，诗事结合、文史互证，再加以品读，则平淡之气渐减，而似觉有味。复将日记中的诗作初稿与后来的整理本、刊定本相比较，结合他"遇事有为，而数以罪黜"的宦海经历，观察诗作的修改、加工过程，则可对其不同人生阶段的诗趣转移与心态变化产生不少同情之理解。

清人在日记、信札中记录诗词，是较为常见的现象，只是因为文献类型不甚关切，或篇幅较大、内容芜杂，稿本字迹潦草难于辨认，而易为专门的文学、文献学研究者所忽略。同样，历史学者虽然对日记类史料较为重视，却经常轻视诗词等文学色彩较为浓厚的记录方式，对作者通过诗词流露的思想观点和生活信息往往一带而过，缺乏阅读耐心。笔者因录入、点校、注释英和日记，非逐字细读、逐诗细绎、逐版本细核不可，是以对此问题产生些许感触，聊絮数语，若能引发文史研究者的学术兴趣与实践，则不胜欣慰之至。

整理凡例

两种日记正文及人名字号、地理信息索引整理凡例大致如下：

一、据《中国近现代稀见史料丛刊》惯例，将正文书名改作《英和日记》；

二、据《中国近现代稀见史料丛刊》要求，正文所有整理文字除特殊情况外，均使用规范简化汉字；

三、在正文原年、月、日后增加公元纪年，以圆括号注其后；

四、正文夹注原为双行小字，今改用小五字体单行排印；

五、正文原稿确定误字者，以圆括号“（　）”括出误字，后继以方括号“[　]”括出改字，但明显的形近误字径改；原稿有脱字者，所补字亦用方括号“[　]”括出；原稿有衍字者，用“【　】”括出。

六、《日记》中所录英和诗文，凡见于其他稿、钞、刻本者，其前后增删、修改之处，统制表格，附于正文之后，以备对照。

七、英和《恩福堂年谱》，及国史馆英和本传、姚莹所撰英和小传、《清史稿》英和传，亦附于后，以便读者研究。

八、注释范围仅限正文，采用脚注形式；

九、注释信息包括整理者已经考出的人名字号、地理信息、相关历史事件等内容，暂时未能考知者则不出注；

十、注释先对所注内容作整体解释后，再标明相关史料出处，未经出版的档案史料，标注馆藏目录及档案号。

十一、人名索引仅为正文中人物姓名、字号或其他称谓之索引，并按音序排列；

十二、人名索引以姓名为检索主体，姓名之后括注《日记》中出现的字、号、别名、习称、昵称、官称、简称及其他称谓；

十三、凡《日记》中出现的字号或其他称谓，亦列为人名索引检索条目，并与其姓名的主索引条目互见；

十四、凡《日记》中仅出现字号或其他称谓者，尽力考出其姓名，列为主引条目；暂时未能考知者，则径列字号或其他称谓为检索条目；

十五、人名后所列数字为该人物在《日记》中出现之年月日（公元纪年），如“蔡炯　1806.9.21”，即表示蔡炯出现在《日记》1806 年 9 月 21 日。

十六、地名索引仅为正文中地理信息之索引，并按音序排列；

十七、地名索引以《日记》中出现的地理信息，如省府州县名、村镇里甲名、驿站名、行宫名、围场名、山川桥梁名等为检索主体；

十八、地名后所列数字为该地理信息在《日记》中出现之年月日（公元纪年），如“巴雅尔额尔滚郭佛勒　1802.9.20”，即表示巴雅尔额尔滚佛勒出现在《日记》1802 年 9 月 20 日。

十九、全书最后附参考文献，以英和及其家族成员著作、其他史料文献、今人论著次序排列。

壬戌扈从随笔(1802年)

嘉庆七年,岁在壬戌。秋七月,上初行秋狝大典。臣英和以经筵讲官、南书房行走、户部左侍郎、总管内务府大臣、正白旗汉军副都统、管理造办处事务、署理藩院侍郎扈跸。先是,奉命携记室一人,襄办避暑山庄笔墨贴落,因约旧友谭通判光祜[①]同行。日有笔记,所作诗亦附录焉。

七月二十日(1802年8月17日) 丑初三刻,自海淀杨家井之直庐[②]启行。辰初二刻至南石槽行宫[③],著白马褂跕班。巳初三刻召见一次。是日,上启跸时,有含经堂太监刘进忠冲突仪仗,妄控总管。

---

① 谭光祜,字子受,一字铁箫,江西南丰人,吏部侍郎谭尚忠第四子,由监生捐纳通判,官至湖南宝庆府知府,有《铁箫诗稿》六卷。陈用光《宝庆府知府谭子受墓志铭》,《太乙舟文集》卷八,《清代诗文集汇编》第489册,第728、729页。

② 即海淀镇杨家井胡同,因雍正后诸帝时常居住圆明园,故近侍官员多以海淀镇一带为直宿居所。

③ 南石槽行宫,《仁宗睿皇帝实录》嘉庆七年七月戊子(二十日):"上以秋狝木兰自圆明园启銮,命皇次子、皇三子绵恺随驾,命仪亲王永璇、大学士保宁、尚书琳宁、张若淳、彭元瑞留京办事……是日驻跸南石槽行宫。"《畿辅通志》载:"北道自大、宛两县起,至承德府滦平县,为圣驾每岁巡行热河,举行秋狝木兰典礼,銮辇所经沿途恭建驻跸之所,为行宫者十有三,为御书房者一,合之避暑山庄,凡十有五。"南石槽行宫,属顺义县,在顺义县治西北三十里,康熙四十六年建成。《清实录》第29册,第349页。李鸿章《畿辅通志》卷十五"帝制纪·行宫",第8、11页,光绪十年至十二年(1884—1886)刻本。

上命管圆明园臣苏楞额[1]审办，申正复奏。复召见，命缮谕旨。酉初二刻回帐房。是晚微雨，旋晴。

附起程一律

凉月趁霜蹄，秋山略彴西。人因出塞健，云为作霖低。见猎心原喜，随銮句又题。壮怀时起舞，何事待闻鸡。

同　作[2]

谭光祜子受

中夜鸡声杂马声，半鞍残月出谯城。书生惯听从军曲，又逐明驼队里行。

也向天衢奋玉骢，两行高柳拂秋风。中间跸路平如掌，万点笼灯夹道红。

翠华临莅福苍生，璀璨銮舆尚结旌。柔远诘戎皆圣武，可知天德在消兵。

平畴一望稼如云，蔀屋欢声十里闻。昨夜观星验弧矢，欃枪已见扫妖氛。

---

① 苏楞额，姓纳拉氏，字智堂，内务府正白旗人，乾隆年间以内务府司官起家，后任粤海关监督，两淮、浙江盐政，时任工部左侍郎、总管内务府大臣、管理圆明园事务，官至工部尚书、都统。李桓《国朝耆献类征初编》卷一百"卿贰六十"，第1—5页，光绪十七年(1891)增刻本。

② 本诗收入谭光祜《铁箫诗稿》卷六《櫜笔小草》。前引：秋七月，从石侍郎英和扈跸木兰。先是，上命侍郎携记室襄南书房事，侍郎以臣光祜名应，因得从游。启行日口占六首："中夜鸡声杂马声，半鞍残月出谯城。书生惯听从军曲，又逐明驼队里行。""翠华临莅福苍生，璀璨銮舆尚结旌。柔远诘戎皆圣武，可知天德在消兵。""平畴漠漠稼如云，游豫歌声四野闻。昨夜观星验弧矢，欃枪已见扫妖氛。""云罨霓旌色陆离，黄尘不动软风吹。遥看毡帐生烟处，柳外斜飘正白旗。侍郎时为汉军正白旗副都统。""马首青山列翠眉，似曾相识好风吹。据鞍忽坠思亲泪，记得莱衣执辔时。曩侍先公两次扈跸。""犊鼻相如两鬓催，题桥惭愧乏奇才。那知碎砚焚书后，重向西清入幕来。"《清代诗文集汇编》第506册，第54、55页。

云罕霓旌色陆离，黄尘不动软风吹。遥看毡帐升烟处，柳外斜飘正白旗。

内府昂邦供奉班，彩毫垂露角弓弯。儒臣早具封侯骨，裘带风流意度闲。

马上青山列翠眉，似曾相识费猜疑。据鞍忽坠思亲泪，记得莱衣执辔时。甲寅(乾隆五十九年，1794 年)、丙辰(嘉庆元年，1796 年)两次侍先少宰公扈跸。

犊鼻相如两鬓催，题桥惭愧乏奇才。那知碎砚焚书后，重向南斋入幕来。

二十一日(8 月 18 日)　丑初二刻起行，卯正二刻至密云县行宫①，跕班后回帐房。是日晴，稍暖。

赠谭铁箫通判一律

南丰才调旧知名，识面颐园盖便倾。颐园，菊溪先生②园也。壬子(乾隆五十七年，1792 年)初，识君于此，遂订交，今十年矣。聚首重将双眼豁，阖家全仗只身撑。君于戊午(嘉庆三年，1798 年)衔恤南归，今夏始入都，五年之间备尝困苦。官宁小就缘无奈，君屡试不售，其妇伯陈乐真舍人③相约戚友代为纳资，高谊难辞，遂授通判。心为深谈转不

① 密云县行宫，《仁宗睿皇帝实录》嘉庆七年七月己丑(二十一日)："……是日驻跸密云县行宫。"密云县行宫在县东门外一里刘家庄，故史籍中又作刘家庄行宫，康熙二十二年建。《清实录》第 29 册，第 350 页。李鸿章《畿辅通志》卷十五"帝制纪·行宫"，第 11、12 页。

② 菊溪先生，张氏，名百龄，字子颐，号菊溪，汉军正黄旗人，乾隆三十七年进士，官至协办大学士，谥文敏，有《守意龛诗集》二十八卷。李元度《百文敏公事略》，《国朝先正事略》卷二十一，《续修四库全书》第 538 册，第 465—467 页。

③ 陈乐真，陈守中，字和叔，号履堂，江西新城人，乾隆三十五年举人，候选内阁中书。谭光祜妻为新城陈守训女，其祖陈道，生五子，守训行四，伯守诚、守诒、守中俱有名，守诚逝于乾隆三十年，不及为光祜捐资。守诒字仲牧，号约堂，官知府；守中字和叔，号履堂，官内阁中书。舍人为中书雅称，故乐真或(注转下页)

平。六七年前贵公子，今成落拓一书生。君前有《英雄儿女图》，近有《吹铁箫乞食图》。

和 作[①]

谭光祜铁箫

好山无数不知名，话旧杯从毳帐倾。乡梦遥随凉月落，吟肩孤似远峰撑。水边拔剑心原壮，塞上吹箫韵不平。深夜拨灯看醉影，一文昌宿一书生。

二十二日(8月19日) 丑初二刻起行，卯正二刻至要亭子行宫[②]，跕班后归帐房。是日甚热。

二十三日(8月20日) 丑正一刻起行，黎明出古北口[③]，与谭铁箫步行数里，上马纵辔十里。辰初二刻至两间房行宫[④]。出口时天

(续上页注)为守中别名。陈用光《先考行状》，《太乙舟文集》卷三，《清代诗文集汇编》第489册，第547—552页；《宝庆府知府谭子受墓志铭》，《太乙舟文集》卷八，《清代诗文集汇编》第489册，第728、729页。

① 本诗收入《铁箫诗稿》卷六《橐笔小草》，题为《石侍郎英和赠诗，次韵奉答》，诗作：好山无数不知名，话旧杯从毳幕倾。乡梦暗随残月转，吟肩孤似远峰撑。水边拔剑心犹热，塞上吹箫气未平。深夜倚镫看醉影，一文昌宿一书生。《清代诗文集汇编》第506册，第55页。

② 要亭子行宫，《仁宗睿皇帝实录》嘉庆七年七月庚申(二十二日)："庚申，驻跸要亭行宫。"要亭子行宫又作要亭、瑶亭、遥亭、姚汀，属密云县，在县东北七十里，康熙三十二年建。《清实录》第29册，第350页。李鸿章《畿辅通志》卷十五"帝制纪·行宫"，第12、13页。

③ 古北口，即古北口城，属密云县，在县治东北一百里，亦称营城，跨山为城，南控大石岭，西界潮河川，为京北要冲。明洪武十一年建城，清设八旗驻防，以副都统领之。臧理臣《密云县志》卷二之一"舆地·城营"，第2页，民国三年(1914)铅印本。

④ 两间房行宫，《仁宗睿皇帝实录》嘉庆七年七月辛卯(二十三日)："是日，驻跸两间房行宫。"两间房行宫在滦平县治西南，出古北口四十余里，(注转下页)

气稍凉,午后仍热。

二十四日(8月21日) 丑正一刻起行,卯初一刻至常山峪行宫①。每日前驱至行宫,必入内查看,出候圣驾,盖内务府大臣职也。跕班后蒙召见,申正归帐房,旋奉旨调补正蓝旗满洲副都统。是日微阴,旋晴,仍热。筠庄司寇瑚图灵阿②来索酒肉,大啖。

二十五日(8月22日) 丑正二刻,闻雷即雨。连日皆前驱,是日因奉旨调旗,应在宫门伺上升舆时谢恩。寅正三刻,随驾行至头分尖营③,仍前驱,巳正至喀喇河屯④。是日,著蓝马褂于雨中驰行,谭七谓衣袖与山岚、石黛相掩映,亦妙语也。

二十六日(8月23日) 仍雨。寅正一刻起行,辰初初刻至热

(续上页注)康熙四十一年建。《清实录》第29册,第350页。李鸿章《畿辅通志》卷十五"帝制纪·行宫",第14页。

① 常山峪行宫,《仁宗睿皇帝实录》嘉庆七年七月壬辰(二十四日):"是日驻跸常山峪行宫。"常山峪行宫在滦平县治西南七十里,两间房东北三十三里,康熙五十九年建。《清实录》第29册,第351页。李鸿章《畿辅通志》卷十五"帝制纪·行宫",第14页。

② 瑚图灵阿,又名瑚素通阿,姓鄂济氏,字筠庄,满洲正白旗人,总督宜绵子,乾隆五十二年进士,分刑部学习行走,时任刑部左侍郎,以直谏名。李桓《国朝耆献类征初编》卷九十七"卿贰五十七",第34—36页。

③ 尖营,即皇帝巡行途中打尖休息但不住宿的营地,又称"停跸顿营",与"驻跸大营"相对。乾隆二十年定其规制曰:"停跸顿营外设黄幔,城门南向,如大营内城之制。黄幔城中设圆幄一,纵横各一丈六尺;墙高四尺;门高三尺七寸,阔二尺三寸。前后左右共设帐房八架。"查美荫《围场厅志》卷十四"围场规制",《国家图书馆藏地方志珍本丛刊》第21册,第501页。

④ 喀喇河屯行宫,《仁宗睿皇帝实录》嘉庆七年七月癸巳(二十五日):"是日驻跸喀喇河屯行宫。"喀喇河屯行宫在滦平县治西,在避暑山庄西南三十五里。康熙十六年首次举行木兰秋狝,其时避暑山庄尚未修建,皇帝即在此驻跸,此后每岁木兰必驻于此。《清实录》第29册,第352页。李鸿章《畿辅通志》卷十五"帝制纪·行宫",第14、15页。

河。寓于皮袄市之承晖山馆，(踞)[距]宫门仅一射地，前长芦盐政穆腾额[①]所入官房也。是日，军营驰奏，官兵歼毙首逆苟文明[②]。捷音到时，正值驻跸之始，上览奏大慰，追念高宗纯皇帝威灵，圣心悲感。诸臣胪欢之顷，莫不涕泗交颐，仰钦仁孝格天，皆呼万岁。

二十七日(8月24日) 因大兵已除苟逆，内廷臣工恭进如意，臣英和蒙恩命与王、大臣在如意洲赐食观剧。卯初，由小南门入坐，赏荷包二双，有诗恭纪。申初，赏还如意一柄。是日，午前阴雨，午后放晴。

纪恩诗附

属车重得赋长杨，嘉果频频赐饱尝。沿途屡蒙颁赐各种果品。

才解征鞍临玉塞，特令仙棹泛银塘。特命以舟代步。音能正俗心

---

① 穆腾额，内务府镶黄旗人，乾隆五十一年至五十七年任长芦盐政，乾隆五十七年，以派累商人，封殖自肥，拟斩监候，热河等处房屋家产归入内务府。中国第一历史档案馆藏"乾隆五十八年二月十三日，步军统领衙门，为查抄原任长芦盐政穆腾额热河下处房间相应造册送府事致内务府"，05—13—002—001874—0007。

② 苟文明，四川巴州鼎山乡人，白莲教"巴州白号"首领之一，嘉庆元年与鲜大川、罗其清等起事反清，常年活跃在川陕交界山区。《仁宗睿皇帝实录》嘉庆七年七月甲午(三十日)："谕内阁：本日至避暑山庄，甫经下马，适递到额勒登堡等六百里加紧奏报，官兵歼毙首逆苟文明并擒斩余党大喜捷音……至苟文明为积久著名首逆，与罗其清、冉文俦等一同起事。频年以来在川陕楚三省地方辗转奔逃，肆意掳掠，实为罪大恶极。经额勒登保督率官兵屡次剿杀，势极穷蹙，而尚于大山密林内潜逆四窜，希图兔脱。又复数月，今在花石岩地方经官兵四路搜逼，立时戳毙，斩级枭示，并将余匪尽数歼除，皆由额勒登保调度得宜所致。虽办理稍觉迟延，而首逆终就殄灭，实不愧经略之任，殊属可嘉。邪教起事各首逆俱已陆续办净，只余苟文明一犯。今该逆复经歼毙，是积年著名巨憝业已悉数扫荡，其零星奔窜之蒲添宝等，只系近日攒聚残匪为首之犯，且为数无多，现有参赞德楞泰等督兵搜捕，蒇功大局已得十之九……"《清实录》第29册，第352—354页。

消滓，演剧三折。味到回甘齿作香。捷奏飞驰天有喜，推恩臣庶拜荷囊。

二十八日(8月25日) 上诣河东拜庙，命臣在书房恭录御制诗。

二十九日(8月26日) 召见。是日，赵谦士太常秉冲[①]奉命射靶，连中五箭，赏戴花翎，作诗贺之。连日，上看东三省官弁射靶于宫门。晚同赵谦士太常秉冲、涂(约)[瀹]庄户部以钠[②]、谭退斋礼部光祥[③]、铁箫通判光祜、梁鹤庄舍人承福[④]，以枕头瓜联句。

贺赵谦士太常诗附

不信儒生懦，能将猿臂舒。壮怀趁出塞，奇气欲凌虚。破格今叨赐，无争本在书。头衔飘灿灿，薄弱最惭予。

落第仍争第，仲夏月随班试射于出入贤良门，君三矢虚发而退，今特旨命射，五发五中。连珠星共辉。非君有神力，惟帝普恩晖。诸部心都慑，多年志不违。寄声同学者，莫漫佩弦韦。

---

① 赵秉冲，字谦士，号研怀，江苏上海人，以监生派在懋勤殿行走，乾隆四十八年钦赐举人，时以太常寺卿扈从，官至户部侍郎，其博雅嗜古，尤好金石之学。李桓《国朝耆献类征初编》卷一百五“卿贰六十五”，第1、2页。

② 涂以钠，字檠轩，号瀹庄，《日记》误作约庄。江西新城人，嘉庆四年进士，时以户部主事扈从，官至福建福州知府，因李赓芸案，发配黑龙江，有《养春斋诗钞》二卷。《清代官员履历档案全编》第2册，第527页。《清实录》第32册，第354、355页。

③ 谭光祥，字君农，室名知退斋，江西南丰人，吏部侍郎谭尚忠第三子，光祜兄。乾隆五十八年进士，英和会试同年，时以礼部主事扈从，官至湖北武昌知府，有《知退斋诗》四卷。陈用光《吏部左侍郎谭公墓志铭》，《太乙舟文集》卷八，《清代诗文集汇编》第489册，第727页。《清代官员履历档案全编》第2册，第509页。

④ 梁承福，字鹤庄，浙江山阴人，大学士梁国治子，乾隆五十九年举人，时以内阁中书扈从，官至江西建昌知府。《清代官员履历档案全编》第2册，第529页。

三十日(8月27日) 上诣园拜庙[①],臣往伺候。归寓得家书,内子[②]索诗,走笔寄答云:

诗兴阑珊逊昔年,妆台远远钵声传。一言聊为殷勤寄,健饭而今较胜先。

养亲教子无须属,家事纷纭奈若何。得有余闲应旷达,或摹画本或清歌。

八月初一日(8月28日) 热河千总李殿臣遗忘交办陈设事件,午时奉旨,命内务府大臣查参。是日申正三刻,日有食之,护日复圆后,始具折参奏。酉时,发下行宫应换贴落、笺素,命臣英和及赵秉冲分派诸臣,恭缮御制诗句。

初二日(8月29日) 上幸狮子园传膳办事,臣随往伺候。发下御制诗十首,命扈从王、大臣恭和元韵。是日,尚书朱石君前辈珪[③]蒙恩以户部尚书协办大学士,仍赐宫保,作诗贺之:

两朝恩遇望崇隆,昨拜参知帐殿中。齿算洪延嬴绛县,头衔载锡署青宫。位高未脱书生习,学富应敷霖雨功。七载迟公入

---

① 诣园拜庙,《仁宗睿皇帝实录》嘉庆七年七月甲午(三十日):"甲午,上至热河,诣文庙瞻礼,关帝庙、城隍庙拈香,诣永佑寺行礼。"《清实录》第29册,第352页。

② 内子,即英和之妻,姓萨克达氏,字介文,号观生阁主人,生于乾隆三十二年闰七月,病逝于道光七年十二月,漕运总督阿思哈第四女,封一品夫人。其人能明大义,善事舅姑,读书工画,著有《观生阁家言》。英和夫妻情笃,七子六女皆萨克达夫人所出。英和《恩福堂外集·悼亡诗二十首并引》,《清代诗文集汇编》第502册,第78—81页。

③ 朱珪,字石君,号南厓,晚号盘陀老人,顺天府大兴县人,乾隆十三年进士,嘉庆帝师,官至体仁阁大学士,谥文正。《仁宗睿皇帝实录》卷一〇二,嘉庆七年八月庚子:"命户部尚书朱珪协办大学士,加太子少保。"《清实录》第29册,第359页。阮元《太傅体仁阁大学士大兴朱文正公神道碑》,《揅经室集》二集卷三,《清代诗文集汇编》第477册,第240—247页。

纶阁,襟怀恬淡孰如公。

初三日(8月30日)　带领热河本园官弁引见。是日奉旨,派管中路围。申初,得家信,知三子生,命名奎焘。

初四日(8月31日)　谢派管围恩,即蒙召见。上仍看东三省官弁射靶。

初五日(9月1日)　东三省官弁射靶毕。

初六日(9月2日)　吏部、兵部带领引见,臣以理藩院带哲普尊丹巴呼土克图①瞻觐。

初七日(9月3日)　上诣札什伦布庙、布达拉庙拈香,臣等在惠迪吉门伺候。

初八日(9月4日)　召见一次。是日,哲普尊丹巴呼土克图进丹书,臣随入依清旷侍立。自初一日起,至初七日止,共发下贴落、笺素二百余件,臣英和与赵秉冲分派臣工同写,谭光祐并襄其事。本日全数缮完,恭呈御览。

初九日(9月5日)　因办贴落合式,蒙恩赐蟒袍一袭、大缎一匹。是日,带理藩院引见于宫门,恩赐蟒服。恭纪诗附:

立雪曾颁赉,去岁正月随驾拜庙,蒙赐一袭。临池又拜恩。秋蛇惭质陋,华衮被身温。笔墨司其职,丝纶敬所尊。服之争艳

---

①　哲普尊丹巴呼土克图,即四世哲布尊丹巴·罗布藏图巴坦旺舒克。哲布尊丹巴呼图克图属格鲁派,是喀尔喀蒙古藏传佛教最大活佛世系,与达赖喇嘛、班禅额尔德尼、章嘉呼图克图齐名的藏传佛教四大活佛之一。康熙二十七年(1688),喀尔喀蒙古受到准噶尔部攻击,一世哲布尊丹巴呼图克图率领部众归顺清朝,接受清帝册封,统管外蒙古喀尔喀部宗教事务,驻地在库伦庆宁寺。四世哲布尊丹巴于乾隆四十一年(1776)被指定为转世灵童,乾隆四十六年(1781)、乾隆五十五年(1790)、乾隆六十年(1795)、嘉庆七年(1802)、嘉庆十四年(1809)五次到热河觐见清帝,嘉庆十七年(1812)至北京朝见,十八年(1813)由五台山返回库伦时,在五台山圆寂。黄全毅《三世与四世哲布尊丹巴生平考释》,《藏学学刊》2017年第2期,第194—209页。

羡，绚藻入宫门。

同作次韵同日拜赐

赵秉冲谦士

铅椠臣之职，何当格外恩。采章惊目炫，华衮被言温。拜赐时传旨褒许。挟纩何能拟，传绯未足尊。无惭惟在笥，相勖惠修门。

连得颁赐鹿肉恭纪，次石君朱相国韵

搏兽深林中叠双，御来神器捷于锹。获鹿皆御枪连中者。给鲜梦断蕉生叶，作脯庖夸酱在缸。藩服有臣看拜虎，天威临蜀息惊庞。频烦叨赐惟申颂，获丑西南福禄降。

初十日(9月6日) 随围王、大臣进呈恭和御制诗。臣英和诗附录：

恭和御制"启跸幸避暑山庄感赋"元韵

凫旌雉扇当风丽，玉勒金羁傍辇行。侵晓远山衔月彩，迎凉官柳占秋清。大田多稼三农喜，膏泽流甘万卉荣。继举上仪钦圣武，八方同仰孝思诚。

恭和御制"忆昔"元韵

典行秋狝非豫游，恪遵前规讲武事。习劳戒逸抚众藩，省方观民训大吏。作述相承圣慕长，安益求安治益治。实心实政感召符，先天不违荷天赐。

恭和御制"出古北口"元韵

一片当关月，秋高奋玉骢。在天威服远，惟帝德绥戎。古渡横残柳，长城卧晓风。前徽垂奕世，效法仰宸衷。

恭和御制"至避暑山庄感述"元韵

仙庄风景尚依然，刚趁微凉七月天。驻跸登临佳气拥，据鞍瞻眺圣怀牵。清华境纳新秋色，欢喜园开净界缘。柔远诘戎钦世德，神皋垂法庆绵延。

恭和御制“永佑寺瞻礼泣述”元韵

佛地庄严瞻列圣,高皇天表室西悬。凭依雍肃辉云日,对越精诚耀几筵。福备范畴同有极,功昭谟典万斯年。圣心不匮仁兼孝,家法恒钦允执传。

恭和御制“至避暑山庄喜接经略额勒登保①加紧奏报,官兵歼戮首逆苟文明,剿捕余党各情形,诗志感慰”元韵

捷章一骑湿征鞍,巨憝诛夷万姓安。帝德动天兼继武,仁人后获本先难。洗兵伫听红旗报,磔逆旋闻白刃攒。始信羽阶昭感格,懋功惟重圣恩宽。

恭和御制“继德堂”元韵

世德延洪万亿年,皇躬继述念殷然。赐居先后昭遗训,圣圣相承奕祀传。

恭和御制“敬题依清旷”元韵

念兹释兹言在兹,在天昭鉴默佑随。抚绥几暇览佳胜,瞻楣恒切恩勤悲。孝思锡类益黾勉,亿年永固丕丕基。仙庄游赏念堂构,璇题辉映昭鸿规。

恭和御制“延薰山馆”元韵

珍肴昨荷御厨分,七月二十七日蒙恩赐食于馆东。入座凉生殿角薰。列牖山容浮翠黛,依蒲鱼影漾波纹。芳洲尽占名湖胜,睿藻全该大块文。抚序留题符圣制,皇衷随处念恩勤。

---

① 额勒登保,姓瓜尔佳氏,字珠轩,满洲正黄旗人,世为吉林珠户。乾隆年间从征缅甸、金川、台湾、廓尔喀有功,擢都统,图形紫光阁。嘉庆二年起至湖北、陕西、四川等地剿杀白莲教起义,战绩为诸军最。嘉庆七年督师进入大巴山区,搜剿苟文明部。七月,擒苟文明于陕西宁陕厅花石岩,晋一等伯。同年十二月晋一等侯,加太子太保。嘉庆九年八月,以病卒于京师,晋三等公,谥忠毅。李元度《额忠毅公事略》,《国朝先正事略》卷二十二,《续修四库全书》第538册,第495—499页。

恭和御制“八月朔日作”元韵

壬秋金水交，阳曦偶薄蚀。圣心纯不已，乾惕念靡极。保泰在持盈，戒惧益修德。纶綍下九天，命臣贡愚直。臣愚亦何知，祗凛旷臣职。仰窥丕冒怀，照临遍万国。政皆协礼乐，刑岂纵蟊贼。况当言路开，上闻讵壅塞。枢机应千里，神武扫阴蜮。卿云烂光华，康衢歌作息。

十一日(9月7日) 召见，发下王、大臣恭和御制诗。是日，同傅察公尚书丰绅济伦[①]、潘芝轩少司马世恩[②]，奉旨挑关东所进貂皮于小南门内。

十二日(9月8日) 午初，上诣普宁寺观跳布札[③]，赐哲普尊丹巴呼土克图等茶食，臣先时到寺伺候。午正一刻，随驾回山庄。是日，喇嘛伊什巴尔丹赠一青马。

十三日(9月9日) 恭逢高宗纯皇帝诞辰，臣同军机处、上书房、南书房诸臣至宫门叩头行礼。

十四日(9月10日) 上诣万树园筵宴哲普尊丹巴呼土克图等，及

---

① 丰绅济伦，史籍亦作“丰伸济伦”，姓富察氏，满洲镶黄旗人，祖父一等忠勇公傅恒，父和硕额驸福隆安，母乾隆帝女和硕和嘉公主，袭一等忠勇公。时以兵部尚书、总管内务府大臣扈从，后屡遭斥革，以盛京兵部侍郎终。李桓《国朝耆献类征初编》卷九十三“卿贰五十三”，第40—42页。

② 潘世恩，字槐堂，号芝轩，江苏吴县人，乾隆五十八年状元，官至武英殿大学士，谥文恭，有《思补斋诗集》六卷，《真意斋文集》二卷，时以兵部右侍郎扈从。李元度《潘文恭公事略》，《国朝先正事略》卷二十三，《续修四库全书》第538册，第529—531页。

③ 跳布扎，满语，即藏传佛教驱鬼祈福的佛事活动。吴振棫《养吉斋丛录》卷十四：“十二月二十九或二十七八等日，中正殿前殿设供献，并设冠袍带履诸物。圣驾御小金殿，喇嘛一百八十四人，手执五色纸旗，旋转唪护法经。又有喇嘛扮二十八宿神及十二生相，又扮一鹿，众神获而分之，当是得禄之义。殿侧束草为偶，佛事毕，众喇嘛以草偶出，至神武门外送之。盖即古者大傩逐厉之义。清语谓之跳布扎，俗谓之打鬼。”第194页。

蒙古王公,盖旧例也。扈从之王、大臣俱蟒服与宴。臣英和先于文津阁伺候,带领理藩院引见,随至筵前照看外藩行礼入宴。蒙恩赏绸缎三件。

万树园锡宴,蒙赐绸缎恭纪诗附

令节绥遐旧典仍,筵开万树宴番僧。望中月宇毡为殿,醉后诗歌酒似渑。悦耳三终聆雅乐,章身一袭耀缣缯。年年合礼成嘉会,中外臣僚颂日升。

十五日(9月11日) 命入园观剧,未正二刻散,赏如意一、小刀一、荷包四。晚与赵谦士、谭铁箫小饮,时铁箫有功服,不御丝竹,亦未作诗,默饮而已。是日,得黑马,蒙古王所赠也。

中秋作

庚辛两中秋,南北闱中过。今秋来兴桓,丁巳诗重和。文囿聆钧天,南薰异楚些。悦耳复娱目,山容浓个个。却笑小园饮,生徒席前贺。己未与及门饮于适园。不如赋壮行,使我眼界大。来朝理征鞍,毡帐和烟卧。

十六日(9月12日) 月蚀,同诸臣至关帝庙救护。

十七日(9月13日) 上启跸幸木兰,臣英和仍前驱。丑初二刻起行,卯正至中关行宫[①],跕班。召见,命射鹿。向例,管围大臣不得妄射,盖特恩也。午后微雨,旋晴。

十八日(9月14日) 寅正起行,辰初二刻至波罗河屯行宫[②],

---

① 中关行宫,《仁宗睿皇帝实录》嘉庆七年八月乙卯(十七日):“乙卯,上自避暑山庄启銮,幸木兰,是日驻跸中关行宫。”中关行宫在承德府治黄土坎东北七十里,康熙五十一年建。《清实录》第29册,第371页。海忠《承德府志》卷首二十五,第8页,道光十一年(1831)刻本。

② 波罗河屯行宫,《仁宗睿皇帝实录》嘉庆七年八月丙辰(十八日):“丙辰,驻跸波罗河屯行宫。”波罗河屯行宫在承德府丰宁县治东南、什巴尔台北十八里,是木兰围场的西北入口,康熙四十二年建。《清实录》第29册,第371页。海忠《承德府志》卷首二十五,第28页。

跕班。

十九日(9月15日) 寅初三刻起行，辰正一刻至张三营行宫[1]，跕班。张菊溪先生百龄祖居在此。是日，在京内务府大臣奏端门失箭，命缮廷寄与在京内务府大臣蕴布[2]、额勒布[3]等，令其查办。

二十日(9月16日) 寅初一刻起行，卯正至石片子[4]早饭，候驾至，随入哨门。山容苍秀，树色蔚深，如入山阴道中。与姊丈散秩大臣伊铿额[5]，及谭铁箫并辔看山，相与谈论。姊丈善画，铁箫工诗，各

---

① 张三营行宫，《仁宗睿皇帝实录》嘉庆七年八月丁巳(十九日)："丁巳，驻跸张三营行宫。"张三营行宫在承德府治北、波罗河屯北六十二里，康熙四十二年建，北即石片子。《清实录》第29册，第371页。海忠《承德府志》卷首二十五，第10页。

② 蕴布，史籍作缊布，姓金佳氏，内务府正黄旗人，尚书金简子，由侍卫累升总兵，时任内务府总管大臣，官至工部尚书。李桓《国朝耆献类征初编》卷九十"卿贰五十"，第8—11页。

③ 额勒布，姓索佳氏，字屡丰，号约斋，满洲正红旗人，巡抚农起子，时任总管内务府大臣，官至侍郎，有政声。包世臣《额侍郎别传》，《艺舟双楫》卷七上附录一上，《续修四库全书》第1082册，第712—714页。

④ 石片子店，即崖口，正蓝旗营房所在地。"围场四面立界，曰柳条边，其南为八围场之路。自波罗河屯入围场有二道，东道由崖口入，即石片子；西道由济尔哈郎图入。每岁行围俱出入崖口。乾隆二十四年建行宫于济尔哈郎图，于是车驾行围由崖口入，则回銮由济尔哈郎图；若由济尔哈郎图入，则回銮由崖口。遂以为例。"查美荫《围场厅志》卷十四"围场规制"，《国家图书馆藏地方志珍本丛刊》第21册，第480页。

⑤ 伊铿额，姓爱新觉罗氏，简恪亲王丰讷亨之子，封三等镇国将军，乾隆四十六年娶英和同母姊，时以散秩大臣扈从，后任都伯讷副都统、阿克苏办事大臣，嘉庆十六年坐事革爵。李桓《国朝耆献类征初编》卷三百十"将帅五十"，第23、24页。

有会心,良可乐也。过三道河尖营[①],入队撒围。上亲射二狍,诸臣及蒙古王公无不悦服。未正至阿圭图大营[②],召见。

入崖口随驾行围即事诗附

无数好山屹相向,旷如奥如不一状。牛毛虎皮是谁皴,红树青山画中望。鸣琴戛竹齐鏦铮,山川至此益奇宕。丰草有香复有脂,驽马长嘶亦声壮。横腰羽箭催霜蹄,风疾沙平试一放。天开福地降山灵,长杨上林尽虚妄。圣人多能本天纵,发矢叠双必精当。徒御不惊庖不盈,诸藩泥首拜毡帐。

和　作[③]

谭光祜铁箫

五更马首各东向,骤马看云幻千状。哨门鹿角排参差,忽讶

① 三道河尖营,在近崖口处,是清帝木兰围猎常设尖营之地。河即伊逊河,伊逊河发源于围场,九转而至崖口,此即第三曲处。查美荫《围场厅志》卷四"水",《国家图书馆藏地方志珍本丛刊》第21册,第166页。胡季堂《扈从木兰行程日记》,《历代日记丛钞》第31册,第126页。

② 阿圭图大营,《仁宗睿皇帝实录》嘉庆七年八月戊午(二十日):"戊午,上行围,射二狍……是日,驻跸阿圭图御营。"阿圭图,蒙古语意有山洞的地方,在围场以南近崖口处,是清帝木兰围猎时的常设大营之一。大营即"驻跸大营",乾隆二十年定有规制。大营内方外圆,内城包括皇帝所居黄幔城,御幄居中而建,外加黄网城,并设连帐一百七十五座,门三座、建八旗旗纛、宿卫营帐。外城设连帐二百五十四座,门四座,八旗按方位建纛。外城以东设内阁六部等衙门办公营帐。《清实录》第29册,第371页。查美荫《围场厅志》卷十四"围场规制·译义",《国家图书馆藏地方志珍本丛刊》第21册,第499—501页,第524页。胡季堂《扈从木兰行程日记》,《历代日记丛钞》第31册,第105、126页。

③ 本诗收入《铁箫诗稿》卷六《橐笔小草》。题为《入崖口次石侍郎英和韵》,诗作:"五更马首各东向,骤马看云幻千状。哨门鹿角排参差,忽讶烟峦画中望。危峰拔地欺龙标,孤屿撑空失雁宕。河环路转山豁开,窈窕文心变雄壮。平芜漠漠丰草枯,健鹘摩腾饿鸱放。擐弓我亦好健儿,帐下虬髯笑庸妄。儒生读书不行路,如车无輗卮无当。爱君神骏诗复豪,下马与君饮毡帐。"《清代诗文集汇编》第506册,第56页。

烟峦画中望。危峰拔地欺龙标，孤屿撑空失雁宕。河环路转山豁开，窈窕文心变雄壮。平芜漠漠丰草枯，健鹘摩腾饿鸱放。擐弓我亦夸健儿，帐下虬髯笑庸妄。儒生读书不行路，如车无輗卮无当。爱君神骏诗复豪，下马与君饮毡帐。

二十一日(9月17日)　丑正二刻起行，上围时天色微阴。卯正二刻至永安莽喀佛勒①，随率将弁撒围，沿山高下二十余里，合于看城前山。上已迎出，入围亲射。巳初二刻归海拉苏台大营②，即雨。申初，雨住而未晴。自阿圭图至佛勒约四十里，山路欹仄，树木丛杂，大不易行。

二十二日(9月18日)　丑初三刻起行上围，天色已霁。卯初至巴颜喀拉佛勒③行围，获雉、兔各一。巳正归胡鲁苏台大营④，此路平

---

①　永安莽喀佛勒，永安莽喀，满语意沙冈；佛勒即围场，木兰共六十七围场，永安莽喀围场为东南界十五围场之一，是入崖口后东北第一围场，乾隆帝有《御制永安莽喀碑》。查美荫《围场厅志》卷十四“围场规制”，《国家图书馆藏地方志珍本丛刊》第21册，第490页。

②　海拉苏台大营，《仁宗睿皇帝实录》嘉庆七年八月己未(二十一日)：“己未，上行围……是日驻跸海拉苏台御营。”海拉苏台，蒙古语意为有榆树之地。木兰围场四面树栅界，别内外，八旗一营房统五卡伦，以为稽查。海拉苏台在围场西南镶蓝旗营房驻地，是清帝木兰围猎时常设大营之地。《清实录》第29册，第371页。查美荫《围场厅志》卷十四“围场规制・译义”，《国家图书馆藏地方志珍本丛刊》第21册，第482、524页。

③　巴颜喀拉佛勒，《围场厅志》作“巴颜喀喇”，蒙古语意为富饶的黑谷，是木兰东南界十五围场之一，在永安莽喀围场东北二十五里。查美荫《围场厅志》卷十四“围场规制”，《国家图书馆藏地方志珍本丛刊》第21册，第490、495页。胡季堂《扈从木兰行程日记》，《历代日记丛钞》第31册，第107页。

④　胡鲁苏台大营，《仁宗睿皇帝实录》嘉庆七年八月庚申(二十二日)：“庚申……是日驻跸胡鲁苏台御营。”《围场厅志》作“呼鲁苏”，蒙古语意为多芦苇的地方，是木兰东北界八围场之一，在镶黄旗阿鲁呼鲁苏台卡伦西南，为清帝木兰围猎常设大营之地。《清实录》第29册，第371页。查美荫《围场厅志》卷十四“围场规制”，《国家图书馆藏地方志珍本丛刊》第21册，第493、524页。

而近。归营后炮兔佐饮,以雉遗朱石君相公,旋有诗言谢,因自作一首答之,兼示铁箫:

腐儒技无奇,文字亦臃肿。幸逢秋狝时,趋跄属车奉。帝曰汝世臣,射猎宜示勇。臣再拜受命,策马冈峦耸。一矢中一雉,获兔不旋踵。下马贻同人,投轻报甚重。兴酣胆益豪,所向鲜惊恐。即鹿期来朝,献尾答天宠。

和　作①

谭光祜铁箫

评书贵瘦硬,驰马厌肥肿。每笑簪笔人,登车手双奉。司农文学臣,射猎一何勇。峻岭高齐云,据鞍两肩耸。平芜见雉兔,骤马不停踵。弯弓皆殪之,浑忘六钧重。蒙古好健儿,见之亦惊恐。文明象可占,耀武亦光宠。

二十三日(9月19日)　上命停一围。卯初,上大营跕班,随驾缓行。巳初,至那尔苏台岭西原大营②。是日,早寒。未刻,军营驰奏,官兵剿除首逆蒲添宝全伙千余名③。

---

① 本诗收入《铁箫诗稿》卷六《橐笔小草》。题为《次韵和石侍郎英和射雉、兔之作》,诗与《日记》所载同。《清代诗文集汇编》第506册,第56页。

② 那尔苏台岭西原大营,《仁宗睿皇帝实录》作"那尔苏台梁西山根",嘉庆七年八月辛酉(二十三日):"辛酉……是日驻跸那尔苏台梁西山根御营。"那尔苏台,蒙古语意为多松树的地方,在东界威逊格尔围场东北,为清帝木兰围猎常设大营之地。《清实录》第29册,第372页。查美荫《围场厅志》卷十四"围场规制",《国家图书馆藏地方志珍本丛刊》第21册,第484页。胡季堂《扈从木兰行程日记》,《历代日记丛钞》第31册,第110页。

③ 蒲添宝,白莲教起义后期军事领袖之一。嘉庆元年,蒲添宝随冉文俦起事,后称通江蓝号,转战川陕楚山区。嘉庆七年七月,四川白莲教蓝白黄各号合兵,以蒲添宝为首,进入湖北竹山县亭子坪,嘉庆帝命参赞德楞泰追剿。《仁宗睿皇帝实录》嘉庆七年八月辛酉(二十三日):"德楞泰奏报扫除蒲添宝大股贼匪,并擒斩蓝黄白三号贼目多名,得旨奖赉。"《清实录》第29册,第372页。

二十四日(9月20日) 丑正一刻起行，卯初至巴雅尔额尔滚郭佛勒①，巳正至都默达乌桓大营②，跕班。此路不平，然尚不险。

二十五日(9月21日) 丑初三刻起行，寅正至山洼蒙古营，拾柴生火，饭毕，至巴颜布尔哈苏台佛勒③。巳初三刻，归巴颜布尔哈苏台大营，跕班。是日，自都默达乌桓至巴颜布尔哈苏台佛勒约五十余里，山大而路不平，颇难行走。此围向闻多兽，今则未见一鹿，只十数小兽耳。

二十六日(9月22日) 寅正二刻起身，卯正二刻至巴颜沟佛勒④。合围时，一鹿铤险走窜，飞马追及，射殪之。收围时绕围前驱，

---

① 巴雅尔额尔滚郭佛勒，《扈从木兰行程日记》作“巴雅尔鄂尔滚沟”，《围场厅志》名“巴雅尔鄂尔根郭”。此围原名鄂尔滚郭，蒙古语意宽阔的河流，巴雅尔为蒙古语吉祥意，因乾隆年间在此接金川捷报，故冠以“巴雅尔”作为纪念。是木兰东界十围场之一，在那尔苏台西原以北。查美荫《围场厅志》卷十四“围场规制”，《国家图书馆藏地方志珍本丛刊》第21册，第483页。胡季堂《扈从木兰行程日记》，《历代日记丛钞》第31册，第111页。

② 都默达乌桓大营，《仁宗睿皇帝实录》作“都木达乌拉岱”，嘉庆七年八月壬戌(二十四日)：“壬戌……是日驻跸都木达乌拉岱御营。”蒙古语意中间红色的山峰，在额尔滚郭佛勒围场以西，是清帝木兰围猎时常设大营之地。《清实录》第29册，第373页。胡季堂《扈从木兰行程日记》，《历代日记丛钞》第31册，第111页。

③ 巴颜布尔哈苏台佛勒，《仁宗睿皇帝实录》作“巴彦布尔噶苏台”，嘉庆七年八月癸亥(二十五日)：“癸亥……是日驻跸巴彦布尔噶苏台御营。”蒙古语意柳树众多之地，木兰东界十围场之一，在正白旗巴伦昆德伊卡伦之西，在额尔滚郭勒东北十七里，是清帝木兰围猎常设大营之地。《清实录》第29册，第374页。查美荫《围场厅志》卷十四“围场规制·译义”，《国家图书馆藏地方志珍本丛刊》第21册，第483、495、525页。

④ 巴颜沟佛勒，《仁宗睿皇帝实录》作“巴彦沟”，《围场厅志》作“巴颜郭”，嘉庆七年八月甲子(二十六日)：“甲子，上行围，是日驻跸巴彦沟御营。”巴颜沟蒙古语意富足之沟，木兰东北界八围场之一，在巴颜布尔哈苏台围场西北三十四里，是清帝木兰围猎常设大营之地。《清实录》第29册，第374页。查美荫《围场厅志》卷十四“围场规制·译义”，《国家图书馆藏地方志珍本丛刊》第21册，第494、495、523页。

至路旁跪进鹿尾,蒙恩赏穿黄马褂。午正二刻归巴颜沟大营。此路尚近,不甚险。自永安莽喀至此,谭铁箫皆挟弓矢同上佛勒,跃马逐鹿,不避艰险,亦书生中之巴图鲁也。申正二刻又起身,戌初二刻至野营住。是夜,雨。

蒙恩赏穿黄马褂恭纪

有获皆天赐,章身被宠光。短衣夸外著,正色合中央。尽擅儒臣美,曾聆圣训详。前期两次赐对,命刷羽抨弦,勉力从事,并教以跪献之仪。归时寿萱幄,元吉是黄裳。

同人见贺诗附录:

叠　韵

朱珪石君[①]

羡君姻娅获连双,是日令姊丈、散秩大臣伊公同拜赐服。绝力相逢凑镞鏦。宠锡黄衣荣跨马,快浮菊酒醉倾缸。艺精天巧能穿革,赏懋人功异指庞。多少材官环扈从,春容儒服自心降。

次石君相国韵

董诰柘林[②]

驰马弯弧艺擅双,广场殪鹿矢鏦鏦。赐衣俊采映金埒,酌醴浓香浮玉缸。拜庆莱斑光有耀,典军袀服色无庬。扈行不独儒生羡,藩部期门心共降。

---

① 本诗收入朱珪《知足斋诗集》卷十八,题为《英少农获鹿蒙赐黄马褂,诗以和之,叠前韵》,诗与《日记》所载同。《清代诗文集汇编》第 376 册,第 538 页。

② 董诰,字雅伦,号蔗林、柘林,浙江富阳人,尚书董邦达子,乾隆二十八年进士,官至文华殿大学士,谥文恭,工书画,所绘多收入《石渠宝笈》第三编。时以大学士、军机大臣扈从。姚文田《太傅董文恭公行状》,《邃雅堂集》卷四,《清代诗文集汇编》第 448 册,第 627—632 页。

次石君协揆韵

戴衢亨莲士[①]

马上擎来鹿角双，羡君飞矢捷于鏦。柘黄赐出袍输锦，莱彩归时酒进缸。压帽翎花分璀璨，如椽赋笔纪洪厖。儒臣锡服占元吉，文垒巍峨筑受降。

刘权之云房[②]

簪毫阆苑挽弓强，塞草征衣相映黄。一发应弦歼野鹿，三驱受赐配金章。舞添寿母承欢彩，文称儒生元吉裳。愧我未能随跪献，雄心虽在发苍苍。

赵秉冲谦士

从田占吉协黄裳，拜赐荣逾卷锡章。偻指儒臣叨有几？欢心寿母感难量。缥缃旧业君能继，弧矢家风圣所臧。珍重平生持素志，酬恩宁祗勖无忘。

黄钺左田[③]

长杨羽猎漫多才，射鹿弓谁百石开。白镞忽惊天半落，黄云

---

① 戴衢亨，字荷之，一字莲士，祖籍安徽休宁，寄籍江西大庾，协办大学士戴均元侄，乾隆四十三年状元，官至军机大臣、体仁阁大学士，谥文端，有《震无咎斋诗稿》《南安诗草》。时以尚书、军机大臣扈从。李元度《戴文端公事略》，《国朝先正事略》卷二十一，《续修四库全书》第538册，第470、471页。

② 刘权之，字德舆，号云房，湖南长沙人，乾隆二十五年进士，官至体仁阁大学士，谥文恪，有《刘文恪公诗文集》。时以吏部尚书、军机大臣扈从。嘉庆十年，刘权之、英和同任军机大臣，闰六月，英和面参权之瞻徇司员袁煦，意近专擅，奉旨英和降为太仆寺卿，权之亦降编修。《清实录》第29册，第997、998页。李元度《刘文恪公事略》，《国朝先正事略》卷二十，《续修四库全书》第538册，第447、448页。

③ 黄钺，字左田，号壹斋，安徽当涂人，乾隆五十五年进士，嘉庆初为朱珪所举，时以主事、懋勤殿行走扈从，官至军机大臣、户部尚书，谥勤敏，有《壹斋集》四十卷。《清史列传》卷三十七《黄钺传》，第10册，第2873—2877页。

亲捧日边来。两眉照耀光华发,万马欢呼拜舞回。应有羽林人指羡,禁中颇牧属邹枚。

张燮荛友[①]

簪笔南斋沐宠光,射雕手又冠鹓行。中隅禽献蒙天笑,在笥衣颁带御香。孔翠辉联宜紫阁,先是,蒙恩赏戴花翎。云蓝色换协黄裳。公都统蓝旗,例穿蓝褂。上兰特荷非常赐,送喜萱帏举寿觞。

谭光祥退斋

讲武亲承书接频,早征天眷属儒臣。彯缨自具封侯相,折角仍推夺锦人。被服荣分华衮重,回翔光映御袍新。归时介寿黄花畔,如此莱衣荷至仁。

谭光祜子受[②]

树琴司农英伟姿,才兼文武天子知。翠翎蓝褂克勒马,中权

① 张燮,字子和,号荛友、理斋,江苏常熟人,乾隆五十八年进士,英和会试同年,时以刑部主事扈从,官至浙江宁绍台道,以诗文名世,有《味经书屋诗稿》《味经书屋文集》,英和有《张子和诗稿序》。孙原湘《诰授奉政大夫浙江宁绍台海防兵备道张君墓志铭》,《天真阁集》卷四十七"文九",《清代诗文集汇编》第464册,第495页。英和《恩福堂散文》,《清代诗文集珍本丛刊》第375册,第117页。

② 本诗收入《铁箫诗稿》卷六《橐笔小草》。题为《石侍郎英和射鹿,恩赐黄马褂,以诗纪之石字树琴》,诗作:"树琴司农英伟姿,文武备足天子知。翠翎蓝褂克勒马,侍郎于七月调正蓝旗满洲副都统,例著蓝马褂。克勒马即枣骝马,蒙古王子所赠也。中权大纛抨弓随。书生谈兵亹不倦,招我并辔登崔嵬。我亦短衣挟弓矢,夺取宛马同驱驰。围场团团数十里,健儿逐鹿从旌麾。缘坡涉涧撒两翼,其势合抱山之隈。千人万人列队伍,五步七步中规矩。中央麋鹿聚无数,静待天子抽金铍。大漠霜枯草根劲,细犬脚健鹰眼睢。儦儦俟俟互抵触,铤而走险何能为。就中一鹿忽奔窜,苍皮双乂肉腯肥。犄角令严不可动,纵有逸者谁敢追。司农此时气雄骏,轻襟一拂撑双眉。擐弓抽矢纵羁靮,绝尘快马昂头嘶。边风猎猎舞裘袂,一跃不怯高冈危。追鹿上冈鹿且健,马足腾踔乃过之。回身霹雳电光掣,血花点地红葳蕤。洞胸饮羽鹿踣地,玉山颓压霜枫枝。少(注转下页)

大纛抨弓随。书生谈兵亹不倦，招我并辔登崔嵬。我亦短衣挟弓矢，夺取胡马同驱驰。围场团团数十里，健儿逐鹿从旌麾。缘坡涉涧伞两翼，其势合抱山之隈。千人万人列队伍，五步七步皆规矩。中央麋鹿聚无数，静待天子抽金铍。大漠霜枯草根紫，细犬脚健鹰眼睢。儦儦俟俟互抵触，铤而走险何能为。就中一鹿忽奔窜，苍皮双乂肉腯肥。犄角令严不可动，纵有逸者谁敢追。司农此时气雄骏，轻襟一拂撑双眉。擐弓抽矢纵羁靮，绝尘快马昂头嘶。边风猎猎舞裘袂，一跃不怯高冈危。追鹿上冈鹿犹健，马足腾踔乃过之。回身霹雳电光掣，血花点地红葳蕤。洞胸饮羽鹿踣地，玉山颓压霜枫枝。少迟即为健卒中，迅捷直过黄须儿。我时弓箭亦在手，鼻头出火交差池。耳边风声吼如虎，望尘但恨马力疲。司农呼我快先睹，相视一笑无言词。抽刀割尾置弓服，余喘尚听声咿咿。回马仍趋大纛后，已见圣主施神威。玉骢控纵试一发，不惊徒御歼熊罴。群藩罗拜呼万岁，前驱已到行营西。司农长跽擎鹿尾，天子一见颜色怡。顾谓左右是宜赏，赏以黄褂如赐绯。司农稽首被华服，谓臣有获皆君慈。手书札子谢纶綍，感激词气何淋漓。归来毡帐我称贺，捃摭古语佐一卮。

(续上页注)迟即为健卒中，迅捷直过黄须儿。我时弓箭亦在手，鼻头出火交差池。耳边风声吼如虎，望尘但恨马力疲。司农呼我快先睹，相视一笑无一辞。抽刀割尾置弓服，余喘尚听声咿咿。回马还趋大纛后，已见圣主施神威。玉骢控纵试一发，不惊徒御歼熊罴。群藩罗拜呼万岁，前驱已到行营西。司农长跽擎鹿尾，天子一见龙颜怡。曰司农某我赏汝，赏汝黄褂如赐绯。司农稽首被华服，曰臣有获皆君慈。手书札子谢纶綍，感激词气何淋漓。归来毡帐仆献贺，捃摭古语佐一卮。贺敦邙山敢徒步，谢鲲豫章惊断肢。逐獐饮血不知老，景宗邑邑羞车帷。长杨羽林尽虚诞，农隙讲武斯其宜。我朝服远秉家法，书生善射犹雄奇。黄裳元吉亦臣道，归家介寿黄花时。入林即鹿验诸《易》，不但快意观朵颐。明朝更听饿鸱叫，留作蛮布弓衣诗。”《清代诗文集汇编》第 506 册，第 56、57 页。

贺敦邛山敢徒步，谢鲲豫章惊断肢。逐獐饮血不知老，景宗邑邑羞车帷。长杨羽林尽虚诞，农隙讲武斯其宜。我朝服远秉家法，书生善射犹雄奇。黄裳元吉亦臣道，归家介寿黄花时。入林即鹿验诸《易》，不但快意观朵颐。明朝更听饿鸱叫，留住蛮布弓衣诗。

二十七日(9月23日) 卯初二刻自野营起行，辰初至莫尔根约络佛勒[①]，巳正一刻归鄂尔楚克哈达大营[②]。此路山高而险，早落微雪，旋晴。未正一刻召见，申初一刻复起身，酉初一刻至野营住。天气和暖，路尚可行。

二十八日(9月24日) 卯正从野营上巴颜木墩佛勒[③]，即雪，且有风，半路晴，复雪。巳正仍归鄂尔楚克哈达大营，路不远，且易行。是日，又获一狍，交杭霭。

二十九日(9月25日) 寅初二刻起行，卯初三刻至德尔济佛

---

① 莫尔根约络佛勒，《扈从木兰行程日记》作“约罗”，《围场厅志》作“岳乐”“岳络”，满语意雕，是木兰东北界八围场之一，在巴颜沟围场以北七里。胡季堂《扈从木兰行程日记》，《历代日记丛钞》第31册，第115页。查美荫《围场厅志》卷十四“围场规制・译义”，《国家图书馆藏地方志珍本丛刊》第21册，第493、495页。

② 鄂尔楚克哈达大营，《仁宗睿皇帝实录》嘉庆七年八月乙丑(二十七日)：“乙丑，上行围……是日驻跸鄂尔楚克哈达御营，翼日如之。”哈达，满语意为山峰，鄂尔楚克哈达在巴彦沟围场以西，约络围场西南，是清帝木兰围猎时常设大营之一。《清实录》第29册，第374页。海忠《承德府志》卷首二十六“围场图”，第1页。

③ 巴颜木敦佛勒，《围场厅志》作“巴颜木墩”，满语意山梁多之地，东北界八围场之一，在鄂尔楚克哈达西北。查美荫《围场厅志》卷十四“围场规制”，《国家图书馆藏地方志珍本丛刊》第21册，第494页。胡季堂《扈从木兰行程日记》，《历代日记丛钞》第31册，第116页。

勒[1]，有风且寒，路尚易行。巳正三刻归伊绵呵乐大营[2]，天气回暖。

三十日（9月26日）　寅正起行，卯初二刻至必图舍利佛勒[3]。巳初三刻归伊绵呵乐口大营。是日甚暖。未刻，西北山上荒起，火也。飞马上山，与王公大臣率众打灭。

九月初一日（9月27日）　寅正一刻起行，卯正至阿吉格鸠佛勒[4]，巳正至阿木巴鸠呵乐大营[5]。又获一狍，交上。是日仍暖。蒙古杀一虎。

---

① 德尔济佛勒，《围场厅志》作"德尔吉"，《扈从木兰行程日记》作"得尔吉"，满语意东边，木兰东界十围场之一，在巴颜木敦东南三十四里。查美荫《围场厅志》卷十四"围场规制"，《国家图书馆藏地方志珍本丛刊》第21册，第483、495页。胡季堂《扈从木兰行程日记》，《历代日记丛钞》第31册，第116页。

② 伊绵呵乐，《仁宗睿皇帝实录》作"伊绵沟"，嘉庆七年八月丁卯（二十九日）："丁卯，上行围……是日驻跸伊绵沟御营。"伊绵呵乐原名布扈图口，在德尔济围场向东，正白旗乌拉台卡伦以西，乾隆二十三年以西域诸藩于此入觐，赐名伊绵峪，伊绵，蒙古语"会归"意，伊绵峪是清帝木兰围猎时常设大营之一。《清实录》第29册，第375页。查美荫《围场厅志》卷十四"围场规制"，《国家图书馆藏地方志珍本丛刊》第21册，第484页。

③ 必图舍利佛勒，《围场厅志》作"毕图舍哩"，蒙古语意为茅柴深密之处，东界十围场之一，在德尔济围场以东。查美荫《围场厅志》卷十四"围场规制·译义"，《国家图书馆藏地方志珍本丛刊》第21册，第483、523页。

④ 阿吉格鸠佛勒，《围场厅志》作"阿济格纠"，《扈从木兰行程日记》作"呵吉格鸠"，满语意为小狍子谷，为木兰东界十围场之一，在毕图舍哩围场西十二里，伊绵呵乐西南。查美荫《围场厅志》卷十四"围场规制"，《国家图书馆藏地方志珍本丛刊》第21册，第484、495页。胡季堂《扈从木兰行程日记》，《历代日记丛钞》第31册，第119页。

⑤ 阿木巴鸠呵乐大营，《仁宗睿皇帝实录》作"案巴究沟口"，嘉庆七年九月己巳（初一日）："己巳……是日驻跸案巴究沟口御营。"《扈从木兰行程日记》作"按班九"，满语意为大狍子谷，在木兰中界围场内，巴彦木敦围场西南安巴究河源处，是清帝木兰围猎时常设大营之地。《清实录》第29册，第377页。海忠《承德府志》卷首二十六"围场图"，第2页。胡季堂《扈从木兰行程日记》，《历代日记丛钞》第31册，第119页。

初二日(9月28日)　寅正一刻起行,卯正一刻至莫而根经克乃佛勒①。巳正一刻归乌兰哈达南大营②。山势甚佳,路亦易行。清晨阴而寒,旋落雪,巳刻晴。

闻照、耀两儿③夜读,寄示二首

两儿初可就规绳,督责深惭我未能。惟有阿娘曾习惯,至今图画纪秋灯。内子当日秋夜伴读,曾绘图以纪。

黄裳翠羽趁金貂,数十年来孰幸邀。花翎、黄褂自章嘉文端公④后三十余年,我满洲翰林出身,兼而有者仅见。尽是读书能食报,

---

① 莫而根经克乃佛勒,《围场厅志》作"默尔根精奇尼",《扈从木兰行程日记》作"墨尔根津钦尼",满语意善射的将军,为木兰东南界十五围场之一,在巴颜喀喇围场西北。查美荫《围场厅志》卷十四"围场规制",《国家图书馆藏地方志珍本丛刊》第21册,第491页。海忠《承德府志》卷首二十六"围场图",第1页。胡季堂《扈从木兰行程日记》,《历代日记丛钞》第31册,第121页。

② 乌兰哈达南大营,《仁宗睿皇帝实录》嘉庆七年九月庚午(初二日):"庚午,上行围,是日驻跸乌兰哈达南御营。"蒙古语意红色的山峰,在永安莽喀围场正西,崖口正北,是清帝木兰围猎时常设大营之地。《清实录》第29册,第377页。海忠《承德府志》卷首二十六"围场图",第1页。胡季堂《扈从木兰行程日记》,《历代日记丛钞》第31册,第121页。

③ 奎照,英和长子,母萨克达夫人,乾隆五十五年(1790)三月生于京师,字伯冲,号玉庭,嘉庆十九年进士,官至礼部尚书,有《使青海草》《沙龙纪事诗》等,时年十二岁。奎耀,英和次子,母萨克达夫人,乾隆五十六年(1791)二月生于京师,字仲华,号芝圃,嘉庆十六年进士,官至通政使,时年十一岁。赵春辉《索绰罗氏家族文化与文学源流考》,《学术交流》2017年第2期。

④ 章嘉文端,即雍、乾年间重臣、大学士尹继善,姓章佳氏,字元长,号望山,满洲镶黄旗人,大学士尹泰子,雍正元年进士,官至文华殿大学士,谥文端。尹继善中进士后,选翰林院庶吉士,授编修,其工诗文,广结士子,为八旗文坛领袖。存《尹文端公诗集》十卷,集中有《辛未七月调任两江,自西安入觐,特赐黄褂在御前行走,时驾幸热河,恭送至南石槽》诗,辛未即乾隆十六年,可知其受赐黄马褂时间。尹继善《尹文端公诗集》卷四,《清代诗文集汇编》第279册,第503页。袁枚《文华殿大学士尹文端公墓志铭》,《小仓山房文集》卷三,《袁枚全集》第2册,第34—37页。

好持定力坐深宵。

初三日(9月29日) 寅正一刻起行，卯正二刻至颇赖佛勒[①]，巳初三刻归伊逊必赖大营[②]。申初复前行，戌初至野营。路远有河，相约早行。

初四日(9月30日) 卯正起行，上塔里雅图佛勒[③]，巳正三刻归六道河大营[④]。是日晴暖，路亦易行。

初五日(10月1日) 寅初三刻起行，黎明出崖口，辰初一刻至张三营。是日早寒，午暖。未初，上赐诸蒙古王公食，于宫门演剧，臣

---

① 颇赖佛勒，《围场厅志》作"坡赉""霍赖"，蒙古语意咽喉处，为木兰东南界十五围场之一，在默尔根精奇尼以南十三里，永安莽喀围场之北二十七里。查美荫《围场厅志》卷十四"围场规制"，《国家图书馆藏地方志珍本丛刊》第21册，第490、497页。

② 伊逊必赖大营，《仁宗睿皇帝实录》作"伊逊河东御营"，嘉庆七年九月辛未(初三日)："辛未，上行围……是日驻跸伊逊河东御营。"伊逊，蒙古语意为九，伊逊河源在巴彦木敦围场以西伊逊色钦，会诸小水南流一百七十里，由崖口出围场界，伊逊河东大营是清帝木兰围猎时常设大营之一。《清实录》第29册，第378页。查美荫《围场厅志》卷四"水"，《国家图书馆藏地方志珍本丛刊》第21册，第163、166页。

③ 塔里雅图佛勒，蒙古语有田可耕之地，木兰南界五围场之一，在正蓝旗汗特穆尔卡伦之北，向北五里至永安莽喀围场，西南则出崖口。查美荫《围场厅志》卷十四"围场规制"，《国家图书馆藏地方志珍本丛刊》第21册，第485、486、525页。

④ 六道河大营，《仁宗睿皇帝实录》嘉庆七年九月壬申(初四日)："壬申，上行围……是日六道河御营。"六道河在近崖口处，是清帝木兰围猎常设大营之地。河即伊逊河，伊逊河发源于围场，九转而至崖口，此即第六曲处。嘉庆七年，协办大学士朱珪随扈诗《微雪喜晴》有句云："伊逊六道河，计日将弊围。"《六道河》诗有句云："山座水应鳌，盘河六曲流。"《清实录》第29册，第379页。查美荫《围场厅志》卷四"水"，《国家图书馆藏地方志珍本丛刊》第21册，第166页。朱珪《知足斋诗文集》卷十八，《清代诗文集汇编》第376册，第539、540页。

英和与大学士庆桂[①]侍班照看,申初散。长芦盐政赛尚阿[②]来此请训,因聘谭子受入幕,请主讲问津书院。

出崖口诗附

鞭丝历遍十三围,罢猎櫜弓命赋归。无数好山留客顾,多情红叶伴云飞。劲风吹袂人偏健,丰草如春马亦肥。计日黄花开正好,寿觞欢捧侍亲闱。

初六日(10 月 2 日) 寅正起行,辰正一刻至波罗河屯,巳正后召见。是日不寒,未刻风起。

初七日(10 月 3 日) 寅正起行,辰初一刻至中关。因热河有应写之件,申初,与赵谦士、谭子受兼程而行,酉正二刻抵热河。

初八日(10 月 4 日) 辰初至惠迪吉门站班,圣驾到后,与傅察公丰伸济伦进内跪皇后安。是日,蒙赏洋表、小刀各一。

初九日(10 月 5 日) 卯初二刻至惠迪吉门谢赏。报到后有查办议奏之件,同傅察公在烟波致爽召见,缮写旨意。酉正二刻归寓。是日,谭子受回京,望后将赴天津。

初十日(10 月 6 日) 申正,因恭缮谕旨进内,酉正一刻归寓。是月初一日发下御制诗十首,命扈从王、大臣恭和元韵,本日进呈。臣英和诗附录:

恭和御制"敬题狮子园"元韵

普陀福地拓狮园,天藻辉煌圣制存。鸟语蛩吟齐奏响,溪声山色解迎恩。云烟浮翠遥成绘,星斗联珠近可扪。最上一乘登

---

① 庆桂,姓章佳氏,字树斋,满洲镶黄旗人,大学士尹继善子,官至文渊阁大学士,谥文恪。时以大学士、军机大臣扈从。《清史列传》卷二十七"庆桂传",第七册,第 2090—2095 页。

② 赛尚阿,内务府正黄旗人,官至武备院卿,时以长芦盐政兼管天津关事务,八年九月撤回。档案:"都察院奏,为奉旨著赛尚阿巡视长芦盐政事致内务府等",05—13—002—000518—0117。《清实录》第 29 册,第 629 页。

鹫岭，众峰俯瞰列雄藩。

恭和御制“含青斋小憩漫题”元韵

几余策马偶寻探，生意蓬蓬众妙含。琪草满庭秋亦润，璚林浮绿雨初酣。当窗兰沼凝香雾，隔牖烟峦拥夕岚。茂对摛毫多澈悟，宸游岂为景光耽。

恭和御制“清溪远流有会”元韵

知者本乐水，澄澈无泥淤。在山与出山，清浊分毁誉。帝谓性本洁，激扬权在予。一线落星宿，静若人生初。江河既疏决，溟渤成沟潴。瀹流必溯源，渣滓当汰除。天心月才到，清风来穆如。渊泉悟时出，川上天怀舒。

恭和御制“八月十三日恭逢皇考诞辰，敬诣永佑寺后楼拈香泣述”元韵

琼楼云烂日华舒，展拜升香近玉虚。昔服山龙虔颂祝，今瞻梁梠感欷歔。绥邦屡兆丰年乐，偃伯新闻巨憝除。缵述全功皆不匮，圣心犹谓歉于予。

恭和御制“启跸幸木兰行围即事”元韵

启跸双旌建，行围六纛开。时巡旧章率，风动主恩培。塞草缘坡上，秋山擁翠来。中权叨侍猎，即鹿向林隈。

恭和御制“入崖口”元韵

好山无数送青来，日丽旌旗大漠开。继志难忘先训重，慕恩常为旧游哀。合围千骑临崖曲，一发双狍落涧隈。驰献仙庄遥致祷，孝思家法道全该。

恭和御制“永安莽喀围敬述”元韵

沙冈兽孳蕃，灵囿百年泽。施恩道大光，义取风雷益。习劳体健行，志岂矜多获。三驱射熊虎，发矢羽没石。奎章丽丰碑，尧文耀史册。家法垂万年，永安永不易。

恭和御制“四宜居晚坐”元韵

行殿支连月宇支，旰宵无倦帝居之。法天象地方圆配，临水

登山位置宜。沟洫廑怀卑禹室,凿耕成颂仰尧茨。侍臣绕幄簪毫立,似步花砖日影移。

恭和御制"参赞德楞泰①奏报,歼毙首逆蒲添宝全伙千余名,诗志感慰"元韵

万马腾云峻岭屯,荒山穷寇悸残魂。窜林巢穴终难遁,絓树头颅亦仅存。干羽两阶惟圣德,枢机千里讵空言。荡平伫听铙歌奏,五等酬庸尽拜恩。

恭和御制"诸蒙古王公进宴,诗以纪事"元韵

月城云幔净无埃,黄幄高张瑞色开。风漾旌旗诸部肃,心倾葵藿累朝培。芦笳奏曲齐翔凤,竿木随身各贡骒。尽是圣人威德暨,光昭谟典亿年恢。

十一日(10月7日) 同傅察公丰伸济伦跪皇后安。巳刻,发下诸臣恭和诗。

十二日(10月8日) 寅正三刻起行,辰初二刻至喀喇河屯。是日暖。

十三日(10月9日) 寅初二刻起行,辰正二刻至常山峪。是日仍暖。午刻召见。

十四日(10月10日) 寅正起行,卯正二刻至两间房。

---

① 德楞泰,伍弥特氏,字惇堂,正黄旗蒙古人,其英勇超伦,战必身先陷阵,名与额勒登保相亚。乾隆年间从征金川、石峰堡、台湾,皆有功,累迁参领。嘉庆初年与额勒登保等会剿白莲教各部,奉旨专办"川贼",七年春,追樊人杰、蒲添宝等至湖北境,七月在兴山、房县交界堵截蒲添宝部,添宝坠崖死。十一月,以公封一等侯加太子太保。十四年晋三等公,寻卒,谥壮果,有孙花沙纳所编《德壮果公年谱》三十三卷。李元度《德壮果公事略》,《国朝先正事略》卷二十二,《续修四库全书》第538册,第499—504页。

十五日(10月11日) 寅正起行,在南天门[①]小憩二刻,巳初二刻至要亭子。是日,上阅提标官弁操演。

十六日(10月12日) 寅初三刻起行,九松山[②]小憩一刻,巳初二刻至密云县。入关后较口外暖甚。

十七日(10月13日) 寅初三刻起行,辰初三刻至丫髻山[③]顶,展拜神庙,辰正二刻归大营。

丫髻山碧霞元君庙叠庚戌(乾隆五十五年,1790年)年韵

神居缥缈白云端,有客重登试壮观。伯仲一峰来作髻,儿孙众岭未齐栏。广生福庇群黎厚,资始功襄渥泽宽。东鲁自惭虚展拜,灵风曾护使车安。

十八日(10月14日) 寅初起行,辰正二刻至盘山[④]。是日微雨,旋晴。登莲花岭,山翠欲滴,秋色萧疏,忆谭七出门时原有同游之约,今忽去天津,殊为怅惘,想谭七此时必梦游斯境也。午后游天成

---

① 南天门,属密云县,在密云县东北九十里,古北口南十里,为秋狝往来驻跸之所,潮河由喀喇河屯经此入古北口,造正副浮桥以渡,有敕建观音寺,寺旁有御书房名"揽胜轩"。臧理臣《密云县志》卷一之四"舆地·山",第3页。李鸿章《畿辅通志》卷十五"帝制纪·行宫",第13页。

② 九松山,在密云县境,《密云县志》:"九松山,县东北三十里,西即九岭庄也。以奇松九株得锡今名,山临孔道,前清跸路所常经,故御制诗屡咏及之。"臧理臣《密云县志》卷一之四"舆地·山·右北境诸山",第3页。

③ 丫髻山,即丫髻山行宫,《仁宗睿皇帝实录》嘉庆七年九月乙酉(十七日):"乙酉,驻跸丫髻山行宫。"行宫属怀柔县,县治东南九十里有丫髻山,二峰上有碧霞元君祠,山东四里建行宫一所。《清实录》第29册,第384页。李鸿章《畿辅通志》卷十五"帝制纪·行宫",第19页。

④ 盘山,即盘山行宫,《仁宗睿皇帝实录》嘉庆七年九月丙戌(十八日):"丙戌……是日驻跸盘山行宫。"行宫属蓟州,在盘山下玉石庄东,乾隆九年建,赐名静寄山庄。复于山内天成寺等处各设座落,以备巡幸憩息之所。《清实录》第29册,第385页。李鸿章《畿辅通志》卷十五"帝制纪·行宫",第18、19页。

寺,晚宿挂月山庄[①],与家兄弟小饮。

过莲花岭寄怀谭子受

七宝池中开一朵,万瓣芙蓉势岋峨。神人化石多奇功,田盘以西位置妥。千骑万骑瓣中来,人人噫戏歌高哉。我独振衣凌绝顶,拍浮欲唤荷筒杯。云峰东望状不一,云罩数峰时一出。山灵向客真有情,惜无画笔与诗笔。忽忆同怀谭铁箫,云梯未共来联镳。情深意重《莲花曲》,付与何人歌且谣。谭七集中有《莲子曲》。

游天成寺

已入招提境,招提路又迷。石峰迎面立,云树与肩齐。地接危楼险,天临大漠低。偷闲频策马,即景便留题。

留题挂月山庄

胸臆一何畅,征骖停蓟门。分明来故里,相对喜诸昆。同宿人谁在?己亥(乾隆四十四年,1779年)春同游者,今已仅在。多年迹尚存。拂尘看马鬣,衰草没霜痕。

对月壶觞引,挑灯笑语呼。时调娇女笑,醉倩小男扶。客梦今宵稳,天涯一雁孤。四兄宦游甘肃。何当同聚此,应候插茱萸。

十九日(10月15日) 寅初三刻起行,巳初至隆福寺[②],午刻召见。

---

① 挂月山庄,在盘山挂月峰,英和堂叔观德第三子观荣建于此,观荣字青农,号梅林,官候选道,有《挂月山庄诗钞》。张维屏《国朝诗人征略》卷五十九,天津图书馆历史文献部编《三十三种清代人物传记资料汇编》第四十一册,第705页。

② 隆福寺,即隆福寺行宫,《仁宗睿皇帝实录》嘉庆七年九月丁亥(十九日):"丁亥……是日驻跸隆福寺行宫。"《畿辅通志》:"东道由大、宛二县至遵化州为列圣展谒东陵銮辇所经之地,沿途驻跸行宫之所凡四。"即燕郊行宫、白涧行宫、桃花寺行宫、隆福寺行宫。隆福寺行宫属蓟州,在州东六十里,乾隆九年由葛山寺改建,距孝陵一舍。《清实录》第29册,第385页。李鸿章《畿辅通志》卷十五"帝制纪·行宫",第1—3页。

二十日(10月16日) 寅初起行，卯初至昭西陵，引礼毕，驰至孝东陵引礼，又至裕陵随班行礼。午初至桃花寺[①]召见，命同傅察公丰伸济伦缮写旨意。

二十一日(10月17日) 寅正起行，巳初至白涧[②]。

二十二日(10月18日) 寅正一刻起行，巳初二刻至燕郊[③]，蒙恩赐假拜墓，申正至长营[④]，宿。

二十三日(10月19日) 寅初起行，辰正至圆明园，午刻宫报到，伺候听信，申初归杨家井直庐。

---

① 桃花寺，即桃花寺行宫，《仁宗睿皇帝实录》嘉庆七年九月戊子(二十日)："戊子……是日驻跸桃花寺行宫。"行宫属蓟州，州南二舍桃花山上有桃花寺，乾隆九年重修于桃花寺旁。《清实录》第29册，第385页。李鸿章《畿辅通志》卷十五"帝制纪·行宫"，第2页。

② 白涧，即白涧行宫，《仁宗睿皇帝实录》嘉庆七年九月己丑(二十一日)："己丑……是日驻跸白涧行宫。"行宫属蓟州，在城西十里，山上有白涧寺，为清帝展谒东陵入蓟州州境首站，乾隆十八年建造行宫。《清实录》第29册，第386页。李鸿章《畿辅通志》卷十五"帝制纪·行宫"，第1、2页。

③ 燕郊，或作"烟郊"，即燕郊行宫，《仁宗睿皇帝实录》嘉庆七年九月庚寅(二十二日)："庚寅，驻跸烟郊行宫。"属三河县，与通州接界，行宫建自康熙年间，乾隆二十年移建于旧址迤南。《清实录》第29册，第386页。李鸿章《畿辅通志》卷十五"帝制纪·行宫"，第1页。

④ 长营，英和祖茔所在，在通州正西，离州城十二里。高天凤《通州志》卷之一"封域·村庄·州正西路二十八村庄"，第34页，乾隆四十八年(1783)刻本。

奉使陕甘日记

丙寅二月廿八日(嘉庆十一年,1806 年 4 月 16 日) 因吏部带领引见、工部奏事,前赴团河[①],蒙召同阁学初颐园先生[②]进见,面奉谕旨,往甘肃查办事件,旋叩辞。

三十日(4 月 18 日) 未初一刻自家起身,未正三刻至普济堂[③],及门诸子咸集候送,谈数语而别。酉正二刻抵良乡,仍寓卓秀书院[④]。

---

① 《仁宗睿皇帝实录》卷一五七嘉庆十一年二月乙巳:"是日,驻跸团河行宫,翼日如之。"丙午:"命工部左侍郎英和、内阁学士初彭龄驰赴西宁,查办事件。"团河行宫在南苑西南黄村门内,是清帝在南海子行猎时的驻跸之所。缪荃孙《顺天府志》卷四"京师志四·苑囿",第 2、3 页,光绪十至十二年(1884—1886)刻本。《清实录》第 30 册,第 29 页。

② 阁学初颐园,即内阁学士初彭龄。初彭龄,字绍祖,号颐园,山东莱阳人,乾隆四十五年进士,官至工部尚书。彭龄为人刚方,嫉恶甚严,弹劾无所瞻徇,嘉庆九年任户部侍郎时,因参劾云贵总督吴熊光不实奉旨革职,后经起复,嘉庆十一年二月用为内阁学士,同月,与英和偕往甘肃查办案件。李桓《国朝耆献类征初编》卷一百三"卿贰六十三·初彭龄传",第 32—43 页。

③ 普济堂,在京师广宁门(道光年间避帝讳改广安门)外迆西二里,初由义民王廷献捐资筹建,康熙四十四年顺天府尹以其事上奏,皇帝御书"膏泽回春"匾,并赐《御制普济堂碑记》,定为官支银米,给"贫而无归"者提供住所救济。于敏中《日下旧闻考》卷九十二"郊坰西二",第 1550、1551 页。

④ 卓秀书院,属顺天府良乡县,在县东门外皇华馆,道光二十七年移建于东街路南,光绪三十年改为高等小学。周志中《良乡县志》卷二"建置志·学校",第 32 页,民国十三年(1924)铅印本。

计程七十里。该令王德棻[①]，暨因公在县之试用令冯晋锡，乙丑（嘉庆十年，1805年）通家[②]同来叩见。适张子和主政[③]有河间之行，亦住此，遂过谈，亥刻始去。是日天有风色，不甚晴明。

奉使甘肃，及门诸子送于普济堂留别一律

什又咏皇华，西秦去路赊。春光才到柳，风色半因沙。作客年来惯，多君礼有加。归期应不远，相约醉荷花。

三月初一日（4月19日）　辰初二刻起身，巳初二刻至窦店[④]小憩。巳正行，未初二刻抵涿州，该牧王盛清[⑤]迎于城北桥头。未至公

① 王德棻，字桂堂，山西灵石人，监生，嘉庆九年至嘉庆十一年任良乡县知县，后调天津、清苑等县知县，道光九年以亏欠官银事革职拿问，拟斩监候。陈嵋《良乡县志》卷四“官师志”，第16页，光绪十五年（1889）刻本。档案：“嘉庆九年十月二十日，直隶总督颜检奏，为遴选良乡县主簿王德棻升署良乡县知县事”，02—01—008—002634—0012；道光十一年三月二十九日，大学士卢荫溥奏，奏为议覆降调清苑县知县王德棻拟斩罪请援免事，03—2608—103。《清代缙绅录集成》六《缙绅全书·嘉庆十一年春》，第57页。

② 冯晋锡，云南鹤庆州人，嘉庆十年进士，当年五月奉旨分发直隶，以知县用，后补平谷县、唐山等县知县，嘉庆二十四年以亏空库项革职问拟。因英和为嘉庆十年会试副主考，故与该科进士有师生之谊，称为“通家”，后皆如之。《清实录》第29册，第956页。档案：“嘉庆二十四年十二月二十六日，直隶总督方受畴奏，奏为遵旨审明唐山县参革知县冯晋锡征存亏空一案按例定拟事”，04—01—01—0594—026。

③ 张子和，即张燮。张燮，字子和，号荛友、理斋，江苏常熟人，乾隆五十八年进士，与英和为会试同年，时任刑部主事，官至浙江宁绍台道。孙原湘《诰授奉政大夫浙江宁绍台道海防兵备道张君墓志铭》，《天真阁集》卷四十七《文九》，《清代诗文集汇编》第464册，第495页。

④ 窦店，即窦店镇，属顺天府良乡县，在县城西南二十五里，设急递铺。陈嵋《良乡县志》卷一“舆地志”，第41、44页；卷二“建置志”，第15页。

⑤ 王盛清，山东蓬莱人，乾隆三十九年举人，嘉庆六年十二月至嘉庆十一年六月任涿州知州，嘉庆十一年九月以串通书吏侵吞地丁钱粮案参（注转下页）

馆，先往颐园先生处闲谈。申正回，寓于南关外路西大公馆。计程七十里。是日天融日淡，晚间颐园先生来。

窦店道中

轮蹄络绎过郊垧，短梦因风一再醒。博得辎轩开笑脸，菜花黄衬麦苗青。

初二日(4月20日) 卯初起身至桓侯祠①，天阴。巳正二刻至定兴县北河②，该令吴德孚，庚申（嘉庆五年，1800年）通家③迎于城外，随至公馆叩见。饭后适菊溪先生至，与颐园先生三人小酌畅谈，时已落雨。幸不甚大。未正一刻行吴令送于店门，至(故)[固]城④小憩片刻，

（续上页注）革锁拿，奉旨正法。杨士骧《山东通志》卷一百一“学校·举人表”，第33页，民国四年至七年(1915—1918)铅印本。吴山凤《涿州续志》卷之十，第8页，光绪元年(1785)刻本。《清代缙绅录集成》六《缙绅全书·嘉庆十一年春》，第59页。档案：“嘉庆十一年九月十九日，直隶布政使庆格奏，奏为遵旨监视官犯书吏王盛清等行刑并报处决日期事”，04—01—01—0502—051。

① 桓侯祠，即张桓侯庙，在顺天府涿州。涿州桓侯庙有二，一在张飞故里忠义店，一在州南郭桑园，此或为忠义店庙，在城南十里。吴山凤《涿州志》卷二“乡闾”，第11页；卷三“祠庙”，第25页。

② 北河，即北河店，属保定府定兴县，在县治东南十里，设急递铺。严祖望《定兴县志》卷一，村庄，第10、13页；卷五，兵驿，第8页，民国二十一年(1932)刻本。

③ 吴德孚，江苏阳湖人，嘉庆五年顺天乡试举人，嘉庆十年至十三年任直隶定兴县知县。嘉庆五年英和为顺天乡试副主考，故与其有师生之谊，称为“通家”，孙琬、王德茂《武进阳湖河志》卷十八“选举志·乡榜”，第44页，道光二十三年(1843)刻本。李培祜《保定府志》卷六“职官表·国朝知州知县”，第22页，光绪八年至十二年(1882—1886)刻本。《清代缙绅录集成》六《缙绅全书·嘉庆十一年春》，第60页。

④ 固城，原文误作“故城”，属保定府定兴县，在县治南四十里。严祖望《定兴县志》卷一“村庄市集”，第13页。

雨仍未止。酉正三刻抵安肃，该署令黄榜[①]迎于城北，随至禀见，藩、臬均差人候安，寓于城内古遂书院[②]。计程百四十里。堂后有太湖石三，其形颇异。戌刻雨止，距县城十里许，花树相间，场圃蔚然，远山掩映，流水潺湲，颇饶风趣。

桓侯祠

为访灵祠特整冠，干城气象尚桓桓。将军一代威原重，天下三分势已难。直性堪同吾道白，壮心终向使君丹。燃箕煮豆征佳作，对此应教胆亦寒。

喜晤菊溪前辈叠寄怀诗韵

举世难知己，何人解爱才。眉从今日放，首为旧时回。佳客杯同泛，谓初颐园先生。行厨瓮又开。浓阴春日里，好共话归来。

初三日(4月21日)　辰初一刻起身，辰正三刻至漕河慈航寺，同颐园先生斋饭。旁为方恪敏公祠[③]，因得瞻阅遗像。白描《移兰图》乃葆岩中丞[④]留奉寺中者。巳正一刻行，午初三刻抵府北关外，该守王

---

① 黄榜，字锦题，又字书桥，江西湖口人，嘉庆十年进士，英和门生，当年五月奉旨归班铨选。殷礼、张兴言《湖口县志》卷七“选举志”，第9页，同治十三年(1874)刻本。《清实录》第29册，第955、956页。

② 古遂书院，在保定府安肃县(今徐水县)学宫以西，乾隆二十四年知县谢昌言并邑绅捐银创建，光绪末改高等小学。刘延昌《徐水县新志》卷五“政治记，教育”，第29页，民国二十一年(1932)铅印本。

③ 方恪敏公，即方观承。方观承，字遐谷，号问亭，又号宜田，安徽桐城人，初为靖边大将军、平郡王福彭幕友，经福彭举荐，以布衣任内阁中书、军机章京，后任直隶总督二十余年，尤擅治河，是乾隆中期最重要的封疆大吏之一，谥恪敏，有《述本堂诗》《宜田汇稿》《问亭集》等。方恪敏公祠在今徐水县漕河镇慈航寺北。袁枚《太子太保直隶总督方恪敏公承观神道碑》，《小仓山房文集》卷三，《袁枚全集》第2册，第57—59页。刘延昌《徐水县新志》卷四“建置记·祠堂”，第26页。

④ 葆岩中丞，即方维甸。方维甸，字南藕，号葆岩，方观承独子，安徽桐城人，乾隆四十六年进士，时任陕西巡抚，官至军机大臣、直隶总督，(注转下页)

观[①]、清苑令顾翼[②]等迎于路，遂入接官厅。城守(慰)[尉]观[德][③]、藩司庆格[④]、臬司杨志信[⑤]同请圣安。制军[⑥]因公未回。略坐谈即入

(续上页注)谥勤襄，有《方勤襄公奏议》六卷。李元度《方恪敏公事略附子襄勤公维甸》，《国朝先正事略》卷十八，《续修四库全书》第538册，第409、410页。

① 王观，字秉之，号桂峰，浙江钱塘人，乾隆五十二年进士，嘉庆十年至十一年，任保定府知府，官至直隶大名道。李培祜《保定府志》卷六"职官表·国朝知府·同知各官"，第6页。《清代缙绅录集成》六《缙绅全书·嘉庆十一年春》，第60页。

② 顾翼，江苏元和人，监生，嘉庆十年至十一年任直隶清苑县知县，十一年十二月改署理冀州知州，十三年升补开州知州，十六年以交结士绅、藉端苛派革职问拟。李鸿章《畿辅通志》卷三十"职官六"，第128页。《清代缙绅录集成》六《缙绅全书·嘉庆十一年春》，第60页。档案："嘉庆十一年十二月十五日，署理直隶总督秦承恩，奏为委任顾翼署理冀州直隶州知州印务朱京署理清苑县知县印务"，04—01—12—0281—101；"嘉庆十六年五月初三，直隶总督温承惠，奏为遵旨审明程大可孙维祖先后具控开州知州顾翼亏挪科派案依律定拟事"，04—01—08—0028—020。

③ 城守尉观，即观德，原文误作"城守慰"。观德，蒙古镶蓝旗人，嘉庆六年至十六年任保定城守尉。李鸿章《畿辅通志》卷三十一"职官七"，第21页。档案："嘉庆六年七月二十九日，为保定城守尉病故以观德补放事"，03—18—009—00059—0001—0014。

④ 庆格，满洲正白旗人，监生，乾隆末捐纳主事，嘉庆十年至嘉庆十一年任直隶布政使，后改贵州、江苏等省布政使。李鸿章《畿辅通志》卷三十"职官六"，第53页。《清代缙绅录集成》六《缙绅全书·嘉庆十一年春》，第60页。

⑤ 杨志信，字行可，号兰如，安徽六安人，乾隆四十九年进士，嘉庆十年十月至嘉庆十二年三月任直隶按察使，官至山东布政使。李鸿章《畿辅通志》卷三十"职官六"，第53页。李蔚、王峻《六安州志》卷二十七"宦迹"，第23、24页，光绪二十一年(1895)刻本。《清代缙绅录集成》六。《缙绅全书·嘉庆十一年春》，第60页。

⑥ 制军，即直隶总督裘行简。裘行简，字敬之，号可亭，江西新建人，尚书裘日修子。乾隆四十年特赐举人，授内阁中书，在军机处行走，嘉庆十年十月加兵部侍郎衔，署直隶总督，十一年九月病故，谥恭勤。李鸿章《畿辅通志》卷一百八十九"宦迹录七"，第39—41页。《清代官员履历档案全编》第2册，第446页。

城，寓于古莲花池[①]。计程五十里。诸官咸来，一一接见。试用令吴宝裕[②]、牟安儒[③]、王铨[④]、包棻[⑤]四人，皆乙丑通家，亦来叩见。是日早间尚未晴，午刻起风，晴。饭后偕颐园先生拜藩、臬、首府。

慈航寺观方恪敏公遗照

画图还未开，此心已向往。追忆上世交，旧闻记畴曩。恪敏未遇时，敝庐设书幌。我祖弟若兄，盍簪喜占象。文恭负笈从，文庄侍几杖[⑥]。臭味无差池，诗酒日倜傥。秋月复春风，故园起

---

① 古莲花池，即莲池书院。在保定府治南，雍正十二年总督李卫建。李卫《莲花池修建书院增置使馆碑》称："会城当西南十省孔道，贵戚近臣奉朝命往来，及分节畿辅大僚以公事来者，郡无公所，假馆市廛，何以佐明德、恢政体也……"可知莲池书院亦兼作往来官员在保定的临时住所。李培祜《保定府志》卷二十八"礼政略·学校"，第12—15页。

② 吴宝裕，浙江石门人，嘉庆十年进士，英和门生，当年五月奉旨分发直隶以知县用，后任直隶元城、安肃、龙门等县知县。《清实录》第29册，第956页。余丽元《石门县志》卷七"科目表"，第31页，光绪五年(1879)刻本。

③ 牟安儒，山东福山人，嘉庆十年进士，英和门生，当年五月奉旨分发直隶以知县用，后任高邑、香河、临城等县知县。《清实录》第29册，第956页。王陵基《福山县志稿》卷二之三"选举"，第41、42页，民国二十年(1931)铅印本。

④ 王铨，山东平度人，嘉庆十年进士，英和门生，当年五月奉旨分发直隶以知县用，后补直隶赤城、隆德等县知县。《清实录》第29册，第956页。保忠、吴慈《重修平度州志》卷六"选举"，第11页，道光二十九年(1849)刻本。

⑤ 包棻，江西南城人，嘉庆十年进士，英和门生，当年五月奉旨分发直隶以知县用，后补直隶涞水、丰润等县知县，升蓟州、涿州、深州等州知州，官至顺天府东路厅同知。《清实录》第29册，第956页。李人镜《南城县志》卷七之二"进士"，第29页，同治十二年(1873)刻本。

⑥ 文恭，即英和堂伯观保，字补亭，一字伯容，乾隆二年进士，官至左都御史，谥文恭，有《补亭诗稿》。文庄，即英和父德保，字润亭，一字仲容，乾隆二年进士，官至礼部尚书，谥文庄，有《乐贤堂诗钞》十三卷。二人事迹见李桓《国朝耆献类征初编》卷八十二"卿贰四十二"，第23—41页。另英和《恩福堂笔记》述其家与方观承旧交，称："余家自东省入北京，卜牛眠地于朝阳门外六(注转下页)

遐想。命驾薄言旋，祖饯东村壤。庭前花正芳，对花各怏怏。相约花再开，归期定不爽。驹隙一转瞬，气清天又朗。花开人未来，问芳遂题榜。因之号问亭，美誉流传广。鸾凤鸣于时，羽仪众所仰。善政皆服膺，王事每鞅掌。先公督学时，范阳拜父党。中丞方弱龄，一见便欣赏。嗣于庚子年(乾隆四十五年，1780年)，珊瑚归铁网[①]。渊源结最深，当代孰能仿？余暮披图坐，焄蒿念肸蠁。

是日，与颐园先生遍游亭榭，坐石衔杯，鹤鹿往来，水光浩渺，海棠放蕊，藤萝含苞，余景不能备述。虽厦宇渐就颓残，然到此身心俱远矣。是晚写家信一封，托杨廉使寄去。

同初颐园先生宿古莲花池

莲池遗迹旧知名，此日登临笑语并。侵屐绿芜三径乱，称心春水一潭清。闲中偶契鸢鱼乐，梦里犹闻鹤鹿声。若使亭台复完美，更教行客动深情。

初四日(4月22日) 卯初二刻起身，出府西门，城守尉、藩、臬、府、厅、县令等送于关外，握别即行。至陉阳驿[②]换马，方顺桥[③]打尖。

(续上页注)里屯之东豆格庄之西，以葬七世祖母。坟东南建屋宇、时花木，居然一小园。康熙年间，土人即称之石家花园，先大父偕弟兄常居焉。其时桐城方恪敏公观承与大父为布衣交，并课文恭读，暇日杯酒论文，极友朋之乐。一日思归皖省，设饯于亭，适百花正放，主向宾定重来之约，指亭前花曰：'来年花放时可复执手言欢。'及届期，花放而人不至，我祖因名曰'问芳'。未几，恪敏公来，复设酒于亭，公知名亭之由，感主人意，因以'问亭'易'宜田'旧号。"英和《恩福堂笔记》卷上，《瓜蒂庵藏明清掌故丛刊》，第42、43页。

① 方维甸所中乾隆四十六年会试，以英和父、礼部尚书德保为主考，故诗中有"嗣于庚子年，珊瑚归铁网"句。然乾隆四十六年系辛丑年，庚子年即四十五年亦有恩科，德保亦为主考，然维甸非进士，此处或英和记忆有误。

② 陉阳驿，属保定府满城县，在县治南三十里陉阳店，额设驿马九十匹。李培祜《保定府志》卷三十三"兵政略·兵制"，第17页。

③ 方顺桥，属保定府满城县，在县南五十里，砖石结构，晋永嘉三年建，后世继修缮之，并设急递铺。李培祜《保定府志》卷三十三"兵政略·(注转下页)

时交巳初，满城令刘青莲[①]迎接。巳正二刻行，距望都十五里，该令邹孝裔[②]接见。午正二刻至望都换马，未初二刻行，申初二刻抵清风店[③]。定州界，计程百廿里。是日早间日色薄，巳刻后起风，颇剧。酉刻，颐园先生过谈。戌初二刻接奉廷寄，又有一案交办，亦在甘肃[④]。

初五日(4月23日) 卯初三刻起身，入定州北门，州同春[⑤]接见，至行宫看雪浪石[⑥]后，出西门至公馆打尖。巳正行，未初一刻至新乐

(续上页注)兵制"，第20页。陈宝生《满城县志略》卷四"建置·交通"，第3页，民国二十年(1931)铅印本。

① 刘青莲，山西壶关人，乾隆五十一年顺天乡试举人，嘉庆十年至十二年任直隶满城知县，后改宁津、清苑等县知县，官至直隶东路厅同知，署永平知府，为官有政声，有《〈春秋〉读本》。茹金《壶关县志》卷七"人物"，第15、16页，道光十四年(1834)刻本。《清代缙绅录集成》六《缙绅全书·嘉庆十一年春》，第60页。

② 邹孝裔，河南光山人，嘉庆七年进士，以知县即用，嘉庆十一年至十三年任直隶望都县知县，嘉庆十三年调补丰润知县，任内病故。李培祜《保定府志》卷六"职官表·国朝知州·知县"，第22页。档案：嘉庆十四年四月二十九日，直隶总督温承惠，题报丰润县知县邹孝裔病故日期事，02—01—03—08789—009。

③ 清风店，即清风店镇，属定州直隶州，在州城北三十里，大路自村北通望都县，设急递铺。宝琳、劳沅恩《直隶定州志》卷七"地理"，第39页、第60页，道光、咸丰间刻本。

④ 《恩福堂年谱》嘉庆十一年丙辰条下："……三月初四日抵清风店，奉廷寄交审庄浪马甲伊经额呈控副都统成明家人杨三得赃滥押一案。"

⑤ 州同春，据《直隶定州志》载，时任定州州同者为周衡，四川涪陵举人，原文作"州同春"，未审何意。宝琳、劳沅恩《直隶定州志》卷十"人物·职官"，第19页。

⑥ 行宫，即众春园，在定州城内，初为宋韩琦所建，万历时复建为祠堂，康熙年间知州韩逢庥置雪浪石于其中，并建雪浪斋，康熙、乾隆、嘉庆诸帝巡幸五台山皆以此园为行宫。内有前后二雪浪石，前即苏轼《雪浪石》所咏，后为乾隆三十一年赵州知州李文耀得于临城者，经总督方观承奏闻，移运定州众春园雪浪斋前，有乾隆皇帝题记。宝琳、劳沅恩《直隶定州志》卷五"古迹"，第48—50页。

换马，该令周德纯[①]接见。未正一刻行，申正三刻抵伏城驿[②]。正定界。计程百廿五里。是日风仍不小，沙土蔽日，天气晴。

雪浪石追和东坡韵并引

石性粗，其形不方不圆，广长约二尺，黑质白文，日光射处，点点凝光，此殆雪浪之所由名也。后有湖石，高且盈丈，旧镌篆书“雪浪”二字。乾隆丙戌（乾隆三十一年，1766年）方恪敏公得之临城，移于此者也。

神物诃护风云屯，石乎名以髯翁尊。平生访古有奇癖，膏车秣马灯初昏。行不廿里日挂树，炊烟几缕来孤村。逢人遍问雪浪迹，纡道定州城北门。坏垣古堑就荒落，往来不碍诗人魂。为石披榛更拂土，摩挲我欲穷其根。黑质白文恍浮浪，点点光摇如雪痕。得名或竟在乎此，其他未敢轻评论。考据之家枉饶舌，石尚未确何言盆？从来微物不足贵，所以贵者因人存。

初六日(4月24日) 卯初二刻起身，辰正至真定。镇台黄嘉谟[③]

① 周德纯，四川达县人，乾隆五十三年举人，嘉庆十年七月任新乐县知县，十二年四月改玉田县知县，官至河南郑州知州。鲁凤辉《达县志》卷三十五“选举”，第9页，嘉庆二十年(1815)刻本。《清代缙绅录集成》六《缙绅全书·嘉庆十一年春》，第65页。档案：“嘉庆十二年四月二十三日，署直隶总督温承惠，奏请以新乐知县周德纯调补玉田知县事”，03—1507—068。

② 伏城驿，原属正定府直辖，乾隆十九年由正定县兼理，在府城北四十五里，额设驿马六十八匹，夫三十四名。郑大进《正定府志》卷十九“邮政”，第13、14页，乾隆二十七年(1762)刻本。

③ 黄嘉谟，福建平和人，澄海公黄梧后裔，福建水师提督黄仕简长孙，嘉庆四年以头等侍卫袭封一等澄海公，嘉庆九年至嘉庆十三年任直隶正定镇总兵官。正定原名真定，雍正初避世宗胤禛讳改正定，原文未避。沈定均《漳州府志》卷二十一“选举六·国朝勋爵”，第41页，光绪三年(1877)刻本。李鸿章《畿辅通志》卷三十一“职官七”，第37页。《清代缙绅录集成》六《缙绅全书·嘉庆十一年春》，第64页。

候于郊外，恭请圣安，署守、司马王允中[①]来接，皆至公馆，投刺而去。打尖即在隆兴寺[②]，因得畅游殿宇，抚摩旧碑。巳正三刻行，顺道拜黄公。出城数里，镇、府等候送。过滹沱河，即由西路而行。申初一刻抵获鹿，计程百五里。该令丁攀龙[③]接见。距县城数里许即有小岭，从此入山，另一番景象矣。是日暖，仍有风。

正定隆兴寺瞻礼

法像身高七十尺，庄严非木亦非石。范铜铸就天人姿，想见当年费力役。鸠工遥溯开宝初，劫灰五代才消除。将军到处能平乱，宰相还教用读书。有宝因之地不爱，穴中铜块如土块。固闻佛法浩无边，毕竟良材出昭代。居诸已阅八百年，沧海几变为桑田。岿然此寺独森立，始信其中原有天。清漪园与独乐寺，随地现身一而二。鸢飞鱼跃昆明波，虎卧龙跳太白字。蓟州独乐寺"观音之阁"四字为谪仙书。巨体我得观其三，何修缘结优钵昙。或呼灵运作前辈，未敢弥勒为同龛。

初七日(4月25日)　卯正一刻起身，石子庚庚，颇不易进，至威水小憩。此一字恐系光武危渡滹水之讹。颐园先生继至，留酌共谈。未

---

① 王允中，字敬一，陕西长安人，乾隆四十年进士，嘉庆十一年正月以直隶正定府同知署理知府，官至湖南按察使，署理布政使。法式善《清秘述闻》卷十六"同考官类四"，第501页。《清代缙绅录集成》六《缙绅全书·嘉庆十一年春》，第64页。

② 隆兴寺，在正定府城东门内，旧名龙兴寺，俗名大佛寺，隋开皇六年建，初称龙藏寺，宋乾德初于寺北建大悲阁，铸铜佛像七十三尺，元明清历朝重修，有碑记。寺为康熙、乾隆巡幸五台山驻跸之所，有二帝所题匾额多处。贾孝彰《正定县志》卷十五"寺院"，第1—3页，光绪元年(1875)刻本。

③ 丁攀龙，字海筹，山西灵丘人，优贡，嘉庆十年至十一年任直隶获鹿县知县，后改天津、新乐等县知县。俞锡刚《获鹿县志》卷十"官师"，第14页，光绪七年(1881)刻本。《清代缙绅录集成》六《缙绅全书·嘉庆十一年春》，第64页。

初至井陉，该令洪晟[①]接见。县城外有明碑一，上题“淮阴谈兵处”五字。申初一刻行，酉初抵古桃园镇[②]。即核桃园。计程九十五里。山西盂令牛霆，乙丑通家[③]差人报书。天气如昨。

过东天门口占

行过获鹿石果崇，陶穴山田有晋风。我正西南遵大路，如何门榜却题东。

井陉怀古

依山面水起城楼，景物苍茫一望收。麦饭当年进何处，滹沱终古付长流。谈兵谁识将军背，爱士宁怜美女头。款段垂鞭残照里，临风无语思悠悠。

初八日(4月26日) 卯初三刻起身，至甘桃驿[④]换马，巳正至柏

---

① 洪晟，四川松潘人，拔贡，原任教谕，乾隆三十六年保题知县，嘉庆九年二月选直隶井陉县知县。《清代官员履历档案全编》第24册，第71页。《清代缙绅录集成》六《缙绅全书·嘉庆十一年春》，第64页。

② 古桃园镇，属正定府井陉县，在县南路核桃园庄，近山西平定州界。钟文英《井陉县志》卷二“村庄”，第16页，雍正九年(1731)刻本。

③ 牛霆，直隶献县人，嘉庆十年进士，英和门生，当年五月奉旨分发山西以知县用，嘉庆十年至十三年任山西盂县知县。张岚奇、刘鸿逵《盂县志》卷十“职官表上”，第18页，光绪八年(1882)刻本。《清实录》第29册，第956页。《清代缙绅录集成》六《缙绅全书·嘉庆十一年春》，第142页。

④ 甘桃驿，属平定直隶州，在州治东九十里，雍正十年新设，由驿丞管辖，额设驿马八十五匹，夫四十二名半。甘桃驿距井陉县核桃园只十里，往来使节多宿于彼，故不设驿馆。曾国荃《山西通志》卷八十“公署略下”，第18页，光绪十八年(1892)刻本。赖昌期《平定州志》卷三“建置·驿铺”，第65、68页，光绪八年(1882)刻本。

井驿[①]打尖。过北天门、西天门[②]，复至西郊铺小憩。午初二刻行，申初抵山西平定州。计程百五里。该署牧王仲湘[③]迎于十里外，刑部司员明山[④]、李于培[⑤]迎于东关外天仙庙[⑥]。与颐园先生同谈片刻，随至公馆共饭，戌刻始散。抚、藩、臬均差人来候。夜来抚台差官报书，时已出省阅兵。乙丑通家黄吉士步堂[⑦]来见。是日暖，微风。自获鹿百五十程皆难行，

---

① 柏井驿，属平定直隶州，在州治东五十里柏井镇，由驿丞二员管理，额设驿马七十七匹，夫三十八名半，厂夫九十名。曾国荃《山西通志》卷八十“公署略下”，第17、18页。赖昌期《平定州志》卷三“建置·驿铺”，第69页。

② 西天门，在平定直隶州，为柏井驿东分水岭，山路险要，东达固关，是晋省出入门户，车辆必由之路。赖昌期《平定州志》卷三“建置·城池”，第4页。

③ 王仲湘，江苏太湖厅人，监生，捐纳知州，嘉庆五年二月掣签山西平阳府吉州知州，时署平定州知州，官至直隶滦州知州。《清代官员履历档案全编》第23册，第580页。《清代缙绅录集成》六《缙绅全书·嘉庆十一年春》，第143页。

④ 明山，萨克达氏，满洲镶蓝旗人，乾隆末以刑部笔帖式入仕，时任刑部福建司员外郎，道光时官至刑部尚书。后曾孙女为咸丰帝孝德显皇后故，追赠三等承恩公。李桓《国朝耆献类征初编》卷一百九“卿贰六十九”，第29—31页。《清代缙绅录集成》六《缙绅全书·嘉庆十一年春》，第33页。

⑤ 李于培，字因甫，号滋园，山东安丘人，嘉庆元年进士，时任刑部江西司员外郎，官至直隶天津道。史称其“在比部二十年，练习律例，执法平允。”《清代官员履历档全编》第2册，第529页。李桓《国朝耆献类征初编》卷二百十三“监司九”，第46、47页。《清代缙绅录集成》六《缙绅全书·嘉庆十一年春》，第33页。

⑥ 天仙庙，即泰山行祠，所祀为碧霞元君，在平定州东关街北，明知州宋沛自东南营迁此，清康熙、乾隆、嘉庆时历经重修。赖昌期《平定州志》卷三“建置·坛庙”，第21页。

⑦ 黄步堂，山西平定州人，嘉庆十年进士，英和门生，选庶吉士，嘉庆十三年散馆后用为江西分宜知县。《清实录》第29册，第955页。《清代官员履历档案全编》第24册，第388页。《清代缙绅录集成》六《缙绅全书·嘉庆十一年春》，第21页。

过柏井较平坦矣。

入山西境

俭勤从此问唐风，石栈重重绊玉骢。滹水潺湲春泛浪，冠山突兀影浮空。零星草色无情碧，镇日桃花别样红。谩道奚囊频得句，闲心输与牧羊童。

初九日（4月27日） 卯正起身，巳初三刻至测石驿[①]打尖。系平定境，盂县办差。牛令迎于十里外，随至公馆畅谈。午初三刻行至芹泉驿[②]，小憩片刻。申正抵寿阳，计程百里。该令魏来田[③]接见。晚过颐园先生处谈公事，发咨文一与制军。出平定五里即南天门[④]，此数里较密云犹难行。天比昨日略爽。

芹泉驿即景

白夹衣堪著，韶华竟杳然。路纡云作栈，风聚土凝烟。黎庶多居穴，荒山尽辟田。谘诹访民志，可似夏商前。

---

① 测石驿，即测石村，在平定直隶州西五十里，此处本未设驿站，雍正十年以盂县芹泉驿极其冲要，且离城远，改向平定州的测石村借地安设，其地东至平定州城、西至寿阳县城各五十里。故英和记“系平定境，盂县办差”。赖昌期《平定州志》卷二“舆地·都村”，第44页。张岚奇、刘鸿逵《盂县志》卷八“建置考·驿递”，第1页。

② 芹泉驿，本属寿阳县，明初改归盂县，在县治南七十里，由驿丞管理，额设驿马七十七匹，夫三十八名半，厂夫九十名，雍正十年芹泉驿改借平定州测石村安设。曾国荃《山西通志》卷八十“公署略下”，第18页。张岚奇、刘鸿逵《盂县志》卷八“建置考·驿递”，第1—7页。

③ 魏来田，字西园，号野修，山东寿光人，嘉庆七年进士，十年十月补山西寿阳县知县，十二年改榆次县知县，官至知府，有政声。宋宪章《寿光县志》卷十二“人物志一”，第38—39页，民国二十五年（1936）铅印本。《清代缙绅录集成》六《缙绅全书·嘉庆十一年春》，第142页。

④ 南天门，属平定直隶州，在州西五里黑沙岭，高峻险仄，为平定州向西必经之路，地方官屡捐俸铺砌石路以供行走。赖昌期《平定州志》卷三“建置·城池”，第3、4页。

初十日(4月28日) 子正二刻又接奉廷寄,仍为甘肃之案。卯正一刻起身,天阴微凉,巳初三刻至太安驿[①]打尖,午初三刻又至什贴铺[②],同颐园先生小憩。酉初抵王湖[③],计程百廿里。藩司金应琦[④]、臬司李铉[⑤]在郊外恭请圣安,榆次令谭薰世[⑥]接见,皆至公馆面谈。晚过颐园先生,与藩、臬共议公事。又发札一,与甘肃臬司;牌一,与庆阳府。子初始睡。是日写家书一封,交金方伯。寿阳一带土壁夹立,路纡窄难行。自芹泉至王湖,一路不惟草树难得一见,尘土之大异常。

十一日(4月29日) 辰初起身,藩、臬先至公馆禀见,旋出郊相送,握别而行。途中土已较少,亦见田畴青葱,畎亩平坦,此心稍慰。

---

① 太安驿,属平定州寿阳县,在县治西五十里,额设驿马七十七匹,夫三十八名半,厂夫九十名。曾国荃《山西通志》卷八十“公署略下”,第18页。

② 什贴铺,即什贴堡,属太原府榆次县,在县北四十里。俞世铨、陶良骏《榆次县志》卷二“城池·驿城堡寨附”,第7页,同治二年(1863)刻本。

③ 王湖,即王胡镇,因在王胡山脚下得名,史籍亦多作王湖者。属太原府榆次县,在县东北十里。俞世铨、陶良骏《榆次县志》卷二“城池·都里附”,第7页。

④ 金应琦,字元梦,号筠庄,安徽歙县人,乾隆四十九年特赐举人,授内阁中书,嘉庆十年六月至嘉庆十四年七月任山西布政使,官至山西巡抚。李桓《国朝耆献类征初编》卷一百五“卿贰六十五”,第41—43页。《清代缙绅录集成》六《缙绅全书·嘉庆十一年春》,第140页。

⑤ 李铉,字振声,山东寿光人,乾隆三十年举人,捐纳主事,累升四川夔州知府,嘉庆初随军剿川陕白莲,嘉庆十年至十一年任山西按察使,嘉庆十一年八月调广西布政使,官至宗人府府丞。宋宪章《寿光县志》卷十二“人物志一”,第34—36页。《清代官员履历档案全编》第2册,第501页。《清代缙绅录集成》六《缙绅全书·嘉庆十一年春》,第141页。

⑥ 谭薰世,字梧径,湖北天门人,乾隆四十二年举人,嘉庆十一年《缙绅全书》载其时任山西蒲州府虞乡县知县,时榆次令为湖南桃源人某(名缺),故谭薰世或为署令。王希琮《天门县志》卷十九“选举”,第35页,道光元年(1821)刻本。《清代缙绅录集成》六《缙绅全书·嘉庆十一年春》,第141、143页。

巳初二刻至永康[1]小憩，同颐园先生共酌。午初行，未初抵徐沟，计程七十里。该令杨恺[2]接见，藩、臬差人来送。是日晴，仍有风。

为初颐园先生题唐六如《溪山亭子图》，次卷中祝枝山韵

变化妙无端，如公此卷难。至今苍翠湿，莫作画图看。山静春常驻，林虚夏亦寒。顾厨留旧迹，梅蕊未凋残。余家藏六如《仕女折梅图》极佳。

颐园先生于徐沟客舍以路遇菊溪前辈感赋诗见示，即次元韵

长安西去赋从游，春色苍凉淡似秋。古庙好同寻不窋，庙在庆阳。雄关今喜近偏头。衔杯我感三生石，得句公居百尺楼。闽海烟波应尽静，军中新政有参谋。闻菊翁[3]即日赴闽，同办军需。

十二日(4月30日) 卯初二刻起身，至尧城镇[4]小憩。巳正一

---

① 永康，属太原府榆次县，在县治西南三十里，南界徐沟县。俞世铨、陶良骏《榆次县志》卷二“城池・都里附”，第14页。

② 杨恺，山东兰山县人，乾隆四十四年举人，嘉庆四年起任山西徐沟县知县。杨士骧《山东通志》卷一百“学校・举人表”，第31页。《清代缙绅录集成》六《缙绅全书・嘉庆十一年春》，第141页。

③ 菊翁即百龄，张姓，字子颐，号菊溪，汉军正黄旗人，乾隆三十七年进士，官至协办大学士，谥文敏，有《守意龛诗集》二十八卷。先是，百龄在广东巡抚、湖广总督任内获罪，议褫职遣戍，奉旨改在实录馆效力，嘉庆十一年三月，因台湾蔡牵之乱，予六品顶戴，赴闽协办军需，遇英和、初彭龄等于途次。《仁宗睿皇帝实录》卷一五八嘉庆十一年三月壬子：“现在闽省台湾剿办蔡逆匪党，一切军需粮饷须人经理，著加恩令百龄随同德楞泰驰驿前赴闽省，帮同藩司景安妥为办理，核实报销，毋令稍有冒滥牵混。”《清实录》第30册，第32页。

④ 尧城镇，原属太原府清源县，乾隆二十九年降清源为乡，并入徐沟县管辖，故属徐沟县，尧城镇在徐沟县治西南三十里，清源东南三十里。穆彰阿《大清一统志》卷一百三十六“太原府・关隘・故驿镇条”，第26页，民国二十三年(1934)商务印书馆影印本。王勋祥《清源县乡志》卷四，第22页，光绪八年(1882)刻本。

刻至祁县打尖，该令宋文彬[①]迎见。午正行，至洪善驿[②]小憩，同颐园先生。署汾州守徐承庆[③]接见。又至十里铺栖真观[④]，朔平守广玉、[⑤]因公住此。该令乔庭骆[⑥]候于庙，略谈而散。申正抵平遥，计程百十里。太守等皆来晤谈。是日风又大，惊沙四起。平遥县城颇大，市井亦喧闹辐辏。

尧城庙中小憩

庙貌亦巍巍，禅关晓叩扉。我来春色老，世远古风微。杯茗劳僧瀹，檐花作雨飞。降膏资帝力，三晋万家肥。时晋省得泽甚殷。

---

① 宋文彬，直隶天津人，乾隆五十四年顺天举人，乾隆末任景山官学教习，嘉庆二年选用知县，嘉庆九年至十三年任山西祁县知县。李鸿章《畿辅通志》卷四十三“选举十一”，第88页。刘发岏《祁县志》卷五“职官”，第12页，光绪八年(1882)刻本。《清代缙绅录集成》六《缙绅全书·嘉庆十一年春》，第141页。

② 洪善驿，属汾州府平遥县，在县治东北二十里洪善镇，额设驿马七十七匹，夫三十八名半，厂夫九十名。恩端《平遥县志》卷六“武备志”，第3页，光绪九年(1883)刻本。

③ 徐承庆，字梦祥，江苏元和人，乾隆五十一年顺天乡试举人，时任山西平定州知州，嘉庆十一年正月，由平定州知州署理汾州知府事。宋如林《苏州府志》卷六十六“选举七”，第19页，道光四年(1824)刻本。赖昌期《平定州志》卷六“职官”，第20页。

④ 栖真观，方志作“栖真庵”，在汾州府平遥县治东北十里铺内，祀真武大帝、昊天上帝神像二尊。层阁结构宏敞壮丽，地当孔道，行人络绎不绝。创建于明崇祯年间，清代累有增修。恩端《平遥县志》卷之十“古迹志”，第21、22页。

⑤ 广玉，满洲正白旗人，由翻译生员考补内阁中书，嘉庆七年由刑部郎中外任朔平知府，嘉庆十二年九月升补冀平道，官至浙江布政使。曾国荃《山西通志》卷十三“职官谱四”，第18页。《清代官员履历档案全编》第2册，第482页。《清代缙绅录集成》六《缙绅全书·嘉庆十一年春》，第148页。

⑥ 乔庭骆，河南嵩县人，拔贡，嘉庆十一年至十七年任山西平遥知县，缙绅录作蒲县知县。恩端《平遥县志》卷之七“职官志”，第5页。《清代官员履历档案全编》第25册，第429页。《清代缙绅录集成》六《缙绅全书·嘉庆十一年春》，第145页。

舅犯故里在祁县城北[①]

凭轼荒郊感晋臣，嘉言两字说仁亲。盟心白水要沈璧，公子终难取信人。

十三日(5月1日) 卯正一刻起身，辰正至张兰镇[②]打尖。是日风微尘少。巳初二刻行，出镇凝望东南一带，景色殊不恶，喜逢雨后，益慰客怀。午正二刻抵介休，计程八十里。该令熊兆占[③]接见。晚与颐翁访介之推庙，又至城西数里许李氏园[④]。小有结构，花树颇多，有圃有池，竹风送爽。而余最赏者，牡丹过人，迎春成树，非数十年不能也。昨晚蔡吕桥名曾源[⑤]来见，与颐翁商定，约其同行，今日之游即蔡公招也。张兰镇街市颇形富饶。

---

① 舅犯故里在太原府祁县城北三里。舅犯即春秋时晋国大夫狐偃，字子犯，系晋文公母舅，故称舅犯，狐偃随重耳流亡在外十九年，后辅佐文公成就霸业。刘发岷《祁县志》卷四"古迹"，第12、13页。

② 张兰镇，属汾州府介休县，在县治东四十里，系孔道咽喉，县东屏蔽，四面旧筑土垣，康熙五十八年重修，乾隆二十二年移汾州府同知驻此。徐品山、陆元鏸《介休县志》卷一"关隘"，第15页，嘉庆二十四年(1891)刻本。

③ 熊兆占，《江西通志》《盂县志》等作"熊兆吉"，《介休县志》、缙绅录及中国第一历史档案馆藏档案俱作"兆占"，江西奉新人，乾隆四十四年举人，嘉庆十年至十二年任山西介休知县，居官勤慎慈和。刘坤一《江西通志》卷三十四"选举表"，第48页，光绪七年(1881)刻本。徐品山、陆元鏸《介休县志》卷五"职官"，第8页。《清代缙绅录集成》六《缙绅全书·嘉庆十一年春》，第145页。

④ 李氏园，方志作"南园"，在介休城南三里许，介休人李日普别业，是当地缙绅士人的雅集之地，往来行过者亦多所题咏。徐品山、陆元鏸《介休县志》卷十四"杂识"，第21页。

⑤ 蔡曾源，字吕桥，四川崇宁人，乾隆四十九年进士，选庶吉士，乾隆六十年至嘉庆四年任山西翼城知县，嘉庆四年以因公科敛革职。王耀章《翼城县志》卷十一"执秩"，第9页，民国五年(1916)刻本。档案："嘉庆四年五月十二日，山西巡抚伯麟，奏为遵旨审明山西民人张元宵呈控翼城知县蔡曾源因公科敛一案按律定拟事"，04—01—08—0116—021。

介之推庙①

霸业原非第一功，也随鞭弭效孤忠。为田绵上虚旌善，野有遗贤笑晋公。

堪盟汾水本无田，偕隐终推母氏贤。聊学夷齐事高饿，藏弓烹狗见几先。

三月十三日陪颐园先生游介休李氏园

寻幽联辔到城南，古晋春光试共探。蜡屐此生知几两，看花今日展重三。客怀顿为芳园惬，时雨还期大野含。蒿径禁童毋洒扫，田家风味最相谙。

软红车毂几多时，至此真能解客颐。题句我今鸿印爪，他年人笑豹留皮。精蓝一杵钟声到，驿馆三更月色移。何事清香侵入梦，好花折得满军持。

郭有道祠古槐行②

林宗墓前有古槐，土人传说先生栽。交柯接叶十围大，千载未曾遭劫灰。日夜雨露得有养，天之所笃因其材。我今抚树非爱树，望古遥集心低回。当时声价龙门李，共济同舟夸两美。葛经公尝守礼经，刍束人来取诗旨。我从萧菌企芝兰，接此条枚忆杞梓。枝折真如垫角巾，樗散终怜弃珠履。临风凭吊登祠堂，寻碑好为拓硬黄。典型渺矣岂可得，虎贲原不如中郎。只有孤槐是旧物，杈枒老干龙回翔。天留作伴亚夫树，人喜常看召伯棠。

---

① 介之推庙，方志作介神庙，在县城临津门（西门）外。徐品山、陆元鏸《介休县志》卷三“坛庙”，第15页。

② 郭有道即郭泰，字林宗，人称有道先生，山西介休人，东汉末太学生领袖，“八顾”之首。郭有道故宅在介休北关郭家村，墓在县东五里官路南，墓前有祠，祠前有汉槐，大四十围，皮如剥而枝叶葱郁。徐品山、陆元鏸《介休县志》卷二“古迹”，第25页；“冢墓”，第29页；卷三“坛庙”，第16页。

十四日(5月2日) 卯初一刻起身，天薄阴，至两渡镇[①]小憩，该令陶廷飏[②]接见，随行。巳正至灵石打尖，午初三刻行。时已起风，飞沙迷目。出县即山路，十里许入韩侯岭，岭上有淮阴庙，后有坟[③]。时在庙中放赈，男女老幼甚多。下岭则抵仁义里[④]矣。计程百廿里。时交未正二刻，陶令随来。

十五日(5月3日) 卯初一刻起身，至师庄[⑤]小憩，随行。巳初三刻至霍州打尖，该署牧张五伦[⑥]接见。难民纷纷就食，情景可怜。午初二刻行，申初二刻抵赵城，计程百十里。该令金象豫[⑦]接见，河东观察刘

---

① 两渡镇，属霍州灵石县，在县治北三十里。穆彰阿《大清一统志》卷一百五十三"霍州直隶州·关隘·夏门镇条"，第8页。

② 陶廷飏，贵州都匀人，嘉庆六年进士，嘉庆十年至十四年任山西灵石知县，州志载其："重修河东堰灰石坚实，城免水患，前称胡公堤，今又号陶公堰。"崔允昭《直隶霍州志》卷二十"宦绩"，第25、26页，道光六年(1826)刻本。《清代缙绅录集成》六《缙绅全书·嘉庆十一年春》，第143页。

③ 韩侯岭，在霍州灵石县城南二十里，上有韩侯庙，墓在庙后。相传汉高祖亲征陈豨，返回时路过此岭，其时吕后杀韩信于长乐宫，将首级送至军前，遂葬于此。崔允昭《直隶霍州志》卷四"山川"，第12页。

④ 仁义里，属霍州灵石县，在县治南四十里，设有驿站，额设驿马七十七匹，夫三十八名半，厂夫九十名，并设急递铺。崔允昭《直隶霍州志》卷七"驿站"，第7、8页。

⑤ 师庄，即师庄镇，属霍州，在州治北三十里，设急递铺。崔允昭《直隶霍州志》卷七"驿站"，第4页。

⑥ 张五伦，字铭渠，直隶清苑人，乾隆四十五年顺天乡试举人，嘉庆十年至十三年任山西霍州直隶州知州，官至山西潞安府同知，有《渌漪轩学吟草》一卷。崔允昭《直隶霍州志》卷十九"秩官·赵城·国朝知县"，第31页。李鸿章《畿辅通志》卷二百三十"列传三十八"，第13页。

⑦ 金象豫，直隶任丘人，嘉庆三年顺天乡试举人，嘉庆九年至十四年任山西赵城知县。崔允昭《直隶霍州志》卷十九"秩官·赵城·国朝知县"，第36页。李鸿章《畿辅通志》卷四十四"选举十二"，第2页。《清代缙绅录集成》六《缙绅全书·嘉庆十一年春》，第143页。

松岚大观[①]亦接至此，遂约颐园先生三人共酌。原霍州牧恒山[②]早晚皆来禀见。是日甚暖，土气亦重，自灵石至赵城山路多，坦途仅遇。是日换凉帽。

喜晤河东监司刘松岚赋赠

曾经东道主人贤，弹指光阴已八年。己未(嘉庆四年，1799年)冬相识宁远州。旧雨最难行路遇，春风无奈遍郊扃。时正祷雨。高才卓越宁空晋，美利均平要体乾。简在如君能有几，况当日日近熏弦。道署现在运城，距歌熏楼咫尺。

十六日(5月4日) 卯初一刻起身，辰初三刻至洪洞打尖，该令瞿云魁[③]接见，平阳府钱臻[④]亦来。午初三刻行至杨曲镇[⑤]小憩，

---

① 刘大观，字正孚，号松岚，山东邱县人(今属河北邯郸)，乾隆四十二年拔贡，以广西永福知县用，时累官至山西河东道。嘉庆十四年八月，初彭龄任山西巡抚，十五年正月，刘大观劾其"性情乖张，任情妄为"，以所劾不实罢职。大观工诗善书，有《玉磬山房诗集》十三卷、《文集》四卷。曾国荃《山西通志》卷一百四"名宦录四"，第38页。《清代官员履历档案全编》第2册，第443页。《清代缙绅录集成》六《缙绅全书·嘉庆十一年春》，第143页。

② 恒山，字松岩，正蓝旗满人，监生，初为銮仪卫鸣赞鞭官，嘉庆五年由广平通判升任山西霍州直隶州知州，嘉庆九年丁忧，州志载其："仁恕清廉，士民爱戴，以忧去官，州人哭送者填塞道路。"崔允昭《直隶霍州志》卷二十"宦绩"，第10页。《清代官员履历档案全编》第23册，第444页。《清代缙绅录集成》六《缙绅全书·嘉庆十一年春》，第143页。

③ 瞿云奎，顺天宛平人，乾隆末由广东陵水县县丞升任知县，嘉庆十年至十二年任山西洪洞县知县。孙奂仑《洪洞县志》卷三"职官志"，第13页，民国六年(1917)铅印本。《清代官员履历档案全编》第29册，第290页。

④ 钱臻，字泽民，号润斋，浙江海盐人，尚书钱陈群孙、侍郎汝诚子，监生，乾隆末以四库馆誊录入仕，后外任，嘉庆五年至十三年任山西平阳府知府，官至江西、山东等省巡抚。《清史稿》卷三百五，《列传九十二·钱臻传》，第三十五册，第10510页。《清代官员履历档案全编》第2册，第563页。《清代缙绅录集成》六《缙绅全书·嘉庆十一年春》，第142页。

⑤ 杨曲镇，属平阳府洪洞县，在县治南二十里，设急递铺。孙奂仑《洪洞县志》卷八"建置志·坊里"，第9页。

又至高河镇[①]汇齐，申初抵平阳，计程九十里。抚军同兴[②]、镇台李天林[③]在官厅即击壤处[④]请圣安，随至公馆。考棚有文庄公书“文思光被”额悬于大堂，系庚午年[⑤]（乾隆十五年，1750年）。晚同颐园先生回拜抚、镇。绛州牧叶汝芝[⑥]、署临汾令王简[⑦]均来禀见，参将、营员、同知，通判等皆具禀请安。

---

① 高河镇，属平阳府临汾县，在县治北七里半，即古高梁，为县要镇，设急递铺。章廷珪《平阳府志》卷六“关津”，第1、2页；卷十六“邮政”，第5页，乾隆元年（1736）刻本。

② 同兴，钮祜禄氏，满洲镶黄旗人，乾隆三十八年由监生考取笔帖式入仕，分发刑部，嘉庆九年至十一年任山西巡抚，嘉庆十六年任山东巡抚，二十年十二月，以山东诸事废弛，案牍尘积，革职发往盛京效力，后起复为阿克苏办事大臣。李桓《国朝耆献类征初编》卷一百九十“疆臣四十二”，第21—25页。

③ 李天林，云南恩安人，由行伍拔补千总，乾隆年间从征大小金川、安南，嘉庆初年转战川陕白莲，嘉庆七年至十四年任太原镇总兵官。《清代官员履历档案全编》第2册，第468页。李桓《国朝耆献类征初编》卷三百二“将帅四十二”，第41、42页。《清代缙绅录集成》六《中枢备览・嘉庆十一年春》，第224页。

④ 击壤处，在平阳府城北三里，相传为帝尧之师席公击壤歌处。章廷珪《平阳府志》卷三十一“古迹”，第1页。

⑤ 英和父德保于乾隆十二年提督山西学政，乾隆十五年八月改调山东学政，匾额当是其提督学政时所题。李桓《国朝耆献类征初编》卷八十二“卿贰四十二・德保传”，第27页。

⑥ 叶汝芝，字仲田，号草亭，直隶沧州人，监生，嘉庆五年至十一年任山西绛州直隶州知州，官至浙江按察使。李焕扬《直隶绛州志》卷六“职官下”，第27页，光绪五年（1879）刻本。《清代缙绅录集成》六《缙绅全书・嘉庆十一年春》，第144页。

⑦ 王简，河南新郑人，乾隆四十三年进士，嘉庆十一年署任山西临汾知县。《清代官员履历档案全编》第22册，第377、378页。档案：“嘉庆十一年八月初三日，吏部尚书德瑛，题为议准王简坐补山西临汾县知县事”，02—01—03—08665—001。

为颐园先生题石田画卷即用沈韵

离离草阁傍横陂，合下江都董子帷。极浦片帆人去远，故乡千里雁来迟。恍闻嘉树传秋韵，闲把幽情付墨池。名画展看天又雨，驿亭相与豁襟期。

十七日(5月5日) 与颐园先生饭后拜客，即遇雨，归来或作或辍，至晚大沛，又同酌赏之。

十八日(5月6日) 刘松岚来同饭，时抚军草奏稿成，遂与颐园先生细细商改，申刻同赴抚军招，出稿共定，即发缮①。是日雨势未止，至晚大沛，子初二刻始归。是日写家书，托抚军寄。

三月十七日喜雨

征鞍昨日解尧都，不耐飞尘蔽客途。侵晓忽看云势合，隔邻先听笑声呼。一旬过去应无麦，十斛量来较胜珠。驿馆又当题喜雨，愧难文笔继髯苏。

十九日(5月7日) 晨起天晴，申正抚军来，酉初二刻同拜折。晚刘松岚移尊饯行。

二十日(5月8日) 辰正起身，抚、镇各官咸送于南门外，握别即行，参将等带领营兵军装排队，如迎接时。午初二刻至赵曲镇②

---

① 《恩福堂年谱·嘉庆十一年丙寅条下》："……是时陕甘总督倭什布奏言：吉兰泰盐池自上年马君选被控提省审办，该处积盐无多，致误民食，现已飞移阿拉善王，迅速派人经理。谕曰：'向来晋省盐池由商行运，蒙古盐斤入口本有例禁，嗣经分定地界行销。迨河东盐课改归地丁，听民间自行贩运，遂无一定口岸，蒙古盐斤因此侵越晋省，而且侵越淮纲。因查缉马君选之后，一年以来并未捞盐发运，是奸商拿办，阿拉善遂无经理之人，正是极好机会。现派英和、初彭龄去甘省查办事件，路经晋省，与同兴熟商筹办，或仍改归商运之处，妥议候旨施行。'途次接奉谕旨，于十六日与初公彭龄驰抵平阳，会同同公兴奏言……"所奏全文见档案："嘉庆十一年三月十九日，英和等奏为遵旨会商河东盐务情形，请禁蒙古盐斤水运，及招商承办潞引事"，03—1775—017。

② 赵曲镇，属平阳府襄陵县，在县治东南二十里，有堡。钱墉(注转下页)

襄陵界小憩，翼城令叶以倌①，乙丑通家来见。午正行，未初一刻抵史村驿②太平界，计程六十里。公馆尚宽。刘松岚、钱太守均随来，该署令秦恒(炳)[柄]③接见，并排执事迎送。是日天爽微风，与颐园先生同宿。

廿一日(5月9日) 卯初三刻起身，太守候送。辰正三刻至高县镇④打尖同松岚饭，曲沃令甘冕⑤接见。巳正三刻行，午正三刻抵侯马驿⑥。计程七十里。适西安副都统祥保⑦在彼，恭请圣安。聚谈片

(续上页注)《襄陵县志》卷五"乡里"，第9页，光绪七年(1881)刻本。

① 叶以倌，浙江钱塘人，嘉庆十年进士，英和门生，当年五月奉旨分发山西以知县用，嘉庆十年至十四年任山西翼城县知县。王耀章《翼城县志》卷十一"执秩"，第9页。《清实录》第29册，第956页。《清代缙绅录集成》六《缙绅全书·嘉庆十一年春》，第143页。

② 史村驿，属平阳府太平县，在县治东四十里史村镇，额设马七十七匹，夫三十八名半，厂夫九十名。曾国荃《山西通志》卷八十"公署略下"，第4页。

③ 秦恒柄，原文误作"秦恒炳"，广西临桂人，乾隆五十四年举人，时署山西安邑知县，其创置公馆、补修城垣、庙宇、官廨而民不扰，官至贵州思州府知府。曾国荃《山西通志》卷一百十一"名宦录十一"，第7页。

④ 高县镇，属平阳府曲沃县，在县治西北二十里，有集市。张兆衡《新修曲沃县志》卷二"地舆"，第7、10页，道光二十二年(1842)刻本。

⑤ 甘冕，四川人，举人，嘉庆十一年《缙绅全书》载其时任山西平陆县知县，时曲沃令名陆如岗，故甘冕或为署令。《清代缙绅录集成》六《缙绅全书·嘉庆十一年春》，第143、144页。

⑥ 侯马驿，属平阳府曲沃县，在县治西三十里侯马镇，旧系绛州金台驿，改迁侯马，并设递运所，额设驿马七十七匹，夫三十八名半，所夫九十名。张兆衡《新修曲沃县志》卷五，驿传，第27页。

⑦ 祥保，钮祜禄氏，满洲镶黄旗人，由侍卫从征宁陕，嘉庆五年任西安左翼副都统，嘉庆十一年十二月因剿办宁陕叛匪不利，降调侍卫，后复至正白旗汉军都统。杨虎城、邵力子《续修陕西通志稿》卷二十三"职官十四"，第6页，民国二十三年(1934)铅印本。李桓《国朝耆献类征初编》卷三百十三"将帅五十三"，第18、19页。《清代缙绅录集成》六《缙绅全书·嘉庆十一年夏》，第384页。

刻，甘令来畅叙。是日薄阴，微凉。

廿二日(5月10日) 卯初三刻起身，天阴而凉。巳初一刻至东镇[①]打尖，该令恒龄[②]接见。巳正三刻行，午正三刻至闻喜县换马。公馆有套房可住。未初三刻行，天晴。申正一刻抵水头镇[③]。即古涑水。计程百廿里。夏县令葛廷灿[④]来见。

裴晋公故里[⑤]

社稷安危系，惟公任以身。四朝传相业，终日对诗人。战垒长留绩，清风又结邻。徘徊当道左，想见午桥春。

涑水吊古[⑥]

柱石中朝重，声华外域知。本来儒者象，何计党人碑。流水无终古，临风自远思。生刍随处有，停骑问荒祠。

---

① 东镇，属绛州闻喜县，在县治东北三十里，设急递铺。余宝滋《闻喜县志》卷一“疆域”，第4、10页，民国八年(1919)石印本。

② 恒龄，汉军正蓝旗人，举人，嘉庆十年至十四年任。余宝滋《闻喜县志》卷十一“职官表”，第10页。《清代缙绅录集成》六《缙绅全书·嘉庆十一年春》，第144页。

③ 水头镇，属解州夏县，在县治西北三十五里，设急递铺。黄缙荣、万启钧《夏县志》卷一“舆地志·里铺”，第30、32页，光绪六年(1880)刻本。

④ 葛廷灿，直隶文安人，乾隆四十四年顺天乡试举人，初任永乐大典誊录，嘉庆七年起任山西夏县知县，官至山西潞安府同知。黄缙荣、万启钧《夏县志》卷六“官师志”，第14页。李鸿章《畿辅通志》卷四十三“选举十一”，第78页。《清代缙绅录集成》六《缙绅全书·嘉庆十一年春》，第144页。

⑤ 裴公即唐宪宗时平定淮西之乱的晋国公、宰相裴度，其故里在闻喜县东四十里裴柏村，即河东裴氏故城。余宝滋《闻喜县志》卷二十三“古迹”，第3页。

⑥ 所吊者北宋名相司马光，司马光故里在夏县西司马村，墓在涑水南原鸣条冈，墓侧有宋哲宗御撰忠清粹德碑额。黄缙荣、万启钧《夏县志》卷一“舆地志·古迹”，第15至19页。

廿三日(5月11日) 卯初二刻起身,阴。辰正三刻至北相镇[①]打尖,安邑令楚屿[②]接见,刘松岚辞归。巳正一刻行,至油杜镇[③]小憩,猗氏令克明[④]接见。未初行,落雨,舍轿而车,又舍车而马。申正二刻抵樊桥镇,[⑤]计程百廿里。临晋令金泳[⑥]接见。酉刻起微风,雨止。

---

① 北相镇,属解州安邑县,在县治北三十里,有城堡。言如泗《安邑县志》卷三"城池·村堡",第1页,乾隆二十九年(1764)刻本。

② 楚屿,陕西南郑人,拔贡,嘉庆八年七月由解州州判升补安邑县知县,嘉庆十六年病故。赵辅堂《安邑县续志》卷二"职官",第1页,光绪六年(1880)刻本。《清代缙绅录集成》六《缙绅全书·嘉庆十一年春》,第144页。档案:"嘉庆十六年七月十二日,山西巡抚衡龄奏,题报安邑县知县楚屿病故日期事",02—01—03—08890—026。

③ 油杜镇,属蒲州府猗氏县,本名杜村镇,在县治西南大姚都杜村里,因油业兴盛,故称油杜镇,又作牛杜镇,为往来孔道。潘钺《猗氏县志》卷一"坊巷里都",第16页,光绪六年(1880)刻本。海宁《晋政辑要》卷一"额设官员·蒲州府属",杨一凡、刘笃才编《中国古代地方法律文献》乙编第十三册,第609页。

④ 克明,内务府镶黄旗管领下汉军人,乾隆三十三年顺天乡试举人,嘉庆十年至十二年任山西猗氏县知县,嘉庆十二年十二月休致。周之桢《续猗氏县志》卷二"职官",第29页,光绪六年(1880年)刻本。《钦定八旗通志》卷一百六"选举志五",第1771页。《清代缙绅录集成》六《缙绅全书·嘉庆十一年春》,第144页。档案:"嘉庆十二年十二月十三日,山西巡抚成宁奏,为山西猗氏县知县克明年老患病准其休致事",05—13—002—000538—0060。

⑤ 樊桥镇,属蒲州府临晋县,在县治东十五里,有驿站,额设驿马七十七匹,夫三十八名半,厂夫九十名。曾国荃《山西通志》卷八十"公署略下",第5页。

⑥ 金泳,直隶清苑人,祖籍浙江山阴,吏员出身,嘉庆五年五月升任山西临晋县知县,嘉庆九年大饥,开常平仓赈济,全活无数,嘉庆十三年三月解任质审。曾国荃《山西通志》卷一百十一"名宦录十一",第3页。《清代缙绅录集成》六《缙绅全书·嘉庆十一年春》,第143页。档案:"嘉庆十三年三月十二日,光禄寺卿钱楷奏,奏请将山西临晋县知县金泳解任质审",03—2210—027。

署潼商道、西安守盛惇崇①，虞司马②差人接。公馆后有亭有台，望中条山③毕见。是日凉。

松岚观察连日以新笋佐庖，喜而有作

每食费万钱，犹无下箸处。其语固近奢，其意良可恕。熊蹯胹不熟，何如藿羹饫。所贵在味精，庖厨要善御。解事惟松岚，食单亲手著。雨后锄猫头，时把盘飧助。甘应胜蔗浆，鲜真压薯蓣。吐慧到齿牙，盘桓不能去。

为钱节女题《听竹图》钱湘舲阁学④女未字而夫夭，守志不移，有"夜来风雪里，听得竹声寒"句，因作是图。

雪能昭节何殊玉，竹为凌冬不改柯。苏武悲歌湘女泫，忠臣

---

① 盛惇崇，字孟岩，江苏阳湖人，乾隆四十六年进士，嘉庆八年由同州府知府改调西安府，十一年七月升任陕西粮道，官至甘肃布政使，为一时名宦，有《睦园诗集》六卷。杨虎城、邵力子《续修陕西通志稿》卷十三"职官四"，第22页。孙琬、王德茂《武进阳湖合志》卷二十四"人物志·宦迹"，第100、101页。《清代缙绅录集成》六《缙绅全书·嘉庆十一年夏》，第384页。

② 虞司马，即虞友光，字进夫，江苏金坛人，乾隆四十五年进士，以国子监助教擢陕西同知，时任西安府清军同知，嘉庆十四年调潼关厅同知，慈惠有政声，嘉庆十六年以老致仕。丁兆基《金坛县志》卷八"选举志"，第13页，光绪十一年(1885)刻本。向淮《续潼关厅志》卷中，第6页，嘉庆二十二年(1817)刻本。

③ 中条山，跨越晋南蒲州府、解州境内多个州县，绵延数百里，山有桃花、元女二洞，谷口、苍龙诸泉，及万固、栖岩二寺，数峰攒立，俗名笔架山。李荣和《永济县志》卷三"山川"，第6页，光绪十二年(1886)刻本。

④ 钱湘舲阁学，即钱棨，字振威，号湘舲，江苏长洲人，乾隆四十六年状元，以连中三元名世，官至内阁学士，有《湘舲诗稿》四卷。其女事迹载《苏州府志》："王利谦聘妻钱氏淑，字冰如，侍郎棨季女。王未婚夭，女年二十，闻讣，一痛几绝，即毁妆禀命于父，请赴夫家守贞，父嘉其志，从之。嘉庆七年秋，舅遘疾，危甚，女割股进，得愈。能诗，有'夜来风雨疾，听得竹声寒'之句。棨因写《听竹图》，并作序，以存其概。守贞三十余年卒，道光十七年旌。"李元度《马章民先生事略附钱棨》，《国朝先正事略》卷三十八，《续修四库全书》第539册，第73、74页。李铭皖《苏州府志》卷一百十九"列女七"，第32页，光绪九年(1883)刻本。

烈妇本同科。

挑残烛烬漏声移，落笔先成薄命词。清到此君寒到雪，其间只有素娥知。

廿四日(5月12日) 卯正一刻起身，巳正一刻至高市镇[①]打尖，落雨，永济令范征时[②]接见。午初行，雨势浓。未正抵寺坡底，西虞帝都[③]。计程七十里。蒲州守特通阿[④]、署副将李云龙[⑤]接见。酉初雨止。方中丞差人持书来接。是日凉，公馆轩敞，后院可望岳。

廿五日(5月13日) 卯正二刻起身，尚未畅晴。出门里许即由小路行，从明杨公博墓[⑥]过，一带柿林，间以石榴、枣树，且中条咫尺，云气变幻，心

---

① 高市镇，属蒲州府永济县，在县东北，有乡堡。李荣和《永济县志》卷一“疆域”，第38页。

② 范征时，山东黄县人，乾隆五十一年举人，嘉庆八年至十一年任山西永济县知县，十一年与山阴县知县穆章阿对调。杨士骧《山东通志》卷一百一，学校，举人表，第38页。《清代缙绅录集成》六《缙绅全书·嘉庆十一年春》，第143页。档案：“嘉庆十一年二月十一日，山西巡抚同兴，奏请以山阴知县穆章阿与永济知县范征时相互对调事”，04—01—12—0272—009。

③ 西虞帝都，在县北陶邑乡，近陶城，即战国秦汉时蒲坂旧城，传为舜之故都。李荣和《永济县志》卷三“古迹”，第33页。

④ 特通阿，镶白旗蒙古人，官学生，乾隆末年考取教习，嘉庆初年由理藩院司官外任陕西榆林府知府，嘉庆九年五月补山西蒲州府知府，嘉庆十二年因滥派马匹，草率定拟匿名揭帖案等事革职问拟。《清代官员履历档案全编》第2册，第505页。《清代缙绅录集成》六《缙绅全书·嘉庆十一年春》，第143页。

⑤ 李云龙，直隶阜城人，嘉庆四年武状元，授头等侍卫，嘉庆十一年以山西潞泽营参将署理蒲州协副将，官至太原镇标参将。《清实录》第28册，第686页。档案：“嘉庆十一年正月初六日，山西巡抚同兴，奏为委任潞泽营参将李云龙署理蒲州协副将事”，04—01—16—0098—009。

⑥ 杨博墓，在蒲州府永济县南王庄里，张居正撰志。杨博字惟约，号虞坡，明嘉靖间名臣，先后经略九边，官至兵部、吏部尚书，谥襄毅。李荣和《永济县志》卷十二“陵墓”，第45页。张廷玉《明史》卷二百十四《列传一百二·杨博传》，第5655—5659页。

目一快。午初至匼河镇[①]小憩，天霁。两司差人来接，潼关厅备执事迎入。午正一刻行，未初二刻至黄河岸，署潼商道盛太守惇崇、司马虞友光接见，随下船，水势平稳。径过不足一里。二刻余即登彼岸，副将巴图尔[②]到舟接见。未正二刻抵公馆，抚台方、道台素差人接。诸文武官均来禀见。此站虽说七十里，实有八九十里，且泥泞。同州守洪范[③]差人报书，长安、咸宁、华阴三令亦然。

渡黄河

不过一勺多，汤汤自万古。黄流款在中，涨溢昨宵雨。屈指卅载来，观澜此第五。心与水俱远，精诚祝大禹。海口濬以深，淮扬庆安堵。挂帆千万艘，利济供天庾。永奠厥民居，泽国尽乐土。即日施神功，旰宵慰圣主。

潼　关

天险从来不可梯，而今随意驻轮蹄。登临此地襟应豁，摭拾陈言句漫题。壮士好酬三尺剑，书生惯误一丸泥。当风岸帻关情甚，落日苍茫华岳西。

廿六日(5月14日)　卯初二刻起身，盛公等送于郊外。辰正二刻至西岳庙瞻礼，登万寿阁[④]，望华山之峰，真大观也。巳初三刻至

---

① 匼河镇，属蒲州府永济县，在县南五十里风陵渡乡，设急递铺。李荣和《永济县志》卷一“市集”，第38页；卷五“兵卫”，第46页。

② 巴图尔，蒙古正蓝旗人，嘉庆十一年任固原提属潼关营协副将。向淮《续潼关厅志》卷中，第11页。《清代缙绅录集成》六《中枢备览·嘉庆十一年春》，第229页。

③ 洪范，安徽歙县人，监生，嘉庆九年至十一年任陕西同州知府，官至山东运河道。杨虎城、邵力子《续修陕西通志稿》卷十三“职官四”，第25页。《清代缙绅录集成》六《缙绅全书·嘉庆十一年夏》，第386页。

④ 西岳庙，在同州府华阴县治东五里，《陕西通志》以为汉武帝时之集灵宫，《同州府志》否之。可考者以东汉延熹四年为始，后世屡为重修，留有碑记。乾隆四十四年巡抚毕沅请拨帑金大修，于寺后建万寿阁以藏道经，(注转下页)

华阴，该署令马允刚[①]接见。午初一刻行，一步一回顾，望岳之情未尽也。申正一刻抵华州，计程百十里。该牧姚令俞[②]接见。渭南令马学赐[③]差人接。

登西岳庙后阁望华山

谁把庄严七宝座，洪濛因化秦关西。三峰突出插天表，好事巨灵为削齐。我登高阁向南望，惆怅半岭烟云迷。清风习习试一扫，毕露凸凹分高低。飞流界道隐远见，分晓仙掌如柔荑。其间微妙不能悉，细刮拙目无金篦。吁嗟俗尘涴万斛，孤负青云空有梯。安得希夷笑相引，拍肩绝顶寻幽栖。

郭汾阳祠[④]

富贵还兼寿，如公见几朝。本来才最大，也要福能消。重望

（续上页注）登阁则南对华岳，东眺潼河，北俯渭洛，西瞰中南。李恩继、文廉《同州府志》卷十四“祠祀志”，第5—10页，咸丰二年（1852）刻本。

① 马允刚，字见一，号雨峰，直隶开州人，乾隆三十九年顺天乡试举人，嘉庆十年至十一年任陕西华阴县知县，卫民御寇，累官至安徽池州府知府。著有《关中吟》《马氏家谱》《唐诗正声》，入祀乡贤祠。李鸿章《畿辅通志》卷四十三“选举十一”，第72页；卷二百四十“列传四十八”，第40页。杨虎城、邵力子《续修陕西通志稿》卷六十九“名宦六”，第10页。

② 姚令俞，字秋坪，江苏娄县人，布政使令仪弟，捐纳府经历，以军功议叙，嘉庆七年至十四年任华州知州，官至宁波府知府。杨虎城、邵力子《续修陕西通志稿》卷十六“职官七”，第24页。汪坤厚、程其珏《娄县续志》卷十七“人物下”，第12页，光绪五年（1879）刻本。《清代缙绅录集成》六《缙绅全书·嘉庆十一年夏》，第386页。

③ 马学赐，字葵园，直隶迁安人，乾隆五十八年进士，英和会试同年，嘉庆十一年任陕西渭南县知县，大学士王杰称其“陕西第一好官”，官至商州知州，死后入祀蓝田名宦祠、迁安乡贤祠。杨虎城、邵力子《续修陕西通志稿》卷六十七“名宦五”，第21页。

④ 郭汾阳祠，即汾阳王祠，在华州东关，祀郭子仪，历代文人多所题咏。李可久《华州志》卷六“祠祀志”，第4页，万历八年（1580年）刻本。

曾无忝，全终在不骄。许多怀古意，直与暮山遥。

寇莱公故里[①]

切要简编惟霍传，最良针砭是张公。能教玉烛调天下，不碍成堆蜡泪红。

廿七日(5月15日) 卯初起身，巳初至渭南，该令马学赐等接见。午初行，未初二刻至零口镇[②]小憩。未正行，酉初二刻抵临潼，计程百卅里。该令林延昌[③]接于廿里外。寓居在骊山[④]下，曲廊临沼，花木缤纷，颇有逸致，而且轩居开爽，翠柏覆荫，又得浴于温池，征尘尽涤矣，快何如之！连日爽，是日热。

过新丰[⑤]

旧迹全归眺望中，鸿门古坂接新丰。沛公事业重瞳泪，成败而今一样同。

---

① 寇莱公故里，即寇莱公祠，在华州城西关，祀寇准，历代文人多所题咏。李可久《华州志》卷六“祠祀志”，第4页。

② 零口，即零口镇，属西安富临潼县，在县治东四十里。一作冷口，冷水由此入渭河。设急递铺，为往来通道。史传远《临潼县志》卷一“建置”，第35页，乾隆四十一年(1776)刻本。

③ 林延昌，山东掖县人，贡生，嘉庆八年至十二年任陕西临潼县知县，嘉庆二十年升补商州直隶州知州，任内病故。杨虎城、邵力子《续修陕西通志稿》卷十五“职官六”，第22页。《清代缙绅录集成》六《缙绅全书·嘉庆十一年夏》，第385页。档案：“嘉庆二十一年十一月初八日，陕西巡抚朱勋，奏报商州知州林延昌病故日期事”，02—01—03—09152—025。

④ 骊山，在西安府临潼县南里许，为秦岭支脉，由蓝田北山绵亘而东五十余里，因西周时为骊戎国地，故名骊山，传为上古时女娲补天之处。山中有温泉，周秦汉唐历代在此建有离宫，后世多所题咏。舒其绅《西安府志》卷三“名山志”，第2—4页，乾隆四十四年(1779)刻本。

⑤ 新丰即新丰镇，属临潼县，在县东二十里，北周新丰县治，有鸿门堡，为项羽宴刘邦之地，设新丰驿。史传远《临潼县志》卷一“建置”，第35页。

宿骊山客舍

名迹入关中，应接苦不了。行行来骊山，下马急寻沼。征尘洗涤尽，回廊偶一绕。万树翠柏森，结荫覆岭表。闲云时往还，衔破惟飞鸟。好景在当前，所得原不少。惜无佳句成，高吟忆谢朓。我欲追前踪，踪踪又久杳。

廿八日(5月16日) 卯正二刻起身，巳初至灞桥，司、道、府、厅、州、县均来接，至龙王庙[①]打尖。巳正一刻行，军、抚两标排队接。午初三刻抵西安。计程五十里。省将军、都统、抚台恭请圣安，于接官厅略谈即入城，寓于制台衙门，诸公咸来。晚赴葆岩中丞约，亥正二刻归。将军札尔杭阿[②]、都统苏勒芳阿[③]、藩司朱勋[④]、臬司敦柱[⑤]、凤邠道陈文

---

① 龙王庙，在西安府咸宁县灞桥西岸，嘉靖四十二年因水患建。舒其绅《西安府志》卷六十二"古迹下·祠宇"，第17页。

② 札尔杭阿，史籍又作"札勒杭阿"，字仁峰，伊尔根觉罗氏，满洲镶蓝旗人，乾隆中后期从征缅甸、金川，嘉庆十年至十一年任西安将军，嘉庆十一年十二月，以不能约束兵丁，以致临阵溃散，降调二等侍卫。杨虎城、邵力子《续修陕西通志稿》卷二十三"职官十四"，第2页。《清实录》第30册，第247、248页。《清代缙绅录集成》六《中枢备览·嘉庆十一年春》，第227页。

③ 苏勒芳阿，满洲镶白旗人，嘉庆十年至十一年任西安右翼副都统，嘉庆十一年十二月，以不能约束兵丁，以致临阵溃散革职，次年二月加恩赏蓝翎侍卫，赴和阗帮办。杨虎城、邵力子《续修陕西通志稿》卷二十三"职官十四"，第8页。《清实录》第30册，第247、248页。《清代缙绅录集成》六《缙绅全书·嘉庆十一年夏》，第384页。

④ 朱勋，字晋斋，号虚舟，江苏靖江人，监生，捐纳按察使经历，分发陕西，以军功赏戴花翎，嘉庆十年至十一年任陕西布政使，官至陕西巡抚护理陕甘总督印务，后以玩视命案，听任属员枉法，降调。《清史列传》卷三十三《朱勋传》，第九册，第2588—2589页。《清代缙绅录集成》六《缙绅全书·嘉庆十一年夏》，第384页。

⑤ 敦柱，满洲正红旗人，由监生捐纳笔帖式，嘉庆十年由山西按察使调任陕西按察使，十一年七月解任，后用贵州、广西等省按察使。杨虎城、邵力子《续修陕西通志稿》卷十一"职官二"，第29页。《清代官员履历档案全编》(注转下页)

骏[①]、粮道素纳[②]、署西安守方载豫[③]、凤翔守王骏猷[④]、汉中守朱绂[④]、长安令何

(续上页注)第2册,第478页。《清代缙绅录集成》六《缙绅全书·嘉庆十一年夏》,第384页。

① 陈文骏,浙江海宁人,监生,捐纳杂佐,以河工保举,累升知府,嘉庆八年十二月由西安府知府升任陕西凤邠道,十二年三月丁忧去职,嘉庆十八年任长芦运使。杨虎城、邵力子《续修陕西通志稿》卷十二"职官三",第5页。《清代官员履历档案全编》第2册,第543页。《清代缙绅录集成》六《缙绅全书·嘉庆十一年夏》,第384页。

② 素纳,高佳氏,满洲镶黄旗人,大学士高晋孙、协办大学士书麟侄,嘉庆四年至嘉庆十一年任陕西督粮道,嘉庆十一年七月升任陕西按察使,官至西宁办事大臣,杨虎城、邵力子《续修陕西通志稿》卷十二"职官三",第2页。《清实录》第28册,第588页。《清代缙绅录集成》六《缙绅全书·嘉庆十一年夏》,第384页。

③ 方载豫,字松槃,河南祥符人,嘉庆五十一年举人,嘉庆八年任绥德直隶州知州,十年十月署理西安府知府,官至甘肃布政使。沈传义《祥符县志》卷十五"国朝人物",第66页,光绪二十四年(1898)刻本。档案:"嘉庆十年十月二十五日,陕西巡抚方维甸,奏为委任盛惇崇护理潼商道方载豫署理西安府知府",04—01—13—0163—035。

④ 王骏猷,字湛泉,山东济宁州人,乾隆四十二年举人,考取誊录,升授知县,嘉庆初以军功保举知府,嘉庆十一年六月补授凤翔府知府,二十二年八月升四川永宁道,后改江宁盐道。杨士骧《山东通志》卷一百一"学校·举人表",第34页。《清代官员履历档案全编》第2册,第540页;第25册,第331页。《清代缙绅录集成》六《缙绅全书·嘉庆十一年夏》,第387页。

④ 朱绂,安徽歙县人,监生,以布政使司经历入仕,嘉庆九年至十二年任陕西汉中府知府,嘉庆十二年六月升任陕西延绥道。杨虎城、邵力子《续修陕西通志稿》卷十三"职官四",第30页。《清代官员履历档案全编》第2册,第464页。《清代缙绅录集成》六《缙绅全书·嘉庆十一年夏》,第387页。

承薰①、咸宁令庄逵吉②。是日倭制府③差弁来接。

廿九日(5月17日) 辰刻出门拜客,归来写家书,托抚军便寄。申刻抚军来,随邀颐园先生同饮,子正始散。

四月初一日(5月18日) 辰正二刻自省起身,将军、都统、抚台送于官厅,谈数刻行。司、道、府、厅、州、县咸在郊外,兵丁排队跪道。午初至三桥镇④小憩,未初三刻抵咸阳,计程五十里。该令汪玉衡⑤迎至廿里外接见。是早薄阴,午后微雨,申刻晴。庆阳守恒明⑥差官送卷,差人报书。

---

① 何承薰,浙江仁和人,监生,捐纳县丞,以军功保举,嘉庆十年任至十三年任陕西长安县知县,官至陕西陕安道。杨虎城、邵力子《续修陕西通志稿》卷十五"职官六",第7页。《清代官员履历档案全编》第2册,第590页。《清代缙绅录集成》六《缙绅全书·嘉庆十一年夏》,第384页。

② 庄逵吉,江苏武进人,监生,捐纳知县,嘉庆十一年正月任陕西咸宁县知县,官至潼关厅同知,有《吹香阁诗》。杨虎城、邵力子《续修陕西通志稿》卷六十八"名宦五",第15、16页。《清代缙绅录集成》六《缙绅全书·嘉庆十一年夏》,第384页。

③ 倭制府,即陕甘总督倭什布,瓜尔佳氏,字泽圃,满洲正红旗人,由户部笔帖式入仕,后补授四川道府,办理西藏军务有功,嘉庆九年至十一年任陕甘总督,嘉庆十一年十月,因附和德楞泰之议,随意遣散宁陕叛匪三千余人,奉旨降为二等侍卫,前往科布多办事,后又因事降至笔帖式。《清代官员履历档案全编》第2册,第439页。李桓《国朝耆献类征初编》卷一百九十四"疆臣四十六",第37—41页。

④ 三桥镇,属西安府长安县,在县西二十里。舒其绅《西安府志》卷十"建置中",第1页。

⑤ 汪玉衡,湖北江夏人,乾隆四十五年举人,嘉庆六年至十三年任陕西咸阳县知县。王庭桢《江夏县志》卷四"选举",第36页,同治八年(1869)刻本。杨虎城、邵力子《续修陕西通志稿》卷十五"职官六",第16页。《清代缙绅录集成》六《缙绅全书·嘉庆十一年夏》,第385页。

⑥ 恒明,满洲镶白旗人,乾隆三十三年顺天乡试举人,由知县加捐知府,嘉庆九年八月掣签甘肃庆阳府知府,嘉庆十一年六月调镇西府知府。《钦定八旗通志》卷一百六"选举志五",第1771页。《清代官员履历档案全编》第24册,第132页。《清代缙绅录集成》六《缙绅全书·嘉庆十一年夏》,第392页。

初二日(5月19日)　卯初三刻行，巳初至店张[①]打尖，兴平令孙鹏仪[②]接见。巳正一刻行，午正至醴泉饮风书院[③]换马，该令潘人炳[④]接见。未初一刻行，申正抵乾州，计程百十里。该牧徐洪懿[⑤]接见。是日风凉，寓考棚。

西安二首

建国燕京实大猷，此邦徒说帝王州。讴歌雅颂风原古，表里山河气尚遒。蔓草荒烟频驻马，抚今追昔一登楼。千秋兴废无从论，且藉皇华赋壮游。

名胜探寻笑我痴，当时父老近无遗。消完汉世多年迹，博得唐人几句诗。芍药香中春又去，梧桐枝上月偏迟。漏声渐隐钟声到，把酒挑灯触客思。

---

① 店张，即店张镇，属西安府兴平县，在县北三十里，市集最著，原设驿站，有驿马七十二匹，马夫三十九名，乾隆十九年陕西巡抚陈宏谋奏准，兴平县属店张驿裁归醴泉县经管，移驿县城内。王廷珪《兴平县志》卷一“地理”，第11页；卷八“杂识”，第1页，民国十二年(1932)铅印本。蒋骐昌《醴泉县志》卷七，第3页，乾隆四十九年(1784)刻本。

② 孙鹏仪，山西兴县人，乾隆五十二年进士，嘉庆三年补陕西兴平县知县，十二年八月调补蒲城县知县，官至甘肃巩昌府知府。张启蕴《兴县续志》上卷“选举”，第1页，光绪六年(1880)本。《清代缙绅录集成》六《缙绅全书·嘉庆十一年夏》，第385页。

③ 饮风书院，在西安府醴泉县署东，乾隆二十一年建。蒋骐昌《醴泉县志》卷七，第2页。

④ 潘人炳，字锦塘，号二山，浙江会稽人，嘉庆七年进士，十一年至十八年任陕西澧泉县知县。杨虎城、邵力子《续修陕西通志稿》卷十五“职官六”，第53页。

⑤ 徐洪懿，江西龙南人，乾隆三十三年举人，嘉庆十年由孝义厅同知补授乾州直隶州知州。刘坤一《江西通志》卷三十四“选举表”，第37页。《清代缙绅录集成》六《缙绅全书·嘉庆十一年夏》，第386页。

初三日(5月20日) 卯正二刻起身出城,顺道访唐高宗乾陵①,时已阴。巳初至监军镇②打尖,永寿署令江声扬接见。午正行,未正二刻抵永寿。计程九十里。过乾州渐入山路矣,申刻落雨,旋止,起风。

唐乾陵

宫闱不正笑唐初,祸水滔滔势有余。留得才人充妾媵,几令国社付丘墟。雉飞娇健应同志,燕舞轻盈合并书。若论任贤能纳谏,须眉多少未能如。

初四日(5月21日) 卯初三刻起身,天晴,风势急,颇寒。一带多山路,辰正一刻至太峪③打尖。该州迎接。巳正行,仍是山路。午正一刻抵邠州,计程七十里。罗署牧应庚④接见。是日倭制军差凉州别驾同庆⑤来接。午后回暖。入城时兵排队伍,公馆花竹树木尚不俗。

---

① 乾陵,在乾州州治西北五里,葬唐高宗李治与武则天,有于阗国所进无字碑,陪葬章怀太子贤、懿德太子重润、泽王上金、许王素节、邠王守礼等宗室、公主、大臣墓。毕沅《关中胜迹图》卷二十六“古迹·郊邑”,第16页,民国二十五年(1936)铅印本。

② 监军镇,属永寿县,在县西南四十里,其地当要冲,入清以来物阜民丰、轩车辐辏为县之最盛。郑德枢《永寿县重修新志》卷三“镇堡”,第6页,光绪十四年(1888)刻本。

③ 太峪,即太峪镇,属邠州直隶州,为州东路急递铺。姚本《邠州志》卷一,第46、47页,康熙刻本。

④ 罗应庚,浙江杭州人,出身微贱,曾充长随,后冒籍顺天,捐纳县丞,发往陕西,以军功升任知县,嘉庆十三年任邠州直隶州知州,其时或为署州,其一子捐纳盐大使,一子冒认徐姓,捐纳东城兵马司指挥,嘉庆二十五年为人所揭,父子均革职。杨虎城、邵力子《续修陕西通志稿》卷十四“职官五”,第50页。档案:“嘉庆二十五年十一月初四日,浙江巡抚陈若霖,奏为遵旨查明陕西绥德州知州罗应庚出身事”,03—1643—027。

⑤ 同庆,满洲正黄旗人,嘉庆十年九月授凉庄理事通判。《清代缙绅录集成》六《缙绅全书·嘉庆十一年夏》,第393页。

初五日(5月22日) 卯正三刻起身，至大佛寺①瞻礼。先过花果山，土人称有水帘洞。巳初三刻至(亭)[停]口镇②打尖，该署令符国琛③接见。午初二刻行，未正抵长武，兵排队接。计程八十里。寓于县署书房。甘肃差官来接，蔡藩司差家人报书。陕西官弁、家人至此即令回。早阴，午晴，过(亭)[停]口飞尘又起矣。

邠州大佛寺亲偈

示现非常身，终古不可转。灵山宁远求，烟云妙舒卷。

偶然坐趺跏，无誉亦无毁。若问牟尼珠，门前有泾水。

初六日(5月23日) 卯初三刻起身，大半山路，巳正至甘肃宁州境太昌镇④打尖，该署牧冯裕定⑤接见。平庆道隆兴⑥差官送卷前

---

① 大佛寺，即庆寿寺，在邠州治西二十里官道旁，因有佛像坐石岩下，高十余丈，俗名大佛寺。唐贞观二年建，明嘉靖重修，往来题诗者众。王朝爵、王灼《直隶邠州志》卷九，第7、8页，民国三十三年(1944)石印本。

② 停口镇，原文误作"亭口"，下同。属邠州长武县，在县治东四十里，连州界。樊士锋《长武县志》卷四"桥亭镇堡寺庙表"，第5页，嘉庆二十四年(1819)刻本。

③ 符国琛，浙江仁和人，监生，捐纳乾隆末任五城兵马司吏目，嘉庆十年二月调陕西泾阳县丞，时署长武县知县。《清代官员履历档案全编》第29册，第169页。《清代缙绅录集成》六《缙绅全书·嘉庆十一年夏》，第385页。

④ 太昌镇，属庆阳府宁州，在州治西四十里，万历二年修。晋显卿《宁州志》"建置第二"，康熙钞本，《中国地方志集成·甘肃府县志辑》第24册，第143页。

⑤ 冯裕定，山西绛州人，贡生，嘉庆十年八月署理宁州知州，嘉庆十三年七月改补甘肃岷州知州。张廷槐《续修宁羌州志》卷一"职官"，第32页，道光十二年(1832)刻本。档案："嘉庆十年八月初十日，陕甘总督倭什布，奏为委任陈继光署理贡州知州冯裕定署理宁州知州"，04—01—13—0177—024；"嘉庆十三年七月十三日，大学士管理吏部事务庆桂，题为遵议陕甘以冯裕定补甘肃岷州知州事"，02—01—03—08744—010。

⑥ 隆兴，满洲镶蓝旗人，翻译生员，乾隆三十六年授内阁中书，乾隆五十一年以军功用甘肃宁夏府知府，嘉庆十一年正月用平庆道。《清代官员履历档案全编》第2册，第450页。《清代缙绅录集成》六《缙绅全书·嘉庆十一年夏》，第390页。

来。午正一刻行，过烂泥沟，崎岖不易行也。若由大路，则远二三十里。申正一刻抵宁州，计程百里。寓于州署。

抵甘肃宁州

地迥春光少，山多夏气寒。吹衣风万叠，蹇步岭千盘。谁说宁江碧，曾闻蜀道难。梁公留善政，遗迹未颓残。

初七日(5月24日) 卯正一刻起身，辰正二刻至南义井堡[①]打尖。巳正三刻行，未初抵华池驿[②]，合水界，计程九十里。庆阳守恒明、参将马国用[③]、合水令张朝珍[④]接见。出宁州城仅上一坡，约有三四里，余皆坦途。

初八日(5月25日) 卯初二刻起身，路径高低宛转，颇不易行。隆道暨甘肃州、县等接见，参将带队迎于城外，巳正抵参署。午刻接部文，又有正宁一案，奉旨就近审办。未刻即提人，问至亥刻。环县案。

---

① 南义井堡，属庆阳府宁州，在州治北三十里，万历二年修，设急递铺。晋显卿《宁州志》"建置第二"，康熙钞本，《中国地方志集成·甘肃府县志辑》第24册，第142、192页。

② 华池驿，属庆阳府合水县，在县治西七十里西华池，额设驿马四匹，夫二名。陶奕曾《合水县志》卷上"村堡"，第37页；卷下"邮传"，第6页，民国二十二年(1933)钞本。升允、长庚《甘肃新通志》卷十九"建置志·驿递"，第3页，宣统元年(1909)刻本暨石印本。

③ 马国用，甘肃宁夏人，武举人，嘉庆十一年至十四年任甘肃庆阳营参将，嘉庆十五年升任陕西神木协副将，官至江南狼山镇总兵官。档案："嘉庆十四年八月初十日，护理陕甘总督蔡廷衡，为题请马国用升补陕西神木协副将事"，02—01—006—003767—0006。《清代缙绅录集成》六《中枢备览·嘉庆十一年春》，第229页。

④ 张朝珍，浙江钱塘县人，嘉庆六年进士，嘉庆八年七月起任甘肃合水县知县。《清代官员履历档案全编》第24册，第66页。《清代缙绅录集成》六《缙绅全书·嘉庆十一年夏》，第392页。

李空同故里①

大复一时为社友，对山无奈谒貂珰。土人说到才人事，此日犹分姓字光。

庆阳府作

纡折行过路万重，白山黑水助雄封。北豳流寓怀周祖，灵武征祥记肃宗。大狱片言安敢断，甘霖广沛又为容。居民莫怪观如堵，此地原难驿使逢。

月夜怀菊溪前辈用老杜韵

弹指驹驰隙，惊心雁别群。北河才话旧，闽峤又从军。梦断他乡月，神迟远岫云。破杨应八日，纪事赖高文。

初九日(5月26日) 起，连夜审讯，至十四日(5月31日)各犯均已吐供，案情确凿。连日又令当堂质对画供，并草奏折，十六日(6月2日)一切全完②。此地本觉微旱，初九(5月26日)、初十(5月27日)、十一(5月28日)连日密雨，自后忽晴忽雨，农田颇益。十八日(6月4日)整下一昼夜。

---

① 李空同即李梦阳，字献吉，号空同，祖籍河南扶风，生于庆阳府安化县，明中期复古派前七子领袖，倡言“文必秦汉，诗必盛唐”。弘治七年中进士，为部郎，曾因弹劾外戚张延龄、宦官刘瑾两度下狱，后又被诬为宁王朱宸濠同党，获释后归隐还乡，嘉靖八年病故，隆庆初谥景文。张廷玉《明史》卷二百八十六《列传一百七十四·文苑二·李梦阳传》，第7346—7348页。

② 《恩福堂年谱·嘉庆十一年丙寅条下》：“……四月初八日抵庆阳府，审讯徐振鹏一案。正宁县有民妇马万氏，因奸为其夫弟马廷御所杀，以加功致死者为马万氏之子马香，案关逆伦，装点伤痕作为自抹身死。知县徐振鹏听许财物，相验时删减尸伤，经总督参革。振鹏自谓负屈，遣弟振鹤赴京翻控。鞠得实情，论如律。”全案见英和等“奏为参革知县徐振鹏畏罪捏词，遣弟赴京诬控，审明定拟事”，嘉庆十一年四月十九日，03—2391—032。徐振鹏，江西安义人，乾隆五十三年举人，嘉庆八年七月起任甘肃正宁县知县。刘坤一《江西通志》卷三十五“选举表”，第7页。《清代缙绅录集成》六《缙绅全书·嘉庆十一年夏》，第392页。

十九日(6月5日) 未刻拜折，为雨所阻，又留一日。是日寄家书，托方中丞发去。

廿日(6月6日) 卯正起身，天气晴明，营兵排队送于城外，教官等道旁打躬，隆道暨李牧受曾[①]、杨令翼武[②]、单令为锜[③]、原兰州守喻文(璐)[鏴][④]、茶马同知张桐[⑤]送于十里外，署安化令王牧琮送于廿

---

① 李受曾，字介悟，直隶长垣人(今属河南)，乾隆五十一年顺天乡试举人，大挑知县，嘉庆七年至嘉庆十一年任甘肃阶州直隶州知州，嘉庆十一年八月调补秦州知州，嘉庆十八年十月以贪劣不职革职，著有《阅篁山馆诗钞》四卷，《古卫风谣》一卷。余泽春《重纂秦州直隶州新志》卷十"职官下"，第8页，光绪十五年(1889)刻本。李鸿章《畿辅通志》卷二百四十"列传四十八"，第51页。档案："嘉庆十八年十月十七日，署理陕甘总督董教增，奏为特参奏秦州直隶州知州李受曾贪劣不职请革职事"，04—01—12—0305—111。

② 杨翼武，陕西华阴人，生员，嘉庆十一年九月，以县丞升补甘肃两当县知县，官至按察使衔山东兖沂曹济道。陈士桢《兰州府志》卷七"官师志"，第3页，道光十三年(1833)刻本。档案："嘉庆十一年九月二十日，陕甘总督倭什布，奏请以候补知县汪鸣借补甘肃武威县知县以候补县丞杨翼武升补两当县知县"，03—1504—070。

③ 单为锜，山东高密人，副贡，任甘肃清水县知县。曹梦九《高密县志》卷十三"选举志"，第29页，民国二十四年(1935)铅印本。

④ 喻文鏴，原文误作"文璐"，湖北黄梅人，拔贡，由教谕俸满选用知县，升知州，嘉庆九年由甘肃甘州府知府改调兰州府知府，十一年五月，因承审正宁县马万氏命案逾限被参革职，十一月开复，十二年三月改直隶正定府知府，官至直隶通永道。《清代官员履历档案全编》第2册，第484页。《清代缙绅录集成》六《缙绅全书·嘉庆十一年春》，第155页。档案："嘉庆十一年五月十五日，英和等奏，奏为遵旨查明甘肃承审环县命案延迟被参革职知府喻文鏴并同知张桐实在逾限日期事"，04—01—01—0498—012。

⑤ 张桐，江苏上元人，监生，嘉庆八年至十一年任嘉庆庄浪茶马同知，十一年五月，因承审正宁县马万氏命案逾限被参革职，嘉庆十三年开复湖北宜昌府同知。《清代官员履历档案全编》第24册，第270页。档案："嘉庆十一年五月十五日，英和等奏，奏为遵旨查明甘肃承审环县命案延迟被参革(注转下页)

里外。午初一刻至华池驿，恒守、马参将咸送至彼。午正二刻行，申初三刻至南义井小憩。申正一刻行，酉正三刻抵宁州，计程百五十里。该牧接见。亥刻，舒二爷禀到。是日尚不甚难行，凉爽如秋日。

廿一日(6月7日) 卯正二刻起身，巳正二刻至太昌打尖，该牧候送。午初二刻行，申正三刻抵泾州瓦云驿[①]。计程百廿里。是日天阴，晚凉。出宁州城即渡河，过太昌廿里许再渡，皆泾水也。自太昌入大路，虽有坡，尚平坦。

过烂泥沟

鸟道嵚崎整复斜，行人至此汗交加。青浮万叠来牟浪，紫认连藤豌豆花。木末水滨看主仆，诗情画意在烟霞。一旬有半经重过，心与摩空健翼遐。

廿二日(6月8日) 卯初三刻起身，巳正抵泾州，计程五十五里，兵丁叩接。该署牧张万年[②]接出廿里，平庆道洪蕙[③]来见。是日早凉午热。

廿三日(6月9日) 寅正一刻起身，泾州兵丁跪送。至王村小憩一刻，巳正一刻至白水驿[④]打尖。午初三刻行，又至四十里铺小憩二

(续上页注)职知府喻文鏴并同知张桐实在逾限日期事”，04—01—01—0498—012。

① 瓦云驿，属泾州直隶州，在州治东五十里，由县丞管理，额设驿马四十五匹，夫二十八名，另设急递铺。张延福《泾州志》卷上“建置·乡镇”，乾隆十八年钞本，《中国地方志集成·甘肃府县志辑》第20册，第304页。升允、长庚《甘肃新通志》卷十九“建置志·驿递”，第3页。

② 张万年，顺天大兴人，监生，时以甘肃甘州府抚民通判署泾州知州。《清代缙绅录集成》六《缙绅全书·嘉庆十一年春》，第159页。

③ 洪蕙，江苏江都人，贡生，捐纳中书、员外郎，乾隆二十一年加捐知府，先后任四川顺庆府知府、山西隰州直隶州知州，陕西延安府知府，嘉庆十年升甘肃平庆道，主持修纂《延安府志》八十卷。《清代官员履历档案全编》第2册，第448页。《清代缙绅录》六《缙绅全书·嘉庆十一年夏》，第390页。

④ 白水驿，属泾州镇原县，在县治南一百里，由驿丞管理，额设驿马四十五匹，夫二十八名。李从图《镇原县志》卷十六“兵防”，第6页，道光二十七年(1847)刻本。升允、长庚《甘肃新通志》卷十九“建置志·驿递”，第3页。

刻。酉初一刻抵平凉，计程百四十里。游击国琦[①]叩接。该守阎曾履[②]暨知县等官接见。兵丁排队于郊外。早微寒，午暖，日落起风。是日寓贡院。

经回中山[③]

破晓过回中，遥瞻金母宫。岚光浮树白，旭彩耀波红。汉帝疆何有？周王运早终。惟余山水在，凭眺意无穷。

廿四日(6月10日) 卯正一刻起身，该守等送，兵丁排队出城。不数里即望见崆峒山[④]，相踞约二三十里，高出众峰，蔚然深秀。巳初一刻至安国镇[⑤]打尖，巳正二刻行。一路山多草树，望去青葱，涧水潺湲，清人心目，途曲折而不难行，入甘以来，此为一快。未正二刻抵瓦亭驿，[⑥]计程九十里。公馆院后有花草。固原署牧翟方震[⑦]接见。

---

① 国琦，贵州人，难荫，时任平凉城守营游击，嘉庆十五年三月改调甘肃凉州镇标右营游击，当年八月病故。《清代缙绅录集成》六《中枢备览·嘉庆十一年春》，第229页。

② 阎曾履，字念庭，河南孟津人，河南乡试解元，乾隆四十三年进士，嘉庆九年至十五年任甘肃平凉府知府。法式善《清秘述闻》卷七"乡会考官类七·乾隆三十六年辛卯科乡试"，第238页。《清代缙绅录》六《缙绅全书·嘉庆十一年夏》，第390页。

③ 回中山，又名宫山，在泾州治西二里，绝岸壁立，泾水绕其左，汭水绕其右，下有大佛洞，中架飞阁，上有王母宫、文昌阁、三清楼，传为周穆王、汉武帝游幸处，历代题咏甚多。张延福《泾州志》卷上"地舆志·形胜"，乾隆十八年钞本，《中国地方志集成·甘肃府县志辑》第20册，第298页。

④ 崆峒山，在平凉府平凉县西三十里，陇右名山之一。《庄子》载广成子修养于此山，黄帝曾问道于此。刘兴沛《平凉县志》卷之一"地理"，第4页，民国钞本。

⑤ 安国镇，属平凉府平凉县，在县西二十五里，四达冲途，为县要镇。刘兴沛《平凉县志》卷之一"地理"，第7页。

⑥ 瓦亭驿，由平凉府华亭县归并固原州管辖，并设递运所，由驿丞管理，额设驿马四十五匹，马夫二十八名，所夫三十名。刘敏宽《固原州志》卷上，第6页，清刻本。升允、长庚《甘肃新通志》卷十九"建置志·驿递"，第2页。

⑦ 翟方震，浙江仁和人，拔贡，乾隆三十九年以教谕俸满保举(注转下页)

天爽。蔡方伯差人报书。

望崆峒山

黄帝在何处，只余崆峒山。仙踪自高远，泾水犹潺湲。咫尺不能即，寻常安许攀。欲求广成子，丹药寿慈颜。

蒿店道中即景①

十日端应短至占，阳曦正午不知炎。涧流沐雨清无滓，草色随山绿到尖。荷锸云迷田父笠，当垆风动酒家帘。板桥立马成幽赏，一笑奚囊句又添。

马上口占

草碧裙腰一望遐，蔚然深秀忆琅邪。就中别自饶风味，开遍沿山马蔺花。

廿五日(6月11日) 卯正三刻起身，落雨，过六盘山。过此山则景色不如矣。泥滑难行，山景可爱，至峰顶，日出矣。该署令熊之灊②接至交界，兵丁排队。午初二刻抵隆德县城。计程五十里。

雨中过六盘山

旸雨咸应时，使车以之乐。所遇多休徵，试为述其略。平阳旱经年，使至甘霖落。西安愁雨多，使至时阳若。庆阳民望泽，使至油云作。从兹迭阴晴，欢声遍城郭。锡福皆皇恩，輶轩幸仰托。晨过六盘山，万峰起云脚。苍翠滴空濛，涧水满沟壑。香挹

(续上页注)知县，嘉庆六年五月授甘肃固原州知州。《清代官员履历档案全编》第20册，第352页。《清代缙绅录》六《缙绅全书·嘉庆十一年夏》，第390页。

① 蒿店镇在平凉府固原州，为官道通衢。刘敏宽《固原州志》卷上，第6页。

② 熊之灊，顺天宛平人，捐纳府经历，嘉庆十一年三月以甘肃甘州府经历署理隆德县知县，后任清水等县知县。《清代缙绅录》六《缙绅全书·嘉庆十一年夏》，第393页。档案："嘉庆十一年三月二十八日，陕甘总督倭什布奏，奏为委令陈启墉署理甘肃狄道州知州并熊之灊署理隆德县知县事"，04—01—12—0272—015。

新蓬蒿，妍争野芍药。纡折迷征途，间关闹山雀。行行来岭头，风劲客衣薄。只诵装绵句，那寻避暑阁。旧传山上有避暑阁，今不存。须臾红日升，放眼穷寥廓。过六盘山，不特草树稀疏，而且山多赤土，不耐观。

廿六日(6月12日) 卯正二刻起身，巳初一刻至神林铺①打尖。署静宁牧杨五绂②接见，随差执事迎接。巳正二刻行，未初二刻抵静宁。计程九十里。公馆后即书院，有大池，惜无人爱护。守备带队迎接，颇为整肃。副将外出。入关庙，有兵站道。连日凉，今午暖。

廿七日(6月13日) 凌晨接方抚军信，寄到家书二。一系三月二十日(5月8日) 一系二十七日(5月15日)。卯正一刻起身，入静宁，又多山路矣。巳初一刻至高家堡③打尖，写家书一，仍交方公。午初一刻行，署牧、守备辞归。入会宁境，署令杨松渠④接见，未正二刻抵青

---

① 神林铺，属平阳府隆德县，在县治西四十五里，有集市，设递运所，有所夫三十名。桑丹桂《重修隆德县志》卷一“建置”，第30页，民国二十四年(1935)石印本。升允、长庚《甘肃新通志》卷十九“建置志·驿递”，第2页。

② 杨五绂，直隶曲阳人，乾隆五十七年顺天乡试举人，英和乡试同年，官至甘肃碾伯县知县，时署静宁州知州，嘉庆十五年病故。李鸿章《畿辅通志》卷四十三“选举十一”，第91页。档案：“嘉庆十五年二月二十五日，署陕甘总督勒保奏，题报甘肃碾伯县知县杨五绂病故日期事”，02—01—007—026914—0024。

③ 高家堡，属平凉府静宁州，在州治西四十五里，设递运所，有所夫三十名。王烜《静宁州志》卷一“里卫”，第13页；卷二“驿递”，第6页，乾隆十一年(1746)刻本。升允、长庚《甘肃新通志》卷十九“建置志·驿递”，第2页。

④ 杨松渠，河南河内人，乾隆三十九年举人，嘉庆十年九月补会宁县知县，嘉庆十二年十月以衰病不堪供职勒令休致。袁通《河内县志》卷七，第30页，道光五年(1825)刻本。毕光尧《会宁县志》卷八“秩官”，第6页，道光十一、十二年(1831—1832)刻本。《清代缙绅录》六《缙绅全书·嘉庆十一年夏》，第391页。

家驿。[1] 计程九十里。是日暖。

喜接家书

两缄同日报平安，看罢从头又细看。五十日余驹过速，四千里外雁来难。投名儿辈将童试，佐馂闺房得母欢。若问言旋应在迩，好寻瓜李助杯盘。

廿八日(6月14日) 夜间大雨，晨起犹阴。卯正三刻[起]身，行不数里，日出，巳正一刻至翟家所[2]打尖。午初二刻行，申正抵会宁，路遇阵雨，旋止。计程九十里。公馆尚可，兵排队接。该令接见。署镇原令丁兆祺，乙丑通家。因公过此[3]亦来叩谒。出柴家所[4]十余里，直至会宁城下，此三十五里路，两山壁立，泥水湾曲潆洄，或数十余步或百步，即当一涉，俗名七十二道脚不干。

廿九日(6月15日) 卯正起身，巳正一刻至西巩驿[5]打尖，该令

---

① 青家驿，属巩昌府会宁县，在县治东九十里，并设递运所，由驿丞管理，设驿马四十五匹，夫二十八名，所夫三十名。杨恩《巩昌府志》卷十，第13页，康熙二十七年(1688)刻本。升允、长庚《甘肃新通志》卷十九"建置志·驿递"，第2页。

② 翟家所，属巩昌府会宁县，又作"翟家嘴"，在县治东四十五里，设递运所，有所夫三十名。杨恩《巩昌府志》卷十，第15页。升允、长庚《甘肃新通志》卷十九"建置志·驿递"，第2页。

③ 丁兆祺，江苏山阳人，嘉庆十年进士，英和门生，当年五月奉旨分发甘肃以知县用，嘉庆十一年署镇原县知县，任内听断有才，尤能不以牵连拘累，官至江西盐法道。张兆栋、孙云《山阳县志》卷九"选举"，第5页，同治十二年(1873)刻本。李从图《镇原县志》卷二"官师"，第29页。道光二十七年(1847)刻本。《清实录》第29册，第956页。

④ 柴家所，即翟家所。林则徐《林文忠公日记》，壬寅(道光二十二年)，"(七月)二十三日己巳……又十五里翟家所，土人谓之柴家嘴"，《近代中国史料丛刊》二辑0041，第412页。

⑤ 西巩驿，属巩昌府安定县，在县东六十里，并设递运所，由驿丞管理，设驿马四十五匹，马夫二十八名，所夫三十名。杨恩《巩昌府志》卷十，第10页。升允、长庚《甘肃新通志》卷十九"建置志·驿递"，第2页。

陈周书，乙丑通家[①]接见。午初二刻行，十里许即入晴岚山[②]，至峰顶店中小憩一刻，下坡已抵安定县城，计程百廿里。时交酉初。晴爽。该令备全分执事接。公馆有点缀，房屋颇宽。

三十日（6月16日） 为雨所阻，未行。发家书一封，托方中丞寄。

安定阻雨

庆阳曾阻雨，一夕小淹留。到此霖优沛，翻教客动愁。酒杯终日里，乡梦五更头。伫望阴霾扫，冲泥控紫骝。

五月初一日（6月17日） 巳刻雨止，因路难行，仍住。从陈令请也。

五月朔，游安定刘氏芸香精舍，喜牡丹成树，犹有余花，走笔题二绝句付之

曾于绵上问芳园，雅爱名花几本繁。不料晴岚山下见，残枝霞举又轩轩。

阻雨无端二日留，对花畅饮破新愁。衔杯忽忆春明景，开遍盈盆安石榴。

初二日（6月18日） 卯初起身，巳初至秤（勾）［钩］驿[③]打尖。

---

① 陈周书，贵州普安人，嘉庆十年进士，英和门生，当年五月奉旨分发甘肃以知县用，嘉庆十年九月补安定县知县，嘉庆十八年以滥用非刑革职。《清实录》第29册，第955页。刘显世《贵州通志》“选举志二”，第89页，民国三十七年（1948）铅印本。档案：“嘉庆十八年五月初四日陕甘总督那彦成奏：奏为特参玉门县知县陈周书昏庸残酷擅用非刑请革职事”，03—2317—015。《清代缙绅录》六《缙绅全书·嘉庆十一年夏》，第391页。

② 晴岚山，方志作“青岚山”，在安定县东十里，其山多雾气，安定八景有“青岚凝翠”。杨恩《巩昌府志》卷五，第9、10页。

③ 秤钩驿，原文误作“秤勾驿”，下同。属安定县，在安定县北六十里，并设递运所，由驿丞管理，设驿马四十五匹，夫二十八名，所夫三十名。杨恩《巩昌府志》卷十，第11页。升允、长庚《甘肃新通志》卷十九“建置志·驿递”，第1页。

巳正一刻行，出门即入山，为车道岭[①]。未正一刻下山，至干草店[②]小憩一刻，同颐园先生。申正抵清水驿[③]。计程百廿里，金县地方。该署令杨起凤[④]病乏，不能禀见，是晚差武巡捕持帖候省城。

初三日(6月19日) 寅正二刻起身，巳初一刻至猪嘴[⑤]打尖。巳正二刻行，午正三刻至东关坡，藩司蔡廷衡[⑥]、臬司刘大懿[⑦]，暨府、

---

① 车道岭，属兰州府金县，在县治东七十里，系与巩昌府安定县之分界。陈士桢《兰州府志》卷二"地理志下"，第10页。

② 干草店，史籍又作"甘草店"，属兰州府皋兰县，在县东一百三十里，设有塘汛。吴鼎新《皋兰县志》卷四"里堡"，第19页，乾隆四十三年(1778)刻本。

③ 清水驿，原文误作"青水驿"，下同。属兰州府金县，在县治东三十里，并设递运所，由驿丞管理，额设驿马四十五匹，夫二十八名；牛十五只，夫十五名。陈士桢《兰州府志》卷三"建置志"，第22页。升允、长庚《甘肃新通志》卷十九"建置志·驿递"，第1页。

④ 杨起凤，陕西富平人，监生，时以甘肃凉州府经历署金县知县。恩福《金县志》卷九"官师志"，第7页，道光二十四年(1844)刻本。《清代缙绅录》六《缙绅全书·嘉庆十一年夏》，第393页。

⑤ 猪嘴，在兰州府金县，县西北四十里有猪嘴山，山下有定远驿，并设递运所，额设驿马四十五匹，夫二十八名；牛十五只，夫十五名。陈士桢《兰州府志》卷一"地理志上"，第23页；卷三"建置志"，第22页。升允、长庚《甘肃新通志》卷十九"建置志·驿递"，第1页。

⑥ 蔡廷衡，字咸一，号小霞，浙江仁和人，乾隆四十三年榜眼，嘉庆八年至十四年任甘肃布政使，嘉庆十四年十月，因属下官员冒领军饷案发，革职，有《凉州剩草》一卷。《清代官员履历档案全编》第2册，第434页。《清代缙绅录》六《缙绅全书·嘉庆十一年夏》，第390页。

⑦ 刘大懿，字坚雅，号苇闲，山西洪洞人，乾隆四十二年举人，捐饷补授刑部员外郎，乾隆五十七年外任福建督粮道，嘉庆十年至十三年任甘肃按察使，嘉庆二十年任山东布政使时以政务废弛降调，改刑部员外郎。升允、长庚《甘肃新通志》卷五十二"职官表"，第17页。《清代官员履历档案全编》第2册，第529页。《清代缙绅录》六《缙绅全书·嘉庆十一年夏》，第390页。

厅、州、县等迎接，小憩四刻行。制军倭什布、凉州副都统成明①在官厅恭请圣安。申正抵兰州，计程百十里。省制军、两司拜会，余官禀安。

午日登源远楼楼在总督署中北城上，俯瞰黄河，实一壮观

一样天中候，今兹气象殊。源探星宿海，骨相渥洼驹。是日制军出马品题。山影欹城角，波声到座隅。时清魑魅净，何事帖灵符。

初四日(6月20日) 起，审讯凉州一案，十二日(6月28日)过堂后叙供、办折，十五日(7月1日)卯初二刻拜发②。

初八日(6月24日) 戌初接奉廷寄，因河州镇年逾七十，名珠尔素，命调验③。随行文，据署任吴亨衍④禀称：珠镇已进京。附奏讫。

---

① 成明，赫舍里氏，正蓝旗满洲人，陕西驻防旗人，乾隆年间从征金川、甘肃、台湾，嘉庆七年由杭州副都统调任凉州副都统，因庄浪满营马甲伊经额举发，嘉庆十一年五月，经英和、初彭龄审明赏奏，拟革职发遣。嘉庆十四年二月，因万寿恩诏，赦回本旗。李桓《国朝耆献类征初编》卷三百六"将帅四十六"，第26—28页。《清代缙绅录》六《缙绅全书·嘉庆十一年夏》，第392页。

② 《恩福堂年谱·嘉庆十一年丙寅条下》："……二十日启程，五月初三日抵兰州府。先是，倭公什布奏：庄浪满营马甲伊经额诉凉州副都统成明，因骑都尉顺宁告病，听其家人杨三受贿，又知苏和臣欲举发，系之于门监。奉旨交讯。审得杨三受贿，出于花亮之撞骗；苏和臣被押，由于另案之唆讼。成明应如挟私故勘律革职。"全案见"嘉庆十一年五月十五日，英和等，奏为遵旨审拟庄浪马甲伊经额控告凉州副都统成明通同受贿等情一案事"，03—2391—046。

③ 珠尔素，西讷楚特氏，满洲正蓝旗人，由前锋补蓝翎长，随征缅甸，嘉庆九年至十一年任甘肃河州镇总兵官，嘉庆十一年五月，改任正黄旗汉军副都统，官至杭州将军。时英和等回奏珠尔素"已赴京陛见，精神是否见旺，难逃圣明"。李桓《国朝耆献类征初编》卷三百四"将帅四十四"，第28、29页。《清代缙绅录集成》六《中枢备览·嘉庆十一年春》，第228页。"嘉庆十一年五月十五日，英和等，奏覆河州镇总兵珠尔素已赴京陛见所察精神是否见旺自难逃圣明事"，03—1644—078。

④ 吴亨衍，甘肃人，行伍出身，嘉庆初年从征川陕白莲，升游(注转下页)

自十五日(7月1日)又审刘启印一案[①],至十八日(7月4日)全结。赠蔡方伯诗未录。十四日(6月30日)接家书二封,一系四月十八日(6月4日),一系四月廿二日(6月8日)。

十九日(7月5日) 未初拜折,随起身,制军、司、道、府、厅、州、县、营员均送于东岗坡庙中,谈数语即别,接安。行至半途,遇那绎堂三兄[②],于路旁土地坐谈数刻,始放手。酉正一刻抵定远驿即猪嘴,计程五十里。该县典史叩接,陈丞兰策,乙丑通家[③],暨喻守、张丞、皋兰令

(续上页注)击、参将,嘉庆十一年二月以靖远协副将护理河州总兵官。《清代缙绅录集成》六《中枢备览・嘉庆十一年春》,第229页。档案:"嘉庆十一年二月初九日,陕甘总督倭什布,奏为委任靖远协副将吴亨衍护理河州镇总兵事",04—01—16—0098—031。

① 《恩福堂年谱・嘉庆十一年丙寅条下》:"……又讯刑部奏交正宁县民人刘启印诘告典史王阎芝得贿屈断,刑房衙役串通受贿各款,悉属虚诬,应依蓦越赴京告重事不实例,发边远充军。奏入,皆谕刑部议奏。"全案见"嘉庆十一年五月十九日,英和等,奏报审拟甘肃民人刘启印呈控房地被霸、亲子被害一案事",03—2196—056。

② 那绎堂,即那彦成,章佳氏,字绎堂,号韶九,满洲正白旗人,大学士阿桂孙,乾隆五十四年进士,官至刑部尚书、直隶总督,谥文毅,有《那文毅公奏议》八十卷,英和有《那文毅公奏议集序》。嘉庆十一年三月,嘉庆帝以那彦成前在两广总督任内,对海盗一意主抚,于练兵捕盗之事敷衍塞责,将其革职发往伊犁效力赎罪。遇英和等于甘肃,当在发往伊犁途中。李元度《那文毅公事略》,《国朝先正事略》卷二十三,《续修四库全书》第538,第511—516页。《清实录》第30册,第36、37页。英和《恩福堂散文》,第123—126页,《清代诗文集珍本丛刊》第375册。

③ 陈兰策,字方吾,号芗林,广西临桂人,大学士陈宏谋侄孙,嘉庆十年进士,英和门生,当年五月奉旨"陈兰策本系捐纳同知,著交吏部掣省分发,以同知即用",后官甘肃洮州同知。吴征鳌《临桂县志》卷五"选举表三",第237页,1963年石印本。《清实录》第29册,第956页。

淡士涛[①]咸来禀见，革令周鼎新[②]、门人沈调元，庚申[③]，亦来拜谒。

廿日(7月6日) 晨起定奏稿，自写夹片。巳初一刻起身，天阴，未初三刻抵清水驿。计程六十里。赶缮奏折，酉刻发，时正落雨。洪道、徐牧咸来，徐名学采[④]。

廿一日(7月7日) 卯正二刻起身，微雨，旋止，午正二刻至秤(勾)[钩]驿打尖，官程六十，土人称八十三里，其实有九十里，且皆山路。该令陈通家接见。未初二刻行，日出，酉初二刻抵安定。计程百廿里，实有百五十里。

廿二日(7月8日) 卯正起身，乘骑过晴岚山，身在云中，始信李青莲"云傍马头生"句不虚也。午初一刻至西巩驿打尖。官程六十，土人称八十三，信不诬也。午正二刻行，陈通家拜送，申正三刻抵会宁。计程百二十里。杨令接见。

---

① 淡士涛，字慕山，陕西大荔人，嘉庆三年陕西乡试解元，嘉庆四年进士，选庶吉士，散馆任甘肃省灵台县知县，嘉庆十年至十四年任甘肃皋兰县知县，官至秦州直隶州知州。陈士桢《兰州府志》卷七"官师志"，第23页。《清代官员履历档案全编》第23册，第705页。法式善《清秘述闻》卷八"乡会考官类八·乾隆五十七年壬子科乡试"，第293页。《清代缙绅录》六《缙绅全书·嘉庆十一年夏》，第390页。

② 周鼎新，福建侯官人，拔贡，嘉庆十年十二月署理秦安知县，因境内有逆伦重案，奉旨革职留缉，十一年五月缉获开复。余泽春《重纂秦州直隶州新志》卷十"职官下"，第27页。《清实录》第30册，第66页。

③ 沈调元，顺天宛平人，嘉庆五年顺天乡试举人，国家图书馆藏嘉庆五年乡试同年齿录。

④ 徐学采，山东临清人，乾隆三十三年举人，嘉庆十年至十五年任灵州知州，嘉庆十五年二月于任内病故。杨士骧《山东通志》卷一百一"学校·举人表"，第30页。《清代缙绅录》六《缙绅全书·嘉庆十一年夏》，第393页。档案："嘉庆十五年二月二十五日，署理陕甘总督勒保奏，题报甘肃灵州知州徐学采病故日期事"，02—01—03—08830—005。

倭泽圃制府邀同颐园、小霞两前辈游五泉山①

名胜而不探，恐贻山灵笑。畴昔蜡屐成，凌晨履岩峤。五泉闲访寻，相携拜古庙。造极凭山栋，时复划然啸。烟火列万家，河流在一眺。不闻凡鸟喧，入耳天鸡叫。若非贤主人，安得领其妙。人皆夸二难，我喜有同调。留连不忍去，苍茫指返照。归与宜速归，首又为之掉。

过晴岚山

万朵云从脚下生，分明身在雾中行。陇西五月春犹在，时听催归叫几声。

内子画花蝶扇见寄 此首在五泉山前

想象娱亲暇，优游问画禅。时当春已暮，意在笔之先。旅况君能慰，仁风我愿扇。花香随处挹，蝶梦入秋园。

廿三日(7月9日) 辰初三刻起身，天阴，过七十二道脚不干，较来时易行。午初一刻至翟家所打尖。接奉廷寄：太原文水县又有一案应讯。都察院文并到。午正二刻行，已落雨，山路胶泥，甚不易进。酉正抵青家驿。计程九十里。天晴。

廿四日(7月10日) 卯初三刻起身，晴，巳初三刻至高家堡打尖。接刑部文，为文水案。署牧杨壬子同榜、署都司等接见。午初行，落微雨，旋止。未正三刻抵静宁州。计程九十里。

廿五日(7月11日) 卯正一刻起身，天阴，巳初二刻至神林铺打尖，署令叩接。巳正二刻行，未初一刻至隆德换马，未正一刻行，至六盘山关帝庙小憩。有风且凉，如深秋。酉正抵瓦亭。计程百四十里。署牧接见。

廿六日(7月12日) 卯正二刻起身，巳正二刻至安国打尖。午

---

① 五泉山，即皋兰山，在县南五里，高数百仞，山有五泉之胜，即甘露泉、掬月泉、摩子泉、蒙泉、惠泉，五泉汇流成溪，灌溉山下沃野，山多古刹，是为陇上名胜。陈士桢《兰州府志》卷二“地理志下・山川”，第5、25页。

初二刻行，未正一刻抵平凉。计程九十里。该守进省，该署令唐元善[①]在公馆候见，病尚未痊。

廿七日(7月13日) 卯初起身，至四十里铺小憩，巳正至白水打尖。公馆尚有花。午初一刻行，至王村小憩，酉初一刻抵泾州，该署牧暨丁兆祺通家接见。制、藩、臬三家家人令其持书即归。是日交火牌带家信。

廿八日(7月14日) 卯初三刻起身，署牧及丁通家送于廿里外。巳初三刻至瓦云驿打尖，方抚台差人来接，并得五月十一日(6月27日)家书。午初一刻行，未正二刻抵长武，署令叩接。计程百里。接刑部文一角，为徐振鹏案。徐学采、李受曾二牧送于瓦云，甘肃巡捕、兵丁至此令回。

廿九日(7月15日) 卯正起身，天阴，巳初至(亭)[停]口打尖，巳正行，未初一刻抵邠州，计程八十里。署牧等接见，朱方伯差人持书来接。试马，仍出西门，从郊外行，访周大王庙[②]。在城东。内无神主，廊下左有易阳苏东柱[③]和韵七律二首，右有搏浪沙赵宾[④]和韵七律二首。前殿有雍正八年(1730)(崔)[沈]青崖撰、张正瑗书碑一座[⑤]。

---

① 唐元善，浙江兰溪人，监生，时以甘肃宁夏府经历署理平凉县知县。《清代缙绅录》六《缙绅全书·嘉庆十一年夏》，第392页。

② 周大王庙，方志作“周太王祠”，在邠州直隶州南门外，嘉靖十五年(1536)建，巡按陕西监察御史唐锜撰碑记，因“邠固太王之国，王化之始也”。王朝爵、王灼《直隶邠州志》卷九，第4、5页。

③ 苏东柱，字生紫，直隶雄县(古易阳)人，顺治四年进士，历官陕西邠州知州、山西保德州知州。李鸿章《畿辅通志》卷二百三十一《列传三十九》，第47页。

④ 赵宾，字珠履，河南原阳(古博浪沙)人，顺治三年进士，官至刑部主事，有诗名，为“江北七子”之一，有《学易庵诗集》。唐侍陛《怀庆府志》卷二十一《人物列传》，第35页，乾隆五十四年(1789)刻本。

⑤ 沈青崖，原文误作“崔青崖”，字艮思，号寓舟，浙江秀水人，寄籍顺天大兴人，雍正元年举人，雍正七年十一月特授陕西督粮道，有《寓舟诗集》八卷。张正瑗，本姓方，安徽桐城人，康熙五十九年江南乡试举人，雍正五年八月补授陕西潼商道。《清代官员履历档案全编》，第1册，第156页、第52页。

院内有碑，年分、人名俱剥落，不可辨矣。又至姜嫄祠，殿内塑神像，廊有高郢撰、张谊书碑一[①]。申刻归，落雨，天已觉热，非甘省比矣。

六月初一日(7月16日) 夜雨，至晨未止。辰初二刻起身，山路泥滑，赖马步稳也。巳正一刻至太峪打尖，午初三刻行。冒雨复入山，行十余里，雨止。申初抵永寿。计程七十里，江令接见。晚晴，素观察差人来接，夜又雨。

怀那绎堂前辈

我赋归与君远行，东冈坡下话班荆。笳鸣绝塞人千里，铃语浮图夜二更。颖叔所思惟有母，不疑其奈本无兄。搏沙放手宁多嘱，古论还当诵养生。

初二日(7月17日) 卯正二刻起身，雨益大，衣履尽湿。巳初一刻至监军镇打尖。午初行，申初抵乾州，计程九十里。徐牧接见。雨止，敦臬司差人报书，盛孟岩差人投帖。

初三日(7月18日) 卯初二刻起身，仍阴，途泥泞，辰正三刻至醴泉打尖，潘令接见。巳正行，午正至店张小憩，午正二刻行，纡道谒周文、武陵[②]。陵内生蓍草，博士赠十分。文王陵门二层，大殿一旁有配殿。

---

① 姜嫄庙，即姜嫄刘公祠，姜嫄传说为炎帝之后有邰氏之女，姓姜字嫄，帝喾元妃，后稷之母；刘公为后稷之曾孙，周文王十代祖。庙在邠州南门外，周太王庙右，唐节度使张献甫建，明嘉靖间重修。庙内有碑，署大中大夫行中书舍人上轻车都尉赐紫金鱼袋高郢撰，节度巡官将仕郎试大理评事张谊书。高郢，字公楚，卫州人，唐代宗宝应初年登进士，以尚书右仆射致仕，元和六年病逝，谥贞。张谊，唐德宗时任右威卫仓曹参军。王朝爵、王灼《直隶邠州志》卷九，第1至3页。《旧唐书》卷一百四十七《列传第九十七·高郢传》，第12册，第3975—3977页。《宝刻类编》卷四《名臣十三之四唐》"张谊条"，第5页，道光十八年(1838)刻本。

② 周文武陵，《续修陕西通志稿》称："《孟子》：文王卒于毕。郢书注云：太子发上祭于毕。毕，文王墓，近镐也。在(咸阳)县治北一十五里高山庙南二里，武王陵在北，成王陵在西南，康王陵在东南，周公墓在东贺家村北，太公墓亦在东，或云毕公高墓亦在贺家村。"乾隆四十年陕西巡抚毕沅以此地为(注转下页)

武王陵即在文王陵后，有门有殿。陵之东为太公墓，再东北为周公、鲁公墓，陵之西南为成王陵，东南为康王陵。此外尚有汉陵及古墓。酉初一刻抵咸阳，计程百十里。汪令暨泾阳令王恭修春甫宗伯之弟[1]接见，蔡通家曾沂[2]亦来，将军、副都统、凤邠道、两首县均差人来接，朱同年声亨[3]来见。至此始换纱衣。是日晴，尚不甚热。

谒毕陌

万古端臣极，高丘护柏阴。客怀三代上，蓍草一丛深。赖有成康绪，应怜管蔡心。仁风知近在，六月暑难侵。

初四日(7月19日) 卯正起身，天阴，渭水过渡，沣水履桥。辰正二刻至三桥镇打尖，司、道以下各官均来接见。巳初二刻行至崇圣

(续上页注)周文王、武王葬地，并手书“周文王陵”“周武王陵”等碑。当代考古学者通过对“周陵”的考古勘探成果进行分析，认为其并非周陵，而间有秦陵、汉陵之说。杨虎城、邵力子《续修陕西通志稿》卷一百三十一“古迹一”，第14页。焦南峰等《咸阳“周王陵”为战国秦陵补证》，《考古与文物》2011年第1期。段清波、朱晨露《咸阳“周陵”属性研究》，《西北大学学报(哲学社会科学版)》2013年第3期。

① 王恭修，安徽青阳人，贡生，时任礼部侍郎王懿修之弟，以县丞分发陕西，嘉庆八年至十二年任陕西泾阳县知县，有政声，嘉庆十二年十二月调补长安县知县。杨虎城、邵力子《续修陕西通志稿》卷七十一，名宦八，第2页。《清代缙绅录》六《缙绅全书·嘉庆十一年夏》，第385页。

② 蔡曾沂，四川崇宁人，嘉庆五年举人，以《会典》誊录议叙知县，嘉庆十九年正月掣签甘肃会宁县知县。刘坛《崇宁县志》卷二“选举”，第31页，嘉庆二十一年(1816)刻本。《清代官员履历档案全编》第25册，第48页。

③ 朱声亨，字子衍，湖南湘潭人，乾隆五十八年进士，英和会试同年。嘉庆七年署清涧县知县，后任定边、清水等县知县，官至安西直隶州知州。陈嘉榆《湘潭县志》卷八“列传第三十一”，光绪十五年(1889)刻本。《清代官员履历档案全编》第23册，第550页。

寺，俗名晾经寺[①]。随行将军、都统、抚军候于官厅，午正抵公馆。计程五十里。时落雨，竟不热。申初，葆岩中丞过谈同饭，亥初散，雨止。

初五日(7月20日) 饭后拜客，未正至抚军署，亥初归，托寄家书一封。早晴，午后雨，晚复晴，凉爽。己未通家吕清[②]来见。

初六日(7月21日) 晨起将行，接奉廷寄，为盐务事，有与督抚会商者[③]，遂止步。

初八日(7月23日) 又奉廷寄，因发五百里，交部议处。初九日(7月24日)寄家书，托中丞。

六月七日方葆岩中丞、朱晋阶方伯约游少陵原[④]此二首在后

不期偶任輶轩使，也许同寻杜子祠。社稷一生忧未已，身心三代比非奇。癯容此日犹存骨，学法何人竟得皮。我记游踪写

---

① 崇圣寺，又名崇仁寺、金胜寺，在西安府城西五里，隋文帝子秦孝王杨俊施宅所建，初名济度寺。唐太宗驾崩后，以其安置太宗嫔妃为尼，高宗仪凤二年，更名崇圣寺。明天顺年间秦藩重修，更名崇仁寺，入清后又多次重修，门楣仍以崇圣寺为名。寺内有大悲阁、晾经台，卧佛典等建筑。毕沅所编《关中胜迹图志》以其为西安第一寺。舒其绅《西安府志》卷六十"古迹下·祠宇"，第13、14页。

② 吕清，字镜泉，号时山，陕西长安人，嘉庆四年进士，是科英和任殿试读卷官，故亦以师生称通家。张澍《四川铜梁县知县吕君清墓志》，钱仪吉《碑传集》卷一百十，《近代中国史料丛刊》一辑0923—0930，第5129—5132页。

③ 《恩福堂年谱·嘉庆十一年丙寅条下》："……六月初四日抵西安府，奉旨议盐法事曰：'为今之计，莫若将蒙古盐池、河东盐池一并招商承办。此事关系重大，头绪亦复纷繁，英和曾任军机大臣、初彭龄曾任巡抚，心地亦皆明白公正，著会同倭什布、方维甸、同兴，将山、陕、甘三省盐务通盘筹画，妥议具奏。'当经奏明，容俟抵太原时，再行熟商请旨。"谕旨见《清实录》第30册，第89、90页。奏折见"嘉庆十一年六月十一日，英和等，奏为遵旨会筹办理晋省等处盐务事"，03—1775—035。

④ 杜子祠在西安城南少陵原畔樊川，明嘉靖年间都御史王荩等建，祀杜甫，清康熙年间重修。舒其绅《西安府志》卷六十二"古迹下·祠宇"，第13页。

韩侯祠

幼读龙门史，低徊每不胜。才高宜善用，功大复何矜。说士藏弓喻，仙人辟谷能。只余荒墓在，岭表立崚嶒。

廿一日(8月5日) 子正三刻起身，寅初二刻至两渡小憩一刻行，卯正三刻至介休，汾州守王彝象[①]、熊令接见。辰正三刻行，遇副都统庆长[②]于太平桥，邀至关帝庙中，深谈乃别。申正二刻抵张兰，计程百廿里。平遥乔令、文水吴令淞[③]接见。是日巳初在介休接刑部文，为刘启印一案。

夜 行

残梦何曾醒？迷离眼倦揩。草深虫语细，风定月华佳。黄帽牵诗思，蒲牢静客怀。秋光知已透，明净万山皆。

廿二日(8月6日) 丑初二刻起身，寅初二刻至平遥换马打尖。寅正三刻行，辰初三刻至祁县，宋令接见。巳初一刻行，路不好走，又复纡道，未正始抵徐沟，计程百五十里。署令武告成，壬子(乾隆五十七年，

---

① 王彝象，江苏上元人，监生，捐纳杂佐，乾隆末任云南布政使司库大使，嘉庆十一年三月任山西汾州府知府，嘉庆十四年十一月因枉断案件革职。《清代官员履历档案全编》第2册，第451页。《清代缙绅录》六《缙绅全书·嘉庆十一年夏》，第373页。档案："嘉庆十四年十一月二十日，山西巡抚初彭龄，奏请将听嘱枉断捏情换卷宗之孝义知县葛拱宸汾州知府王彝象等革职严审事"，03—1527—052。

② 庆长，孙氏，汉军正白旗人，康熙时名将孙思克曾孙，侍卫起家，嘉庆八年至十一年任正黄旗汉军副都统，十一年五月任和阗帮办大臣，赴任时遇英和等于山西介休。《清实录》第30册，第87页。

③ 吴淞，字衍川，号半江，广东潮阳人，嘉庆七年会试中第一百八十五名，嘉庆十年殿试中进士二甲第八十四名，故非英和门生。嘉庆十年至十三年任山西文水县知县，十三年四月调补大宁县知县，嘉庆二十五年病故。《清代缙绅录》六《缙绅全书·嘉庆十一年夏》，第370页。档案："嘉庆十三年四月十五日，山西巡抚成宁奏，奏请陈廷圭调补文水县知县并吴淞调补大宁知县"，03—1513—057。

1792年)同榜[①]接见,试用孙令(耀)[燿][②]亦见。差官到省持帖候各信,省城诸公亦专人来接。是日虽热,尚有风。甘肃火牌回得家书一封。系六月十二日(7月27日)发。

廿三日(8月7日) 丑初起身,寅正三刻至小店,署冀宁道郭守晋[③]、署太原广守玉,暨丞倅、首县等迎接。打尖后,距城十里,城守尉、两司、参将接,在省之州、县亦出境。巳初抵接官厅,同抚军、陈学使希曾[④]咸候。入城至泰山祠公馆。未后拜客,酉初归,陈钟溪来同饭。

留题太原学署兼简同年陈钟溪阁学

都是唐虞盛世民,胶庠习尚至今淳。能谙苜蓿盘中味,昔忆芙蓉镜下人。谓莲士、古香两前辈[⑤]。此日停轩山又仰,当时题额

---

① 武告成,《畿辅通志》作武俊,直隶迁安人,乾隆五十七年顺天乡试举人,英和乡试同年,时署山西徐沟知县,后调芮城、阳曲等县知县。慈祥为政,爱士惠民,工诗。曾国荃《山西通志》卷一百十一"名宦录十一",第7页。李鸿章《畿辅通志》卷四十三"选举十一",第90页。

② 孙燿,原文误作"孙耀",下同,顺天大兴人,初为国子监供事,后任左云、翼城等县知县,嘉庆十四年因采办兵米亏短公项革职问拟。余卜颐《左云县志》卷二,第23页,民国石印本。《清实录》第30册,第968页。

③ 郭晋,字自昭,号浣溪,云南河阳人,乾隆四十二年举人,大挑一等分发山西,嘉庆九年至十三年任太原府知府,有政声,时以知府护理冀宁道印务,嘉庆十三年五月患病休致。李熙龄《澄江府志》卷十四"乡贤",第6页,道光二十七年(1847)刻本。《清代缙绅录》六《缙绅全书·嘉庆十一年夏》,第369页。

④ 陈希曾,字集正,又字香雪,号钟溪,江西新城人,乾隆五十八年探花,英和会试同年,时以内阁学士提督山西学政,官至工部左侍郎,有《奉使集》一卷及《戊辰奏牍存钞》。陈用光《从子钟溪侍郎墓志铭》,《太乙舟文集》卷八,《清代诗文集汇编》第489册,第695—698页。《清代缙绅录》六《缙绅全书·嘉庆十一年夏》,第369页。

⑤ 莲士,即户部尚书戴衢亨。戴衢亨,字荷之,号莲士,祖籍安徽休宁,寄籍江西大庾,协办大学士戴均元侄,乾隆四十三年状元,时任军机大臣、户部尚书,官至体仁阁大学士,谥文端,有《震无咎斋诗稿》《南安诗草》。(注转下页)

墨犹新。署有先文庄公“不负初心”额。咨询六十年前事，只有萱堂记最真。

与君同日咏霓裳，芸馆安排笔砚良。酒兴诗情随地好，鞭丝帽影为花忙。旧游久已成陈迹，好友何期遇晋阳。急出奚囊新得句，推敲闲与细商量。

廿四日(8月8日) 起，审讯文水一案[1]。二十五日(8月9日)发家书一封，交抚军。七月初一日(8月14日)接刑部文，为凉州案。至七月初二日(8月15日)各供全画，盐务亦得就绪[2]，惟商定奏稿耳。

(续上页注)李元度《戴文端公事略》，《国朝先正事略》卷二十一，《续修四库全书》第538册，第470、471页。古香，即翰林院侍讲学士茹棻。茹棻，字稚葵，号古香，浙江山阴人，乾隆四十九年状元，时任翰林院侍讲学士，官至兵部尚书，有《使兖》《使晋》《使楚》《使南》《使沈》诗草。沈元泰《茹棻传》，闵尔昌《碑传集补》卷三，《近代中国史料丛刊》第一辑0991—1000，第236、237页。

① 《恩福堂年谱·嘉庆十一年丙寅条下》：“……二十三日抵太原府，提审文水县监生韩震控案。震之父岁贡生绣邦恃符滋事，招引无赖市人，名其居为‘英雄馆’。与王征书有争卖铺房之嫌，主使李得富等殴之成废，事发被系，令震捏告王征书包占孀妇，又牵涉官吏受赇，赴京翻控。鞫官吏，事皆诬，孀妇亦有夫张九昌在，论震父子罪，皆军。”全案见“嘉庆十一年七月六日，英和等奏报审明山西文水县监生韩震呈控棍徒纠众凶殴捏词诬供一案分别定拟”，03—2197—013。

② 《恩福堂年谱·嘉庆十一年丙寅条下》：“……又与初公彭龄、倭公什布、方公维甸、同公兴会议筹办三省盐务。”所奏全文见“嘉庆十一年七月初六，英和等奏为遵旨会议筹办山西等三省盐务事”，03—1775—040。奉旨：“大学士九卿议奏。七月二十五日大学士庆桂等议覆侍郎英和等会议山西等省盐务情形。晋省商人赔累，实缘原议以贱价定为长额，请照乾隆十年以前成例，令该商等按收盐丰歉、成本重轻自定卖价，仍令该抚等将各处售卖盐斤实价，按月造册报部，俟试行一年，再行酌中定价。又吉兰泰盐斤向用船只由黄河运至山西营销，若定由木商造船转给运商，难保无掯勒情弊。应令运商自行购造，方足以资挽运。又运商应带口粮，官为验放，但出口人数多寡视该处产盐旺歉(注转下页)

初五日(8月18日)　缮折成。至数处拜客辞行。午后落雨。

初六日(8月19日)　卯初二刻拜折，三刻起身，至南门外接官厅少坐，同抚军、陈学使率各官恭请圣安，即别。城守尉常泰、藩司金、臬司李、雁平道赵文楷①、河东道刘，共七人。行十里，胡参将沆②，郭、广两太守，阳曲令沈润芳③，暨丞倅等候送。再行里许，左云令李红④等候于路。辰正三刻至郑村⑤，太原钟令(得)[德]广⑥、文水吴令、试用

(续上页注)难于豫定额数，自应随时造报，不准浮多。又河东盐政照旧，以山西巡抚兼管所有河东运使，毋庸复设，应即以河东道兼办盐法道事务。其吉兰泰盐斤即令宁夏道兼管盐法道办理，并令该督于丞倅中酌量一员，在该处轮流驻扎，以资查察。其陕西盐务，仍照旧令凤邠道兼盐法道管理，统由山西巡抚核转。至所请磴口添设运判一员，吉兰泰及磴口各设盐大使一员，河口镇添设批验所大使一员，以及派委武职弹压之处，应如该侍郎等所奏办理从之。”《清实录》第30册，第138、139页。

① 赵文楷，字介山，号逸书，安徽太湖人，嘉庆元年状元，嘉庆九年至十三年任山西雁平道。吴坤修《重修安徽通志》卷一百八十一“人物志·宦迹”，第21页，光绪七年(1881)刻本。《清代官员履历档案全编》第2册，第436页。《清代缙绅录》六《缙绅全书·嘉庆十一年夏》，第370页。

② 胡沆，山东滕县人，乾隆四十六年武进士，嘉庆十年至十二年任抚标中军参将，后升任广西庆远协副将。杨士骧《山东通志》卷一百七“学校·武进士”，第11页。《清代缙绅录集成》六《中枢备览·嘉庆十一年春》，第224页。

③ 沈润芳，字舍芳，浙江桐乡人，乾隆四十五年举人，嘉庆十年至十二年任山西阳曲县知县，后升同知。严辰《桐乡县志》卷十一“选举表”，第63页，光绪十三年(1887)刻本。李培谦《阳曲县志》卷四“职官表”，第28页，道光二十三年(1843)刻本。《清代缙绅录》六《缙绅全书·嘉庆十一年夏》，第369页。

④ 李红，江西崇仁人，乾隆四十五年进士，嘉庆八年至嘉庆十二年任山西左云县知县，官至通判。余卜颐《左云县志》卷二，第23页。刘坤一《江西通志》卷三十二“选举表”，第26页。

⑤ 郑村，属太原府太原县，在县东，设急递铺。员佩兰《太原县志》卷三“公署”，第6页，道光六年(1826)刻本。

⑥ 钟德广，原文误作“得广”，江西会昌人，乾隆三十年举人，嘉庆五年至十六年任。刘坤一《江西通志》卷三十四“选举表”，第36页。员佩兰《太原县志》卷六“职官”，第15页。《清代缙绅录》六《缙绅全书·嘉庆十一年夏》，第369页。

令贾汝愚、孙燿候见，略谈而散。巳正二刻至鸣谦[①]打尖，榆次谭令接见。午初三刻行，申正至什贴小憩，又落阵雨，益不易行，且入寿阳境皆山路，马蹄屡形竭蹶。戌初抵太安，计程百廿里。魏令迎接。又雨，直达旦矣。距省七十余里有三岔口，方归原路。乙丑通家张之栋[②]亦送于郊。

初七日(8月20日) 辰正起身，午正抵寿阳，计程五十里。所有司员、供事，及行李等皆不能到。路滑异常，只得住此。上半日半阴半晴，下半日日出，夜雨。昨晚今早凉如深秋。

初八日(8月21日) 寅初接奉廷寄一道、刑部原奏一件，命审平遥一案，又当返辕矣。即行文飞提人、卷。因雨阻，且恐前途预备不及，仍在寿阳住。是日山西折差回，得本月初二日(8月15日)家信。

初九日(8月22日) 彻夜大雨，直至凌晨，未正仍不能行，日间或紧或慢，竟日无歇，惟有写字消遣而已。酉刻得同抚军信，因人证大半在省，且徐沟河难渡，请入省垣。随作书答之，并托寄家信。来日就行与否尚难定。

初十日(8月23日) 晨起，犹未住雨，未后雨止，始有晴意。晚间明、李二君来，留饭，亥正始散。若非作字，此三日颇难遣也。是日金方伯、刘观察同缄致候，请入省垣。牛通家【人】差人报书。

十一日(8月24日) 晴。辰正起身，午正一刻至太安打尖。未初三刻行，申正一刻抵什贴，计程八十五里，榆次境。广太守接见，魏令辞归。是日得方中丞信，并六月十四(7月29日)家书。

十二日(8月25日) 卯正一刻起身，距鸣谦十里，谭令接于路。

---

① 鸣谦，即鸣谦驿，属太原府榆次县，在县治北二十里，明天顺年间创设，额设驿马四十四匹，夫二十名，广夫九十名。曾国荃《山西通志》卷八十“公署略下”，第12页。俞世铨、陶良骏《榆次县志》卷二“城池·驿城堡寨附”，第6页。

② 张之栋，山西阳曲人，嘉庆十年进士，英和门生，时归班铨选，在籍候补，后官直隶宁津等县知县。《清实录》第29册，第955、956页。《清代官员履历档案全编》第25册，第157页。

时交辰正，接奉廷寄，为御史涂以辀条奏河东盐务四款，应与抚军会议[①]。又接刑部文，为平遥案。辰正三刻至鸣谦，金方伯、刘监司接见。午初行，距省十里，李臬司、赵观察、郭太守、城守尉、中军等候迎。申初至东门外关帝庙，抚军、学使咸候于庙。时又阵雨，随入城，仍寓旧公馆。风雨交作，晚半晴，天气尚热。抚、学以下各官均来候安。十九日(9月1日)酉刻发家书一封，托同中丞折差带。

十三日(8月26日)至十六日(8月29日) 商办盐务事。十七日(8月30日)至二十日(9月2日)审讯平遥一案[②]，得实，定于廿二日(9月4日)午刻拜折起身。因廿一日(9月3日)复雨，又多住一日。十五日(8月28日)夜间接奉朱批折二：一盐务、一文水案。

廿三日(9月5日) 卯正起身，晴，出东门，署名宜春。同抚军候于庙，行十里，城守尉、司、道、府、厅、州、县拜送。至郑村小憩，钟令接见。鸣谦打尖，谭令接见。又至什贴啜茗，已落雨。戌正抵太安驿。魏令接见。

---

① 涂以辀，字棨轩，号瀹庄，江西新城人，嘉庆四年进士，时任山东道监察御史。《恩福堂年谱·嘉庆十一年丙寅条下》："……又奉廷寄，以御史涂以辀条奏河东盐务一折，发交核议。当与初公彭龄、同公兴公同商酌。原奏'签商宜资熟手，筹运宜择便途'，格碍难行，皆毋庸议。其'设官宜归简易，给引宜为变通'二条，与现行章程适合。覆奏报闻。"涂以辀奏折见"嘉庆十一年七月初七日，奏为条陈河东盐务应办事宜"，03—1775—038。英和等奏折见"嘉庆十一年七月二十二日，奏为遵旨覆议御史涂以辀条陈河东盐务应办事宜各款事"，04—01—35—0487—008。

② 《恩福堂年谱·嘉庆十一年丙寅条下》："……七月初六日启行，翌日抵寿阳县，命审平遥县民人张丙乙控该县户书白光玢等浮收匿灾一案。十二日仍返太原府提讯，张丙乙乡愚误控，与白光玢分别杖、徒结案。"全案见"嘉庆十一年七月二十二日，英和等奏报审讯山西平遥民人张丙乙呈控书吏霸收钱粮一事"，03—2197—026。

廿四日(9月6日) 晨起犹雨，午初二刻起方行。至大树堙[1]，距寿阳廿里，遇抚军折差回，得本月十六日(8月29日)家书，敬知圣驾启銮改于廿二日(9月4日)。酉初抵寿阳。申正起微风，始有晴意。

廿五日(9月7日) 卯正二刻起身，至芹泉驿庙中小憩片刻。巳正三刻至测石驿打尖，牛通家叩见。午正二刻行，申正三刻至南天门，徐牧承庆接见。酉初二刻抵平定，计程百里。寓于考棚。过芹泉，路尚易行，午后起风，天始晴定。自测石至平定有山河数道，遇水发难行。是日未初接刑部文二件，为知照会奏盐务事。抚军所差巡捕暨司、道等家人送至此，饬归。

廿六日(9月8日) 因马匹不敷，只得多住一日，俟德侯[2]过去再走。酉正德侯到，同颐园先生去请圣安。

廿七日(9月9日) 辰初起身，巳正一刻至柏井打尖，徐牧候送。午初二刻行，遇固关参将倭星额[3]带兵叩接，申正抵核桃园。计程百五里。是日热，平定至柏井又有山河。

廿八日(9月10日) 卯正起身，辰正至井陉打尖，洪令接见。巳正行，至威水小憩片刻。申正二刻抵获鹿，计程九十五里。藩、臬、清河道、正定太守均差人来接。制军差官报书。热。是日丑刻接刑部文，为议覆文水案。戌正接朱批折二，一盐务、一平遥案，随行文同抚军。

---

① 大树堙，即大树堙镇所，属平定州寿阳县，在县治正西二十里。白昶《寿阳县志》卷一“舆地”，第11页，光绪八年(1882)刻本。

② 德侯，即德楞泰，伍弥特氏，字惇堂，正黄旗蒙古人，谥壮果，为嘉庆时名将，时封一等继勇侯，故称德侯，以领侍卫内大臣往陕甘督剿叛乱。《清实录》第30册，第137、138页。《清史列传》卷二十九《德楞泰传》，第八册，第2261—2278页。

③ 倭星额，满洲镶红旗人，由参领任直隶正定镇固关参将，嘉庆十三年任内病故。《清代缙绅录集成》六《中枢备览·嘉庆十一年春》，第219页。档案：“嘉庆十三年正月二十五日，直隶总督温承惠，为题报正定镇固关参将倭星额病故事”，02—01—006—003692—0005。

咏归此首在后

来时堤畔柳才黄，归日盆中桂已香。十六旬余何所获？新鬌颏下数茎长。

廿九日(9月11日) 卯正起身，下坡即坦途，如逢故人云。巳正至滹沱河，水势闻较前日已消，然十倍于来时也。署令钟翰[①]接见。过河，太守李同年师舒[②]候迎，将入城，黄镇暨游击等带兵相候，入城仍在隆兴寺打尖。未正至北门，黄镇恭请圣安后即行，文武各官相送。申正二刻抵伏城驿。计程百五里。

八月初一日(9月12日) 卯正二刻起身，钟令送于路。行十余里即过河，将至新乐，又过河，巳正至公馆。午初一刻行，未初三刻至定州，换马。署牧戴书培[③]接见。未正三刻行，十余里再过清水河，酉正抵清风店。计程百廿五里。晨起薄阴，午刻日出，连日热，是日爽。自获鹿至伏城易行，自伏城至清风店有可行处，路中泥水过多，非此数日晴，不知何景况也。是日庆方伯又差人来。

初二日(9月13日) 寅正三刻起身，至望都打尖，邹令接见，时交辰初二刻。辰正三刻行，午初至方顺桥，满城刘令接见。午初二刻

---

① 钟翰，字屏南，江西上犹人，乾隆三十六年举人，时署正定知县，又官河间、藁城等县知县，为官有政声。刘坤一《江西通志》卷三十四“选举表”，第40页。贾孝彰《正定县志》卷三十三“职官”，第5页，光绪元年(1875)刻本。李鸿章《畿辅通志》卷一百九十“宦迹录八”，第43页。

② 李师舒，字谊源，河南济源人，乾隆五十八年进士，为英和会试同年，选翰林院庶吉士，散馆授编修，嘉庆十一年至十二年任直隶正定府知府，官至江安粮道。李鸿章《畿辅通志》卷三十“职官六”，第116页。《清代官员履历档案全编》第2册，第537页。《清代缙绅录》六《缙绅全书・嘉庆十一年夏》，第341页。

③ 戴书培，字有华，江苏元和人，山东掖县籍，乾隆四十五年顺天乡试举人，时署定州知州，当年升任昌平州知州，嘉庆十一年九月，以其在正定任内串通书吏侵吞库帑革职，拟斩监候，后免其勾决，发黑龙江充当苦役。宋如林《苏州府志》卷六十六“选举七”，第17页，道光四年(1824)刻本。《清实录》第30册，第168页。《清代缙绅录》六《缙绅全书・嘉庆十一年夏》，第336页。

行，又至大(吉)[激]店[①]，同颐园先生小憩片刻，申正抵清苑，计程百廿里。仍寓古莲花池。裘制军时在长安城。城守尉、藩、臬、府、县迎至城外，随来问候。包、王两通家叩见。是日热，方顺桥迤南、迤北均有泥水，不易行。董福持家书接。

初三日(9月14日) 卯正起身，城守尉、两司在北门恭请圣安，话别即行。首县相送。巳初三刻至安肃打尖，该令石梁[②]、前署令黄榜接见。午初行至固城定兴界，小憩片刻，申正渡北河，申正二刻抵定兴，寓于河阳书院[③]，该令吴通家接见。是日尚风凉。

初四日(9月15日) 卯初二刻起身，巳正二刻至涿州，署牧刘国霖[④]接见。午正二刻行，酉初一刻抵良乡，计程百卌里。到公馆后该令王德棻始来，一切未备，自买饭食。是日日薄风微，宜于行旅，黄苑副暨通家金廷佐、旧跟班拜唐阿等咸来请安迎接。

---

① 大激店，原文误作“大吉店”，属保定府清苑县，在县治西五里，设急递铺，西南达望都县。李逢源《清苑县志》卷一“乡社”，第4页，同治十二年(1873)刻本。李培祜《保定府志》卷三十三“兵政略·兵制”，第20页。

② 石梁，河南陈留人，拔贡，时任保定府安肃县知县，嘉庆十五年改调顺德府邢台县知县。《清代缙绅录集成》六《缙绅全书·嘉庆十七年秋》，第525页。档案：“嘉庆十五年二月初十日，直隶总督温承惠题请以石梁调补邢台县知县事”，02—01—03—08828—036。

③ 河阳书院，属保定府定兴县，但光绪《保定府志》作：“河阳书院在县城北街，道光二十四年知县梁宝书捐建……”民国《定兴县志》作：“河阳书院在北门内路西，道光二十四年知县梁宝书同邑人鹿传珣等创置……”可见嘉庆年间似无河阳书院之说。乾隆《定兴县志》内载邑内有范阳、南台、白河三书院，其时南台、白河二书院已废，英和所居者，或为范阳书院，在县城内东南隅，康熙时武举张亮捐建，知县刘致中重建，河阳书院建后废。李培祜《保定府志》卷二十八“礼政略·学校”，第31页。严祖望《定兴县志》卷二“义学”，第11页。王锡璁《定兴县志》卷三“建置”，第7页，乾隆四十四年(1779)刻本。

④ 刘国霖，河南夏邑人，监生，嘉庆十一年六月至八月以试用署涿州知州。吴山凤《涿州志》之《涿州续志》卷十，第8页。

初五日(9月16日) 寅正起身,卯正至常新店[①]打尖,辰初行至普济堂,门生暨将官等迎接,午正抵东岳庙[②]。计程约九十里。司员、章京、亲友等咸来,直至日落,始酬应毕。

初六日(9月17日) 卯初三刻起身,巳正三刻至顺义县打尖。未初行,酉正抵密云县。计程百四十里。霸昌道湛露[③]来候,该令吴申岚[④]接见。是日两县均误应候。

初七日(9月18日) 卯正起身,午初至石匣[⑤]打尖,游击满德坤[⑥]接见,午正二刻行,南天门小憩片刻。申正抵古北口。计程百里。寓

---

① 常新店,即今长辛店,明代史籍作"长店""新店",清代史籍多作"长新店""常新店"等。属顺天府宛平县,在治所西南四十五里,卢沟桥畔,是西南方向进京的必经之路。缪荃孙《顺天府志》卷二十七"地理志九",第9页。

② 东岳庙,在朝阳门外,建于元至正二年,赐名东岳仁圣宫,祀东岳大帝,其庙宇宏大,元末及明清两代屡毁屡建,康熙、乾隆二帝均有御制碑记。缪荃孙《顺天府志》卷六"京师志・祠祀",第21—25页。

③ 湛露,字吉云,满洲镶白旗人,由监生捐纳笔帖式,乾隆末年在军机章京上行走,嘉庆十一年七月以奏事处郎中题补授直隶霸昌道。《清代官员履历档案全编》第2册,第465页。

④ 吴申岚,山东东平州人,嘉庆九年以石匣县丞归班升用本县知县,十年十一月升任密云知县,十二年七月以亏短兵米革职。《清代缙绅录》六《缙绅全书・嘉庆十一年夏》,第336页。档案:"嘉庆九年八月初五日,署吏部尚书长麟,题为遵议保荐俸满密云县石匣县丞吴申岚例准归班升用事",02—01—03—08599—019;"嘉庆十二年七月初三日,顺天府尹邹炳泰,奏请将亏短兵米之密云县知县吴申岚先行革职事",03—1509—002。

⑤ 石匣,属顺天府密云县,在县治东北六十里,称石匣城、石匣营,以城西有石如匣得名。明弘治建城,康熙年间重修,驻游击、县丞,为京北要塞。臧理臣《密云县志》卷二之一"舆地・城营",第2页。

⑥ 满德坤,字载夫,山东滕县人,嘉庆六年武榜眼,嘉庆十一年以二等侍卫用直隶提标前营游记,嘉庆十九年升湖南临武营参将,官至湖北郧阳镇总兵,道光年间随军平张格尔叛乱。王政《滕县志》卷八"武功",第12、13页,道光二十六年(1846)刻本。《清代官员履历档案全编》第2册,第651页。

令公庙[①]。

南天门口占此首在前

斜日西风过古檀，南天门下息征鞍。闲将平定州中路，试与落邱较易难。

初八日(9月19日) 卯正二刻起身，巳初二刻至两间房打尖。巳正二刻行，午正一刻至马圈汛[②]换马。未初二刻行，酉初一刻抵王家营，[③]计程百廿里。寓关帝庙[④]。上灯时雷电交作，微雨片刻，旋止。

初九日(9月20日) 卯初起身，辰初至喀拉河屯，同颐园先生打尖。辰正二刻行，午初二刻抵热河。计程七十里。诸公咸来问候，晚与赵谦士少司农、桂香东少宗伯[⑤]、秀楚翘阁学[⑥]同饭。

初十日(9月21日) 递折，蒙召见，朱批各件恭徼军机章京蔡炯[⑦]手。命即归侍班毕，恭请圣安。戴莲士司农约吃早饭，借马回程，时

---

① 令公庙，方志作“杨令公祠”，在密云县古北口镇，明洪武八年徐达重建，祀北宋名将杨业，成化八年重修，敕赐名威灵庙，嘉靖及入清后又累次重修。臧理臣《密云县志》卷二之五“舆地·坛庙”，第9页。

② 马圈汛，在滦平县，驻分防马圈子汛把总一员，隶属直隶提督标所辖河屯协左营。海忠《承德府志》卷二十五“兵防”，第7页。

③ 王家营行宫，在承德府滦平县治西，常山峪东北四十里，康熙四十三年建。李鸿章《畿辅通志》卷十五“帝制纪·行宫”，第14页。

④ 关帝庙，属承德府滦平县，在喀喇河屯东南，康熙年间建，每岁春秋及五月十三遣官致祭。海忠《承德府志》卷十四“坛庙”，第11页。

⑤ 桂香东，即觉罗桂芳。桂芳，觉罗红带子，字子佩，号香东，满洲镶蓝旗人，嘉庆四年进士，时任内阁学士兼礼部侍郎，官至军机大臣、漕运总督，谥文敏。李桓《国朝耆献类征初编》卷一百十一“卿贰七十一”，第17至22页。

⑥ 秀楚翘，即秀堃。秀堃，姓他塔喇氏，原名秀宁，字其厚、琪原，号楚翘、松坪，满洲正蓝旗人，嘉庆六年进士，时任内阁学士兼礼部侍郎，官至刑部侍郎。《清代朱卷集成》第4册，第273页。

⑦ 蔡炯，字云桥，江西德化人，嘉庆元年进士，嘉庆四年至十一年任军机章京，官至按察使。《清代官员履历档案全编》第2册，第609页。

午初矣。未正至喀拉河屯换马，未正二刻行，申正二刻抵王家营。计程七十里。连日热，是日风凉，仍寓关帝庙。

十一日(9月22日) 卯初二刻起身，卯正三刻至三道梁换马打尖。辰正一刻行，巳正二刻至马圈汛换马。巳正三刻行，午正三刻至两间房小憩一刻。申正抵古北口，计程百廿里。仍寓令公庙。庙内东楼可以远眺，余屡登矣。往来口门协领接见。

十二日(9月23日) 卯正起身，辰正三刻至石匣打尖换马，巳正行，未正一刻至密云换马，吴令接见，湛道差人来候。申初一刻行，酉初一刻抵罗山①，计程百卅里。自投旅店。是日薄阴。

十三日(9月24日) 寅初二刻起身，落雨点。辰初二刻至顺义打尖换马。已晴霁矣。巳初行，未正到家。计程百里。次日常服朝珠进内，见留京办事王、大臣。

---

① 罗山，属顺天府怀柔县，在县治东十八里，系京城至热河孔道，有驻兵。缪荃孙《顺天府志》卷二十“地理志二”，第24页；卷六十三“经政志十”，第2页。

附　录

恩福堂年谱[1]

英和，姓索绰络氏，字树琴，号煦斋。先世起于混同江东北弗阿哈之地，译言旧阜也。国朝定鼎初，高高祖讳布舒库，从入北京，隶镶白旗。随将军亲藩征西有功，后归内务府，世为内务府正白旗人。高祖讳都图，为御前亲随，圣祖仁皇帝嘉其身健如石，赐姓石氏。曾祖讳石琦，因石为族。祖讳明德，以先文庄公贵，封赠三世如其官。高祖母康氏、曾祖母齐氏、祖母卓佳氏，封赠一品夫人。父讳德保，由乾隆丁巳（乾隆二年，1737 年）科进士，历官礼部尚书，诰授光禄大夫，追谥文庄，国史有传。母傅察氏，诰封一品夫人。生母经氏，诰封一品太夫人。

乾隆三十六年辛卯（1771 年，出生）　先公官广东巡抚，以是年四月十四日（5 月 27 日）辰时生予于抚署后堂。时先大父春秋高，望孙甚切，傅察太夫人于庚寅岁（乾隆三十五年，1770 年）赴粤，道经杭州，祷于灵隐寺，至是予生。予幼名石桐，以生于粤，别号粤溪生云。

三十七年壬辰（1772 年，1 岁）　二岁。

三十八年癸巳（1773 年，2 岁）　三岁。

三十九年甲午（1774 年，3 岁）　遵川运例，捐监生、笔帖式。

四十年乙未（1775 年，4 岁）　始识之无。

四十一年丙申（1776 年，5 岁）　春，先大父卒，随侍先公奔丧回

---

① 《恩福堂年谱》，收入《北京图书馆珍本年谱丛刊》第 133 册，北京图书馆出版社 1999 年版。

京，始入塾，受业于直隶孝廉刘先生坤。冬，复随侍先公赴漕运总督任。

四十二年丁酉(1777年，6岁) 受业于安徽进士程先生在嵘，并从驻防兵李铎习清文、弓矢。

四十三年戊戌(1778年，7岁) 仍受业于程先生。夏，随侍先公赴福建巡抚任。冬，先公擢礼部尚书，随侍回京。

四十四年己亥(1779年，8岁) 受业于直隶孝廉李先生阳林，并从故侍御札尔杭阿习清语、弓矢。

四十五年庚子(1780年，9岁) 受业于江苏进士任子田先生大椿，初学诗。

四十六年辛丑(1781年，10岁) 受业于江西孝廉刘先生肇虞。夏，结婚于萨克达氏，故漕运总督阿庄恪公思哈第四女。秋，伯姊适简恪亲王第五子、镇国将军伊铿额。

四十七年壬寅(1782年，11岁) 受业于山东进士董先生献定，始学举业。

四十八年癸卯(1783年，12岁) 受业于安徽拔贡生侯先生坤。是年秋，萨克达夫人来归。予每夜读，夫人理针黹以佐。时吴兴孙勉亭为写《秋灯伴读图》，其后黄左田又重写《夜灯清课图》，皆纪实也。

四十九年甲辰(1784年，13岁) 侯先生仍馆于家，又从故太守额鲁礼习清语。是年三月，补内务府会计司笔帖式，旋在堂上行走。

五十年乙巳(1785年，14岁) 侯先生仍馆于家。三月，大臣子弟挑侍卫、拜唐阿，名已入选，奉高宗纯皇帝特旨：英和年纪尚小，著令其读书，不必带领引见。钦此。七月，丁傅察太夫人忧。是年，遵恩诏加一级，为经太夫人及本身妻室请封。

五十一年丙午(1786年，15岁) 受业于浙江优贡生卢先生登俊。

五十二年丁未(1787年，16岁) 受业于安徽进士、后官湖北按察使方茶山先生体。正月，长女生，旋殇。

五十三年戊申(1788年,17岁)　受业于湖南孝廉萧云巢先生大经。七月,录科,旋以先公主顺天乡试,遵例回避。十一月,次女生,旋殇。

五十四年己酉(1789年,18岁)　正月,丁先公忧。撰次行状,丐无锡嵇文恭公铭墓石,韩城王文端公书丹,富阳董文恭公篆盖。三月,与傅察太夫人合葬于长营。是年,受业于湖南进士、后官陕西布政使唐陶山先生仲冕,先生寻以忧归,又受业于湖南进士罗先生廷彦。

五十五年庚戌(1790年,19岁)　侯先生复馆于家。三月,长子奎照生。是年,先公《乐贤堂诗集》刊成。

五十六年辛亥(1791年,20岁)　受业于江苏孝廉李静庵先生深源。二月,次子奎耀生。

五十七年壬子(1792年,21岁)　李静庵先生仍馆于家。七月,录科。八月,应顺天府乡试。九月,揭晓,中式第五十五名举人,房师为户部主事、后官江南河库道浙江谈韬华先生祖绶。座师为吏部尚书、后官大学士山东刘文清公墉,刑部侍郎、江苏王兰泉先生昶,国子监祭酒、后官吏部尚书满洲瑚和庵先生图礼。十月,覆试于乾清宫。十二月,三子奎文生,旋殇。编庚子(乾隆四十五年,1780年)至是年古今体诗为《蛾术集》。

五十八年癸丑(1793年,22岁)　李静庵先生仍馆于家。三月,应会试。四月,揭晓,中式第八十二名贡士。房师为左春坊左中允、后官翰林院侍讲余秋室先生集。座师为礼部侍郎、后官礼部尚书满洲铁冶亭先生保,工部侍郎、后官左副都御史江苏吴白华先生省钦,正总裁则仍出刘文清公门下。殿试,二甲第二十五名。朝考,钦取第十五名。引见,改庶吉士。七月,充武英殿协修,旋补纂修。十月,三女生,旋殇。

五十九年甲寅(1794年,23岁)　十二月,四女生,后五岁殇。

六十年乙卯(1795年,24岁)　三月,散馆,二等第二名,授编修。十二月,五女生。编馆课诗赋为《恩福堂赋钞》一卷,《试帖钞》一卷。

仁宗睿皇帝嘉庆元年丙辰(1796年,25岁) 恭逢授受礼成,进颂册,蒙赐大缎。八月,协办院事。十月,授侍讲。引见时,蒙高宗纯皇帝温旨垂询,并以圣制《观麦》七言古诗一章命和。十一月,充日讲起居注官。十二月,充玉牒馆纂修官。是年,遵恩诏加一级,为经太夫人及本身妻室请封。

二年丁巳(1797年,26岁) 正月,六女生,旋殇。五月,转侍读。恭随仁宗睿皇帝奉高宗纯皇帝圣驾启跸,幸避暑山庄。蒙高宗纯皇帝召对,论及诗、古文。谕曰:"朕之著作甚富,而儒生嗜好不同,汝喜朕何诗、何文,不妨直对。"因敬陈:"如某诗、某文,皆古人所未经道,天纵非人力也。"又谕曰:"朕不待汝颂扬,然汝颇有见解。"奖励再三,赐文绮,复命和圣制诗。九月,回京。十一月,充文渊阁校理。

三年戊午(1798年,27岁) 二月,廷试翰、詹,钦取二等第五名,升翰林院侍读学士。十月,充顺天武乡试正考官,副为翰林学士、后官吏部尚书山东刘文恭公镮之。十二月,升少詹事。是月,玉牒馆书成,议叙,加二级,并赐银、缎。

四年己未(1799年,28岁) 正月初三日,高宗纯皇帝升遐。时应诏言事,奏曰:"伏以今日广开言路,下采刍荛,臣何敢安于缄默?现在善政次第举行,臣敬思民维邦本,则庶政尤以民事为先。州、县为亲民之官,知府有表率之责,诚使府、州、县人人称职,天下自无不治。然群吏各修其职,要在大吏先得其人。近督抚中如某某者,声誉平常,恐负委任;两司中如某某者,办事认真,亦知自爱,若寄以封圻重任,似可有为。大吏果能整躬率属,举一贤,而凡可举者咸知所劝;劾一不肖,而凡应劾者咸知所惩。举劾公明,自必泽及黎庶。我皇上于大臣之贿赂公行者,法有必加。由是慎选乃僚,廑恤民隐,薄赋税,绝贡献,损上益下,藏富于民。更以次厘剔各省钱、漕积弊,圣治蒸蒸日上矣。"是月,充《实录》馆纂修官。二月,充文渊阁直阁事,稽查左翼觉罗学。三月,四子生,未命名,旋殇。是月,充会试同考官。上年考试试差,以亲老未与试,至是蒙特简。四月,揭晓,得蔡銮扬等十一人。五月十四日，升詹事。二十三日，授内阁学士兼礼部侍郎衔。先公在翰林学士任仅九日，晋内阁学士；予在詹事亦仅十日，晋阁学，实异数云。

蒙召对，谕曰："汝家事朕皆深悉，惟当日和珅如何欲与汝缔婚，汝父何言以谢，其直陈无隐。"对曰："臣年八岁，时和珅初为侍郎，至臣家，适遇臣于门外，但问臣年几何，别无他语。及臣十一岁，一日臣父退直，谓臣母云：白发夫妻日增老境，当早为儿授室。今日在公所，见八旗秀女中有原任漕督阿思哈之女萨克达氏，未经记名，可即通媒妁，并定于十三岁来归。此外别无所闻。迨臣父亡后，大学士、公阿桂向臣言，当日和珅倩内务府大臣金简为和珅之女作伐，臣父婉辞，阿桂稔知其事。"仁庙嗟叹久之，谕曰："汝父生前受和珅之谤多矣！"因泣对曰："不独生前受谤，身后遗折，尚为遏抑。"次日，蒙特恩，赐先公谥文庄，并追谥前礼部尚书、先世父观保文恭。

九月，恭随圣驾送高宗纯皇帝梓宫奉安裕陵，礼成，加随带一级，授镶蓝旗汉军副都统。是月，高宗纯皇帝升祔太庙，加一级，稽查中书科事务。十月，充武殿试读卷官。此后如派阅荫生等卷，及验看月官，挑选文武等官，不能备载。十一月，命录旧作进呈。高宗纯皇帝升配南郊，纪录二次。十二月，奉命往朝鲜颁诏。岁除，蒙赏狍鹿。自后，除夕赏咸与焉。是年，遵恩诏加一级，为经太夫人及本身妻室请封。

五年庚申(1800年，29岁)　三月，自朝鲜回京。四月，验看右翼军政。闰四月，阅考试试差卷。时廷试卿僚，以母老未与试。越三日，仁庙垂询，即以实对。谕曰："此次不可无汝文，应补之。"因请试它题。又谕曰："即以前题，散直在家为之。"翌日呈进。七月，命录朝鲜纪行诗进呈。是月，升礼部右侍郎，管右翼幼官学。八月，顺天乡试，以吏部尚书、后官大学士湖南刘云房先生权之为正考官，予及副都御史、浙江陈春溆先生嗣龙副之。九月，揭晓，得张葆等二百三十人。是月，转礼部左侍郎。十月，阅考试满教习卷。十一月，署正蓝旗汉军副都统。是月，五子奎光生，后一岁殇。编癸丑(乾隆五十八年，1793 年）至是年七月古今体诗为《瀛洲集》。

六年辛酉（1801 年，30 岁） 正月，授总管内务府大臣，调正红旗满洲副都统，充经筵讲官。是月，因雪中侍班，赐蟒袍一袭。二月，管造办处事务，署工部侍郎，充坛庙对引大臣。命恭送颖贵太妃金棺诣裕陵安奉，谕曰："此事命汝前往者，因妃衙门有汝姊瑞贵人墓，非藉此差无由展谒也。"三月，署翰林院掌院学士，命大挑举人。时一日独对，仁庙谓曰："宵旰筹军，忧勤备至，何以天意尚不欲奏功耶？"对曰："此正天心仁爱，欲吾皇知为君难耳。"仁庙曰："岂天知三省教匪平定后，朕意将有所放乎？"对曰："皇上数年来兢兢业业，天早鉴之，惟父母爱子之心要万年如一日也。"仁庙为之动容。是日[1]，扈跸诣裕陵，行释服礼。

自正月调正红旗副都统后，奉差络绎，未赴该旗衙门。四月，经仪亲王参奏，奉旨革去副都统。五月，教习庶吉士。端阳节蒙赐荷囊，自是节赏咸与焉。六月，署理藩院左侍郎，充江南乡试正考官，以户部员外郎、后官江安粮道江西汤价人藩为副。时大雨匝月，永定河决，自新城乘舟抵德州始登陆，届期入闱。九月，揭晓，得崔锡华等一百十四人。闱中拜署吏部左侍郎命，旋调户部左侍郎。十月，回京复命。谕曰："江南试题首为'卑宫室'一句，是纪本年直隶水患。《孟子》题'放勋曰'至'如此'，与顺天题同，汝应出有末句。即此可见同心同德。"随叩头谢。命录进江南一路纪行诗。诗中有"秋风淡淡路迢迢"句，圣谕"淡淡"似春风，应改"荡荡"。人臣私著，上蒙笔削，实为艺林佳话。故事，以岁首及仲春、孟冬朔日祀神于坤宁宫，王、大臣入食胙，至是予始与，后每岁与焉。圣节日，召入同乐园观剧，赏赉有差，自是亦每岁得与。十一月，圜丘大祀，时朔风甚厉，对引如仪，蒙恩赏戴花翎。十二月，授正白旗汉军副都统。是年，遵恩诏加一级，为经太夫人暨本身妻室请封。编庚申（嘉庆五年，1800 年）至是年九

① 此处"是日"应为"是月"之误。

月古今体诗为《容台集》。

七年壬戌(1802年,31岁)　元旦侍班,仁宗亲解荷囊以赐,自是岁首咸邀是赏。命入同乐园观剧。上元后一日,正大光明殿小宴廷臣,命入座,赏赉有差,自是每岁咸与焉。是月,召直南书房。二月,经筵进讲"为政以德"书义。圣驾谒西陵,命署护军统领。四月,阅新进士覆试卷,命磨勘会试试卷,充殿试读卷官,阅朝考卷。命管理咸安宫官学。六月,阅拔贡朝考卷。七月,扈跸幸避暑山庄,调正蓝旗满洲副都统。抵热河,因办行宫贴落,赏蟒袍一袭。是月,六子奎焘生,后一岁殇。八月,赐食于如意洲。中秋命观剧,均赏赉有差。赐御枪所中鹿肉,自是凡扈从滦阳,皆如之。驾幸木兰,命佐荣恪郡王管理行围事。向例管围者不许从禽,特命射牲,旋获鹿以献,赏穿黄马褂。九月,回京。十月,阅考试缮本笔帖式卷。十一月,授翰林院掌院学士,以原衔充日讲起居注官,署镶蓝旗汉军副都统。是月,赐貂裘一袭。十二月,平定三省邪匪报捷,命入重华宫观剧、和诗,赏赉有差。次年,余孽全平,同乐园宴亦与焉。除夕,乾清宫钦赐御书"福"字,侍郎叨此,盖异数也,自是岁终咸膺是赏。进春帖子词,赐纸笔,后每岁皆如之。

八年癸亥(1803年,32岁)　二月,恭随圣驾谒东陵。礼成,驻跸盘山。退直游千相寺及古中盘,小饮寺中,怪石奇松,尽收座下。又至东竺庵,舍肩舆,乘骑至云罩寺,登定光塔,苍茫四望,身在天半,诚大观也。蒙赐食于天岩云秀,赏赉有差,自是凡扈跸盘山,皆如之。

五月,热河围场副都统韦陀保参奏"总管董椿等砍伐木植,以近报远,希图冒销",命往讯。十一日自京起程,十四日抵热河,韦陀保带同承办木植之防御齐达塞,亦于是日至热河,随质讯董椿等。缘嘉庆七年奏准围场伐木地方五处,曰都呼岱、曰英格川、曰努呼岱、曰长林子、曰固尔班拜。努呼岱在南,都呼岱在北,欲到都呼岱,必由努呼岱。此次初奏在都呼岱伐木两万六千七百三十株,因经过努呼岱,故先伐木一万九千余株,不足者再于都呼岱拣伐,仍由努呼岱拉运。道途顺便，于钱粮可节省，并无弊窦，奏明结案。二十日旋程，二十五日还京。

六月，充续纂四库全书总裁。七月，命总理孝淑睿皇后奉安礼仪。是月，恭随圣驾幸避暑山庄，署行在理藩院侍郎。八月，停围。中秋前一日，宴越南使臣于万树园大幄次，侍臣咸与，赏赉有差。署茶膳房事务，管理奉宸苑、御枪处事务。十月，复随驾谒西陵，奉安孝淑睿皇后梓宫，礼成，加一级。十二月，赐海龙褂一袭。

九年甲子(1804年,33岁) 二月初三日，恭逢圣驾幸翰林院，先期蒙恩加太子少保衔，赐一品补服。届期，迎驾于署外。上诣文庙行礼，至清秘堂少坐，诸臣各归坐次。随奏请升座入宴，至座前进酒毕，蒙赐酒，复位，又蒙召至御案前赐酒。礼成，圣驾仍至清秘堂，诸臣于署外跽送。是日，分韵得“见”字，并和御制七律二首，赏赉有差。旋于私第跽迎御书“清华励品”额，恭进颂册。是月，恭随圣驾谒东陵，驻盘山，由汤山至明陵。

六月，授军机大臣，开内务府大臣等缺。七月，《御制诗初集》刊成恭进，赐黄辫珊瑚珠一盘，绰纱蟒袍一袭。恭随圣驾幸避暑山庄，调镶黄旗满洲副都统，赏穿绿皮押缝靴。是岁仍停围。九月，回京。十月，命在紫禁城骑马。故事：大臣官至一品、年逾六旬方赐朝马，予时任侍郎，年三十四，得有代步，荣宠极矣。长子奎照聘故侍郎伊公龄阿孙女、故员外郎昌公仪女，是月为之授室。

时面奉谕旨，检查巡幸五台典礼，具折奏言：“臣维古圣垂巡狩之典，列圣奉行维谨，且以为民祈福，初非徒事游盘，我皇上所以有将诣五台之举也。然事有重轻，时有先后。臣窃以三省甫定，民气未苏，警跸所临，虽事事轻减，而长途供亿，不能不借资民力。臣愚敢恳圣明缓降谕旨，俟逾数岁后年谷顺成，民乐其业，再遵旧典。则属车莅止，遐迩胪欢，锡阖敷祺，苍生幸甚！”仁庙嘉纳之。十一月，赏貂裘一袭。

十二月，西陵赞礼郎清安泰控告内务府大臣、公盛住朔望拈香遣人行礼，于私宅前演戏、点放烟火，又于永福寺西北禁地开打石块等款。初十日，命偕刑部侍郎戴公均元往易州查办。十三日，驰抵梁各庄。又据清安泰续呈虚开在工廪饩，及徇私保题主事二款。随亲赴永福寺后山地名树儿坡、小魏家沟，勘得山脚有开挖石塘数处，复绕至沿山安设红桩、白桩地面，较量道里，所开石塘在白桩以外、青桩以内。恭查陵寝旧制：红桩以外留火道二十丈，火道以内禁止樵采，嗣于火道二十丈外添立白桩。乾隆三十五年又奏定：距白桩十里安设青桩，在青桩以内均不得取土取石、设窑烧炭、放火烧山。盛住只知原奏有严禁设窑烧炭字样，误以为取石不在例禁之中，遂准商人开采。余款亦鞫实。奏入，奉旨交军机大臣会同刑部定拟。盛住戍乌鲁木齐，余皆降罚有差。十九日回京。除夕，因进次年重华宫联句诗，赏蟒袍一袭，后凡进联句诗皆如之。

十年乙丑(1805 年，34 岁)　正月，与重华宫茶宴联句，赏赉有差，自是每岁咸与焉。二月，经筵进讲“君子以自强不息”经义。三月，会试，以大学士大兴朱文正公珪为正总裁；户部尚书、后官大学士江西戴文端公衢亨，吏部侍郎恩雨堂先生普，及和副之。先进呈宗室卷，得崇弼、德遐二人。四月，揭晓，得胡敬等二百三十三人。阅散馆卷。午日，命至福海观競渡，并至同乐园观剧，后每岁皆如之。管理西洋堂事务。闰六月，因面参协办大学士、尚书刘权之瞻徇司员袁煦，措辞不当，奉旨降为太仆寺卿，仍监管西洋堂事务，并稽查左翼觉罗学。刘亦降编修。九月，充《实录》馆总纂官，旋改总校官，复授内阁学士。圣驾东巡，祗谒祖陵，恭进颂册。是月，翰林院进《词林典故》，奉旨议叙，加一级、纪录三次。十二月，复充经筵讲官，署理藩院侍郎。命往平泉州审民人刘发旺纠众戗官一案，顺赴喀喇沁质讯塔布囊固山额驸佈里讷锡不法各款。编辛酉(嘉庆六年，1801 年)至是年闰六月古今体诗为《民部集》。

十一年丙寅(1806 年，35 岁)　正月初四日出京，初八日出喜峰口，初九日抵平泉州。会同热河副都统庆杰询明：刘发旺，山东人，在喜峰口外种地，与蒙古驲站章京拉什因索债争闹，刃伤拉什。其时在场者系拉劝之人，并非纠众；而章京非本管官，亦非餂官。论拟如律。十二日，行文提蒙古人证来平泉审办。从前少司寇贡某、副都统富某审办喀喇沁之案，皆调至八沟，即平泉。盖不欲扰累蒙古地方也。十八日，审讯佈里讷锡，众证确凿，概不承认。诸日研鞫，至二十三日始画供，过堂定爰书，遣戍伊犁。二十六日启行。是月，授理藩院左侍郎，署吏部右侍郎，旋调工部左侍郎，管火药局事，兼正红旗汉军副都统，旋调镶黄旗满洲副都统。

二月初二日回京，充《实录》馆副总裁。命偕内阁学士初公彭龄往甘肃审讯已革正宁知县徐振鹏呈控被参负屈一案。三十日出京。三月初四日抵清风店，奉廷寄交审庄浪马甲伊经额呈控副都统成明家人杨三得赃滥押一案。

是时，陕甘总督倭什布奏言："吉兰泰盐池自上年马君选被控提省审办，该处积盐无多，致误民食，现已飞移阿拉善王，迅速派人经理。"谕曰："向来晋省盐池由商行运，蒙古盐斤入口本有例禁，嗣经分定地界行销。迨河东盐课改归地丁，听民间自行贩运，遂无一定口岸，蒙古盐斤因此侵越晋省，而且侵越淮纲。因查缉马君选之后，一年以来并未捞盐发运，是奸商拿办，阿拉善遂无经理之人，正是极好机会。现派英和、初彭龄赴甘省查办事件，路经晋省，与同兴熟商筹办，或仍改归商运之处妥议，候旨施行。"途次接奉谕旨，于十六日与初公彭龄驰抵平阳府，会同同公兴奏言："非禁水运，不能限制口盐；非设官商，不能杜绝私贩。查山西归绥道属五厅，及沿边之大同、朔平两府，向准就近买食蒙古盐斤。至太原、汾州等属四十四州县，则例食本地土盐，仍纳河东池盐引课内。惟岢岚等十一州县，因土盐不敷，亦准兼食蒙古盐。以土贩过多，乾隆二十八年，经前抚臣明德奏令土贩持引赴口采买。四十五年，禁蒙古盐斤不许运入内地有碍官引。四十七年，前抚臣农起以口盐不通，则土盐价贵，致妨民食，又请弛禁，听民自运，并声明只许肩挑驴驮，零星买运于口岸，不得用大船木筏，由黄河运至保德州、临县等处四出私售。五十一年，阿拉善亲王旺亲班巴尔以陆运所销无几，恳请水运。经抚臣伊桑阿议准，以临县之碛口镇为界，其碛口以下毋许侵越。此蒙古盐斤水运之始。而河东商人各有引界，不特口盐不能四出售卖，即潞盐亦不能侵越于淮、芦之间也。迨五十七年，河东池盐课归地丁，任民自运，蒙古盐斤亦筹办总无良法。现在蒙古盐斤积存无几，若责令照旧水运，亦必仍借内地民人代为经理，不特蒙古徒受奸民愚弄，即内地官引反虞私枭浸灌。自应停其水运，照旧例准其在河口村地方积贮，由陆路行销于例食蒙古盐之州县，仍责成归绥道督同该通判就近严查，毋许偷漏。至河东池盐，任贩运销，漫无稽查，其侵越势不能遏。且征盐课于有粮之民，而锡美利于无引之贩，以致淮商连年困乏，池盐私贩日渐充盈，本非经久无弊之法，自当仍改商运，以循旧章。第签商既恐不公，而招商亦须慎选。又河东盐池弛禁已久，现办复商章程匪易，事关三省，节目繁多，容臣等逐款核办。”又奏阿拉善亲王玛哈巴拉请献吉兰泰盐池归公。上允之。

二十日自平阳启行，四月初八日抵庆阳府，审讯徐振鹏一案。正宁县有民妇马万氏，因奸为其夫弟马廷御所杀，以加功致死者为马万氏之子马香，案关逆伦，装点伤痕作为自抹身死。知县徐振鹏听许财物，相验时删减尸伤，经总督参革。振鹏自谓负屈，遣弟振鹤赴京翻控。鞫得实情，论如律。

二十日启程，五月初三日抵兰州府。先是，倭公什布奏庄浪满营马甲伊经额诉凉州副都统成明，因骑都尉顺宁告病，听其家人杨三受贿，又知苏和臣欲举发，系之于门监。奉旨交讯。审得杨三受贿，出于花亮之撞骗；苏和臣被押，由于另案之唆讼。成明应如“挟私故勘”律革职。又讯刑部奏交正宁县民人刘启印诘告典史王阎芝得贿屈断，刑房衙役串通受贿各款，悉属虚诬，应依蓦越赴京，告重事不实例，发边远充军。奏入，皆谕刑部议奏。十九日自兰州东归。二十三日抵会宁县翟家所，交审文水县一案。

六月初四日抵西安府，奉旨议盐法事，曰："为今之计，莫若将蒙古池盐、河东池盐一并招商承办。此事关系重大，头绪亦复纷繁，英和曾任军机大臣、初彭龄曾任巡抚，心地亦皆明白公正，著会同倭什布、方维甸、同兴，将山、陕、甘三省盐务通盘筹画，妥议具奏。"当经奏明，容俟抵太原时，再行熟商、请旨。又奉廷寄，以前擅发驿递，交部议处。

十一日启行，二十三日抵太原府，提审文水县监生韩震控案。震之父岁贡生绣邦，恃符滋事，招引无赖市人，名其居为"英雄馆"。与王征书有争卖铺房之嫌，主使李得富等殴之成废，事发被系，令震捏告王征书包占孀妇，又牵涉官吏受赇，赴京翻控。鞫官吏，事皆诬，孀妇亦有夫张九昌在。论震父子罪，皆军。

又与初公彭龄、倭公什布、方公维甸、同公兴会议筹办三省盐务。奏曰："臣等会议得，河东盐务扼要首在招商，而民人所以不愿充商，与官吏得以借端吓索者，皆缘充商易于赔累。使殷户不以充商为累，则官吏自无所用其吓索。臣等查晋省商人所以易于赔累者，实缘从前原议以贱价定为长额一层。缘何河东盐务情形与他省不同？他省产盐由于煎熬，是以每岁有实额。河东则由于浇晒，每视天日之阴晴，以别盐收之丰歉，其买本既已悬殊。他省行盐半由水运，是以脚价有常规。河东则多由陆运，夏暑雨而驮载维艰，冬祁寒而牵挽不易，其运本又多异致。所以从前河东盐务因地制宜，从未有价定长额，惟以池产之丰歉与脚价之轻重，听其按照成本，长落随时，不复限以定制，立法最为允协，商民皆称两便。维时河东盐商无力者自退，有力者自充，并无勒派富户之事。自乾隆八年盐政吉庆改变旧章，倡议定价，而盐法始坏。乾隆十年盐政众神保定议，就彼时现行贱价作为长额，不问丰歉，不准增减，而商人始困。嗣于乾隆二十二、二十六等年，经盐政萨哈岱两次奏准增价，而原议未协，续增无补。迨后众商纷纷告退，无人投充，盐政萨哈岱不得已而为举报富户之计，自是数十年来人始视为畏途矣。厥后历任盐政或复请增价，或更议换商，非不屡经调剂，而办理总无良法，遂致河东盐务一坏而不可挽。自改归地丁后，各省民贩自行营运，无论岁歉岁丰、价贵价贱，皆计足成本、脚价之外，务获赢余，方肯出售，并未经官限制，而百姓久无食贵之事。伏思立法必监成宪，而除弊必探本原。河东盐可定价，则古法讵肯稍疏？乃自一变成规，而流弊即难悉数。兹百度维贞之始，臣等合无仰恳圣恩，仍照乾隆十年以前成例，准三省运商按每年盐收丰歉、成本重轻，听其自定卖价，不复限以定额。倘有一商抬价居奇，则先虞他商必越境侵卖，如有口岸毗连而价悬殊者，仍令该商将所以卖价不同之故据实呈明运司衙门，详明盐政。岁底，将三省盐价造册，报部查核。如此率由旧章，庶可以经久无累，实于盐法有裨。所有从前旧商共五十八家，迄今家道尚可复充者不过一半，而河东旧行引地一百一十九处，无可更张。现据旧商佥请加招新商，分认引地，以免一人承充数处，致有顾此失彼之弊等语，亦属实在情形。似应俯顺商情，准旧商再保新商，分认承办，以为众擎易举之计。其口岸有畅滞不一者，准于五家互保伙办中，将口岸均匀搭配，裨得挹注裒益，互相调剂，以免偏枯。至吉兰泰盐务，臣等前拟将坐商、运商皆在山西招募，今查捞盐必熟习地利，方知办理情形，尤必素识土人，方免匪徒混迹，若人地生疏，诸多未便，是坐商自应在甘肃就近募充。至运商止需家道殷实、不亏引课者，皆可承充，则山西尚可招募。惟吉兰泰盐斤，向用船只由黄河运至山西省北一带行销，现准陕甘总督臣咨商，亦拟令运商自行购买木植，造船行销等语。查购买木植系甘肃木商承办之事，从前马君选系甘肃回民，素谙办理木商情形，是以易于请票购买。今既拟在山西另招盐商专办盐务，则盐商不能兼充木商，以致贻误行销。所有盐船木植应由甘肃另派木商，照旧例在该管衙门请票购买、修造，以供运商之用。所有造船大小丈尺，及每只可装盐若干、需工料银若干，均由甘肃核定，令运商纳银领船装盐，运至山西行销后，准其将船只变价，以归商本。缘黄河水势溜急，盐船到晋，不能数千里觅人夫将空船挽回磴口也。又查从前阿拉善王办理盐务之时，每岁捞、运各夫在内地买补口粮，地有定数。今盐池既经入官，招商承办，即与内地盐场无异，其运商口粮应照内地盐场，听民自便，无庸额定口粮数目，报官验放，以杜土棍垄断把持、吏胥借端需索之弊。至甘肃地方，经臣倭什布查明，向无行销吉兰泰盐斤之处，所有向来山西兼食吉兰泰盐斤之口外五厅，大同、朔平两府，并阳曲等四十三州县，应即定为吉兰泰行盐引地。惟各属均产土盐，自应分别查明，除向不需吉兰泰盐斤接济地方仍令照旧完纳盐税、不派引张外，余俱照从前食土盐外实销吉兰泰盐，按数派额，试行二三年，查看情形，再行核定。其盐斤仍照河东每引重二百四十斤，并照每引纳课银三钱九分八厘零之数，以归画一。其课即在宁夏运司衙门征收报解。所有从前民纳盐税散归地丁者，除所食土盐之税仍核实酌留外，余悉拨出，归商完纳，以免重征。至陕西凤翔府属一州七县，并邠州属之长武县九处，旧食花马池盐而纳河东引课。今宁夏既设运司，所有该九处引课应拨归宁夏运司衙门管理。又陕西沿河之府谷、神木、葭州、吴堡、绥德、清涧、延川、延长、宜川等八州县，均濒临黄河，与对岸山西新定之吉兰泰引地接壤，向俱完纳税课，听民自便，买食蒙古盐及锅盐、花马大小池盐不等。今吉兰泰盐池产盐较旺，且均可由水运顺流直下，应并改为吉兰泰池盐引地。至吉兰泰为捞盐之地，磴口为发盐之所，托克托城之河口镇系引盐入晋盐船停泊转运要区，皆应设官弹压。又吉兰泰池盐既经商办，派引行销，自无侵越之虞，所有盐船应请仍准运至碛口等处，以省脚费。沿河所经之河曲州、保德州、兴县、临县、永和、大宁、吉州等处，均对岸与陕西接壤，往往有鄂尔多斯盐斤侵越，且碛口至龙王辿以下即吉兰泰盐引之地，亦应设官稽查。”奏入，奉旨：“大学士、九卿议奏。”

七月初六日启行，翌日抵寿阳县。命审平遥县民人张丙乙控该县户书白光玢等浮收匿灾一案。十二日，仍返太原府提讯。张丙乙乡愚误控，与白光玢分别杖、徒结案。又奉廷寄，以御史涂以辀条奏河东盐务一折，发交核议。当与初公彭龄、同公兴公同商酌。原奏

“签商宜资熟手，筹运宜择便途”，格碍难行，皆毋庸议。其“设官宜归简易，给引宜为变通”二条，与现行章程适合。覆奏，报闻。二十三日启行，授左翼总兵，兼总理工程处事务。八月初五日抵都，寓朝阳门外东岳庙。时圣驾驻跸避暑山庄，翌日由京启行，初十日诣行在。召见，命即归。十三日入城，命往卢沟桥演炮。九月，复授总管内务府大臣，兼管理咸安宫官学。

十月，命往天津审南皮县民妇穆曹氏控捕役陈玉受贿，诬伊子穆六为窃，拷打致死一案。初七日由京启行，初十日至天津府，会同署总督秦公承恩、盐政李公如枚前往船屋查看安福舻，并诣行宫阅工。十二日至西沽，乘船泝流至王家场，查勘板房、地盘。向时东西长六十丈，南北长三十丈，中有隔淀叠道，长三十六里，以分淀河、子牙河。今二河合为一，叠道露出者约十里余，则水冒地盘上，深至尺余，均已成冰。对面韩家树村皆民居，土屋甚狭隘，不能驻扎大营。询之土人，言水势浩瀚，取土极远，加以雨雪，施工犹非易易也。皆以情形奏闻。

十三日审讯穆曹氏案，又交审天津民人田科案，因奏明派随带司员岳安、张燮赴南皮县检验，和留天津自讯田科。田科者，天津蠹役也。乾隆末，以故杀人不承，地方官遂以斗杀论，次年即遇赦。邻有御车者张起，妻赵氏，颇少艾。嘉庆十年冬，张外出，遗赵在家。科乘间起意图奸，遣同院居住之张守亮先往通信。入夜，科往，欲行强，赵氏持剪相拒，反为所夺，乱扎殆毙。令守亮以绳缚项，拖入海河冰窟中，以灭其迹。守亮以冰坚难凿，复拖回。科张皇归，其兄会、侄得祥见其身有血迹，问得实。科贿嘱营兵、地方匿报。适起回，赴县呈明。科忽认忽翻，不能成谳。会乘机救弟，诬指起弟发杀嫂，赴京呈控。和奉旨审办，而科日夜茹刑，坚不吐实，其家属又逃匿。严饬缉拿到案，各悉前情。质之会，俯首无词，但称救弟情切。从而加功之守亮供认如绘。仍熬审至六昼夜之久，科始输服，取笔自书名、押于供词之末。犯之狡，至此极矣！南皮县检验，亦得陈玉伤死穆六状，惟受贿为诬，论皆如律。

十一月初五日启行，初九日至蓟州，恭谒昭西陵，查看应修工程。敬勘景陵大碑楼，复至裕陵行礼，又勘诸陵岁修工程。十四日回京，命充《会典》馆总裁官，专看清字正本。是月，赏还花翎。编乙丑(嘉庆十年，1805 年)九月至是年正月古今体诗为《西馆集》。

十二年丁卯(1807 年，36 岁) 二月，经筵进讲"君子所其无逸"经义。恭随圣驾谒东陵，驻跸盘山，命策骑游山，分体赋诗。高宗纯皇帝《实录》告成，赐银、缎、鞍马，复命照料归架。时两江总督铁公保奏请河工料物加价，命偕工部侍郎蒋爰亭予蒲赴南河查访价值。

四月朔，由京启行，初十日至长清县境，游五峰山。十一日行至第三墩铺，北即分路，数里许见石坊，题曰"灵岩胜境"。再行十里许入寺门，遍游佛殿，模旧碑、登宝塔，然后饭香积。饭后乘山樏至行宫，惜有倾圮，复拾级而上白云洞，小憩积翠峰，题名石上，啜茗洞中，喜翠柏之攒山，览岱宗而在目，到此身心俱远矣。返僧舍，摩挲铁袈裟。行过石坊半里，分路越小岭，至湾德归大道，抵长城驿，仍是长清境。十二日至泰安府，出北门，先至王母池、蓬莱阁，渐入山境。关帝庙换山舆前进，遇佳处便流览。最心醉者，五大夫松下飞瀑岩，泉声清心，松涛振耳。因题十六字于石上曰："松吹成籁，泉咽似琴，人间仙境，空外奇音。"望南天门，两山壁立千仞，瘦石峥嵘，天风泠然，有下临无地之势。拾级缓登，入门约二里许，即碧霞元君庙，峰顶为玉皇庙，东则东岳庙、日观峰，西则青帝宫、元君后宫、文庙，一一拜谒，遂宿于元君庙之东偏。石上题识颇多，大观为唐开元摩崖碑，古迹为秦时无字碑。题名于摩崖碑之左，纪胜游也。十三日夜，风未定，阴气甚寒，黎明造峰顶浴日养云阁时，忽霁，得观日出，虽不如雨后之清明，然亦壮观矣。下山至岱庙，归驿次。十四日，住羊祐店。祐讹为祐，土音读祐如肉，遂改为羊流店，又作杨柳。十七日，抵红花埠，仍是郯城境，过此则入江南境。二十一日，至王家营渡河，地名毛家觜，距王营三里许，水势少缓，随至张家马头，寓于清江浦观音寺巷。二十二日,往河口、减灞、高堰等处查看,并派司员分赴徐、扬,密访物价。

(五月)初九日交审丹阳县民李陈联控勒折浮收一案。十四日,与蒋公具折奏曰:"臣等于四月初一日自京启程,经过沿河地方,即将物料价值留心访问。四月二十一日抵清江浦,随派员外郎多麟代、主事朱渌前往徐属之丰萧、铜沛、邳睢、桃宿各等厅,主事锦明、陈启文前往扬属之山安、扬河,并常镇属之江防、扬粮各等厅,不令其假手河员,分投采访。据该司员等查得各项价值内,惟铁器、煤炭等物价值尚不甚昂,砖石、灰汁、土方等项尚可量为节省,其秸料、柴料、麻斤、草柳等项,均较该督等请加之价有增无减。臣等以现在料价正当新陈不接之时,又甫经兴办各工,价值自昂,未便援为比例。复经移取该河督等历年批准时价原案,详加查核,所有历年批准之价与现在请加之价均属相等。臣等逐一检查,谨按原奏分款酌拟,开列清单,恭呈御览,伏候钦定。至物价之低昂,视年岁之丰歉,工程之多寡,与夫地方远近不同,时价互异,原难概定。近年料价增昂,实由大工叠兴,收成歉薄所致,将来年丰工减,物料日平,应责成该督抚并河臣等随时确查,据实奏减,不得仍前开报,致启工员虚冒之端。即遇收成少薄,非实系兴办大工、岁收过歉,万难办理者,不得率请加增,庶足以召限制而杜浮冒。再臣等抵浦以来,将河工利弊博加采访,从前之弊在于办工之不实,现在之弊又在备料之不豫。每年额备岁料,例于七八月间即行给价采买,近因筹拨较难,未能及时购办。每遇汛期工险,临时急购,料户既得居奇,而其中不肖工员又或借急购为词,虚抬价值,种种弊端,由此而起。设使于新料登场之际,将岁料全数购办,并将另案所需宽为筹备,分贮要工处所,则迟早只争数月,而节省不啻倍蓰。且遇紧要工程,得以立时抢护,所关尤巨。其预办料物,查明实贮在工,即以用去之料,核其所办之工,厅、汛各员无从隐匿虚报,裨益实非浅鲜。应请旨饬下督臣、河臣,将每年实需岁料若干、应行宽备若干、酌需动拨若干、内可节省若干,并如何预为筹备之处,详细妥议，请旨办理。至河道工程欲其确核钱粮，首在严查工段。从前所办各工多以例价不敷，通融册报，现在核议各价，倘蒙恩准，则各项工需俱系实用实销，不得再有藉口。设加价之后而所报丈尺仍有未尽确实之处，则靡费钱粮较前更甚。应责成督臣、河臣等切实稽查，于报险之初确勘情形，办工之际严查做法，事竣之后确核工段，并于每年水落归槽之后，派委不兼河务之司道大员，将一年办过各工通勘结报。河臣等仍亲身分投严勘，如稍有浮冒情弊，即将承办工员，并扶同出结之司道一并严行参办。庶工归实用，弊可渐除，帑项亦不致虚糜矣。”

又片奏：“臣等在清江查访物料价值时，有隶籍淮安之捐职通判张如璧具呈高堰、山盱石工、堤工近年积弊。内称‘估办并不乘时，厅员、营员袁德辉、刘志刚、郑善宝、程启泰等一味瞒混办工，先不照估筑坝、车水见底，忽生一摸砌之法，将石块约略安放，桩木全行偷减侵蚀。又向来兴办土石工程，估用土方，系分远近实价，该厅员亦不照例取土’等情前来。臣等伏查堰盱堤工，系淮、扬保障，岂容该厅员等任意偷减，草率滋弊？是否属实，当即移咨督臣、河臣详细确查，并面询该职员张如璧，从未在该督衙门具呈，无所用其回护。相应请旨，饬交督臣铁保，会同河臣戴均元、徐端彻底根究，严行查办。”

奏入，谕曰：“著将原单发交工部，按其所列各款，先查明例价若干，铁保等原奏加价若干，此次英和等酌拟价值若干，再统将三项比较，英和等核拟之价较之例价数目计多若干，较之铁保等所开数目又复增减若干，逐一核对，分晰计算，开单进呈，再降谕旨。”

又奉旨会同河臣查办河员偷工减料一案，覆奏曰：“查向来石堤工程，凡遇拆修到底之工，估筑越坝，车水清底，签钉马牙、梅花桩木，照例铺底，丁顺间砌，后槽土按一尺二寸为一层，夯硪坚实：此办理石工之旧章程也。所谓摸砌者，大水涨发之际，不行筑坝戽水，雇用水摸夫匠，于水中摸准部位，排砌钉石，后槽土用苇柴镶衬，再压重土，以期闭气。臣等详诘袁德辉等，佥称嘉庆十二年并无摸砌工段，惟嘉庆十年四月水长至一丈三尺四五寸，十一年五月长至一丈八尺三寸，实为非常异涨，所筑越坝一遇风浪，土卸桩漂，势不能筑坝清底，而堤身残塌，危在呼吸，只得不惜重价，雇用水摸夫匠，于水中摸准部位，丁石排砌，仍于水落后另行拆做。现已拆砌多段，开单呈验。臣等率同司员、道员前赴堰盱履勘。查得通判郑善宝承修十一年石工十二段，内有摸砌工四段，今已改砌三段。通判袁德辉十年分石工八段，内有摸砌工二段，尚未改修；十一年分石工十二段，内有摸砌工十段，今已改砌四段。守备刘志刚十年分石工九段，内有摸砌工三段，今已改砌二段；十一年分石工十二段，内有摸砌工五段，今已改砌三段。守备程启泰则并无摸砌。惟摸砌既系救急权宜，则水落归槽之后，自应作速拆修，以资巩固，何至今尚有未改工段？实属迟延。袁德辉、刘志刚应革职，郑善宝应革去顶戴，勒限改修。其所控偷挖二堤土方一节，查系各员所带人夫贪近取土，亦责令该上司另行派员补修。至张如璧控告之由，起于索诈，均应各科各罪，问拟杖、徒。"

旋提讯李陈联，据其所控，银匠甘泳春每交条银一两，索钱一千四百八十文之外，加钱一百文。漕总卜九成每交米一石，浮加九升及一斗二三升不等。质之甘泳春，实有索诈得赃之事，发近边充军。卜九成已身故，无庸议。其余所控该县班馆非刑，及知县二子捐官、于苏州置产，复牵涉盐当、糟栈、钱庄，询皆虚捏。应于军罪上量减一等，杖一百、徒三年。奏入，报闻。是月得家书，知奎照、奎耀同入泮。二十日，北归。

七月初七日，赴园覆命。询曰："汝之自爱，稔知之，此次地方供顿当不致过费。"对曰："虽侨居两月，地方所费恐不免盈千累万。"上诧曰："汝仆御几人？何费用如此之多？"对曰："臣之仆御及马夫不过八人，蒋予蒲亦同，司员四人又各递减。然公馆中不能无应役者，加以巡捕、兵丁、书役人等逐日听候，所有饭时皆地方供应，其费安得不多？恳求嗣后除督抚被揭、被控，不能不用钦差，此外悉交督抚审办，若不能办，朝廷安用此大吏？倘审办不公，难免复控，自有典刑在，谁能逃之?”上以为然。次日,命重直南书房。

十六日,召同军机大臣进见,奉命与托少司农津即日起身,赴热河审办前副都统庆杰一案,带同军机章京押解庆公自海甸行。十八日,至遥亭,遇现任热河副都统福长安。同托公传旨,问本案情由,福公即原奏人也。十九日至常山峪,遇热河总管穆腾额,遵旨令与庆公质对,取亲供后行。是日抵热河,调齐人证查讯。庆杰纵令伊妻入庙烧香,又与弁兵各出食物同吃公东,收受弁兵些微食物,并将帮贴银两移作雇车公费,皆轻罪不议外,惟伊子物故,收受所部财物,仅照例拟流,不足示惩,应请旨将庆杰发往乌鲁木齐效力赎罪。奏入,报闻。

二十三日,寅刻自热河行,至卯刻到喀喇和屯。巳刻,与托少司农至卡伦门外恭候圣驾,跪安后随行,仰蒙召见。二十四日,随驾至热河,赐果品食物。二十五日,赐蜜食一瓶,命至文庙察看匾对。二十八日,至小南门伺候,赐食于如意洲,赏荷囊。二十九日,赐御枪所中鹿肉。八月四日,命带同御医,视赵少司农秉冲病,旋覆奏。初五日授左翼税务监督。初九日,命在二道河放马,至十三日始毕,共三千一百二十二匹。先期奉特旨命射鹄,十二日,圣驾御宫门,随众射,仅中二矢,赏还黄马褂。十九日,随驾抵阿穆固郎图,召见,问两儿名,为看题名录也。九月初一日,驾出大营西门,至阿济格鸠行围。初五日,随行至崖口,遵旨看碑。驾御宫门,宴外藩,侍班,赏荷囊。初八日,侍班于惠迪吉门,驾至,奉旨仍为对引大臣,赐佛手、花糕。十三日,抵喀喇和屯,到报知次子奎耀中式顺天乡试第九十七名举人。十四日,抵常山峪,递折,泥首,天颜甚霁。十六日,抵遥亭,赐小菜食物。十七日,抵密云,赐克食。十九日,回京。

十月,命偕托公津、德公文、李公钧简赴通州查看温榆河上游河道。奏言:“臣等自通州北关外西浮桥至马家庄查阅温榆河旧形,尚有积水,溯寻至果渠村,水势东会潮白河,下注致石坝前,来源中断,仅凭下游流水沟一带倒灌之水引至坝前济运,易于留聚泥沙。是以岁修之工日增,运务之累仍不能免。兹据直隶总督臣温承惠等奏请,于果渠村开河一道，引之向南。细察地势，北高南下，于地方坟墓、庐舍全无干碍，即河身所占，并非膏腴之地。嘉庆四年、八年，前仓场侍郎刘秉恬等奏请，于石坝对面及左近酌开引河，俱系兼引潮白河之水，其质本浊，挟沙而行，每多停滞；又自东而西，其势横行，未免逆水之性，均经覆勘大臣等议驳。今专通温榆河，上游水质最清，可免淤阻，又自上而下，其势顺行，无冲碍民居之患。且潮白、温榆本系二河，一经疏通，照旧分而为二，使石坝水有来源，不藉倒漾，可免逐段停沙，于起卸漕粮大有裨益。惟事关运务，不厌周详，必得逐段丈量，俾全河一律深通，毫无滞碍，方臻妥善，实非数日所能奏功。该督原估之浅深、高下尺寸，仍应逐细斟酌，其果渠东南筑拦水坝一道，亦应加增宽厚，务期坚实，使水势畅注新开之河。至石坝以下流水沟、郝家铺一带，均宜通筹，妥为疏浚，不致倒仰，庶为一劳永逸。恭请饬下直隶总督臣温承惠，选派精熟河务之员，会同原估各员，覆加详勘，将上下游开挑做法详悉奏明请旨。”奏入，报闻。次子奎耀聘前湖南巡抚高公杞女，是月为之授室。十一月，管御茶膳房事务，署掌院学士，赐貂裘一袭。十二月，充文颖馆副总裁。

十三年戊辰(1808年,37岁) 二月，五女备选，赐翠钿、彩缎，并命先出，以免悬望。三月，恭随圣驾谒东陵，由南海子幸天津，赐食于柳墅行宫，赏赉有差。阅召试卷，命大挑举人。四月，阅新进士覆试卷、朝考卷。署掌院学士。是月，廷试卿僚，翌日谕曰：“汝未及巳刻即交卷，向取汝第一，此次急就章，应抑置第二。”五月，充武英殿总裁、文渊阁提举阁事，署户部左侍郎，军机大臣。六月，调户部右侍郎，管理钱法堂、奉宸院事务。七月，署武备院事。圣驾秋狝，和未扈从，命往孝淑皇后陵寝查勘工程，具折附报。恭递折至，适值简命顺天乡试主考，和名在内，因扣除，不另易满员，是科仅曹文正公振镛、潘芝轩世恩入闱。九月，揭晓，长子奎照中式第四十二名举人。迨迎銮于两间房，并谢子中式恩，蒙召对行殿，谕曰：“朕岂不忆及汝应查工，复令汝充主考乎？特简用乏人耳。及阅汝折，因思乾隆年间每有专用汉员之时，故但除汝名，不复添派，孰知是汝子应中耶!”和免冠称谢。十月，长孙女生，奎照出，旋殇。署刑部侍郎。十一月，以内务府大臣广兴扣减宫中衣料，奉旨拔去花翎，降为三品顶戴。十二月，因查抄广兴家产认真，蒙恩赏还顶戴，旋又赏还花翎，赐貂裘一袭。编丙寅（嘉庆十一年，1806 年）至是年五月古今体诗为《水部集》。

十四年己巳（1809 年，38 岁） 是岁，恭遇仁宗睿皇帝五旬万寿。元旦日午刻，锡宴于太和殿，凡与宴者咸朝服，因内务府有执事，服蟒袍侍班。二月，经筵进讲“刑期于无刑”经义。署护军统领。三月，举行恩科会试，以大学士浙江费文恪公淳为正总裁，礼部尚书安徽王文禧公懿修，并和，及贵筼西阁学庆副之。先进宗室卷，得崇硕、瑞林、惟勤三人。四月，揭晓，得孔传纶等三百四十一人。六月，命往通州办理查抄花户高添凤事件。七月，复署护军统领，并上驷院事务。九月，恭进万寿颂册，进膳，赐蟒袍、大缎各一。长孙锡蝦生，奎耀出，后五岁殇。十一月，次孙锡祉生，奎照出。十二月，因工部书吏私雕假印、冒领银两，奉旨拔去花翎，降三品顶戴。管清漪园等处事务。是年，遵恩诏加一级，为经太夫人及本身妻室请封。

十五年庚午（1810 年，39 岁） 转户部左侍郎。四月，因承办万寿典礼，赏还顶戴。六月，七子奎颢生，旋殇。命偕候补四品京堂初公彭龄赴盛京查办参务。二十日，自京启行。二十六日，出山海关，登澄海楼。二十八日，抵高桥，沿途望海，心目一爽。中后所之东二台子、望海店，不若三义庙、塔山、高桥、西岭上之真且近也。望海店所见者，海之分流，隔一小山，乃是大海。过杏山、松山，二十九日，渡小凌河，抵大凌河。七月初三日，过胡家窝棚，地向以难行著名。初四日，至巨流河，凡三过渡，始登岸。田禾尽在水中，河与地几不能分，每渡只小舟一叶，仅容一车数马。初五日，至永安桥，适有民人宋刚、旗人郎文举呈控参务，随面讯取供。是日抵奉天省城，与初公奏言：“臣等行近奉天省城，有本处开烧锅之民人宋刚等四十五家呈控阎锡栋、傅应兰等名为包门，各立参园，遍种秧参，固结局员，把持参务，复将本年自京驳回秧参勒令各烧锅分领。臣等即驰抵该省，提讯阎锡栋等，供称：'始设栏子于边门内，继移营子于边门外，皆系栽养秧参。'查种养秧参，久干禁例，若谓积年采挖渐多，参苗不能丰旺，何以奉天尚能留养刨夫不下万人之多？是山参本为丰旺，而以所种秧参交官，谓非走漏，其谁信之？至于局员捏称不能分别山参、秧参，尤为狡赖。即如阎锡栋供内，有前局员尚奎认参眼力最高之语，可见各局员无不洞悉情形。其刨夫费用有烧锅出银，又有般规帮贴。现据各供，有局员协领阿尔嵩阿、吉勒杭阿，佐领吉龄阿、刘杰知情不究，前任局员协领扎布扎那曾索修庙银两，是各该地方官员有通同舞弊情事，请将局员先行摘去顶戴，解任质审。"奏入，奉旨："革扎布扎那职，阿尔嵩阿、吉勒杭阿、吉龄阿、刘杰俱解任。"寻以阿尔嵩阿等坚不吐供，扎布扎那畏罪自缢，其生前字迹有控贵庆需索事，奏奉谕旨："贵庆解任候质，阿尔嵩阿等均革审。"

七月，与初公奏言："据阎锡栋等供，在八家子、尚家河等处栽养秧参，每年将参枝大者，在边外当年做好，所得细小秧苗用树皮桶装就，带至边内，连桶埋在园中，用布棚遮盖，不令见日。到得次年出土，如有大枝可做者，于春间仍连桶带出边外，交刨夫蒸做，掺入参包内进边。其交参入局、送参到京，各揽头均有馈送银两，应论如律。至贵庆惟收受监督水礼，并无需索之事。"奏入，报闻。又与初公会同将军富文诚公俊等奏定参务章程。奉朱批："军机大臣议奏。"十八日，恭谒福陵。十九日，恭谒昭陵。三十日，启程，秋风飒爽，乘款段马赋归。渡巨流河，非复来时水势浩瀚。

八月初一日，抵二道境，接行在刑部公文，交审沈阳正黄旗喇嘛壮丁尤俊控告香火地逼交差银一案。翌日反辔，初三日复至沈阳，会同盛京刑部侍郎崇公禄、奉天府府尹继公善提案传人，审得原告并无虚捏，惟俟尤俊解到，即行定谳。正在商酌间，于十二日崇、继二公接奉谕旨，以和与初公业经起身，此案即交二公勘讯，予遂与初公将取具供状移交二公接办，于十三日启行。十七日，至中安堡，纡道进广宁县东门，出西门，至北镇庙小憩。乘马登山，饭于观音阁，山石幽峭，长松翠森，对之衔杯，心目一畅。复登望仙亭，远眺石洞，流连赋咏，至夕言归，宿于常兴店。二十日，至山海关，奉谕曰："朕于十六日自热河启跸，巡幸木兰，本日已驻跸阿圭图大营，英和等前来，须在哨门外祇候。初彭龄著毋庸驰赴行在，于何处接奉谕旨，即取道先行回京。英和本系派出随扈之员，著缓程来至张三营，候朕出哨时随从回京。"二十三日，初公先归，余自关行。二十七日，至三河县，由城向西北行，过马房、傅家庄，由兔儿山西脚下再向北行，宿于沙岭郝善人宜山堂老人家。二十八日，路指西北，过茶棚，循山转向东北，涉水入密云县城，过九松山，抵石匣城。二十九日，过青石梁，奉谕曰："英和于抵哨门后，毋庸在彼等候接驾，即著迎至行在复命、扈跸，并毋庸向围后绕道行走。"三十日，抵热河。九月初三日，进哨门，红树青山，应接不暇，至六道河大营递折，复前进约十里，路旁迎驾，召对行殿，赐小刀、火镰、佛手一盘、狍一只。十七日，归至园寓。十二月，房山、涿州放赈迟延，民妇霍靳氏于阿哥经过半壁店跪道求赈，致扳阿哥马缰，命偕刑部尚书勒公保、鸿胪少卿卢文肃公荫溥查讯。论霍靳氏如律，涿州知州赵宜霖、房山县知县沈一仁皆遣戍。

十六年辛未(1811年,40岁) 三月，恭随圣驾谒西陵，幸五台，赐食于台怀行宫，赏赉有差。阅召试卷。闰三月，次子奎耀中式一百五十二名贡士。跸路至直隶省城，拿获冒差人犯，赏还花翎并黄马褂。三孙锡淳生，奎耀出。四月，殿试，奎耀名在三甲五十六名。朝考阅卷日，桂文敏公芳至园居，和接见，云："今日散直较晚，何尚枉顾?"答云："非过谈也，奉旨来告知公子名已入选，俾先得闻为快也。"当即向上免冠顿首。五月朔，奎耀改庶吉士。七月，女字学士法公式善子、本科进士、内阁中书桂馨。署上驷院事务。十月初五日，闻经太夫人有微疾，下直急归。太夫人问因何回寓，以有公事对，始不见责。亟进药饵，至子正，弃养。呼抢无及，治丧如仪，谨次行状。于十一月初四日合葬于长营祖茔，昭穴文庄公、傅察夫人之次。十二月，四孙锡瓒生，奎照出，后六岁殇。

十七年壬申（1812年，41岁）　正月十五日，释缟素。自居忧后，屡蒙仁庙垂问，传旨："英和百日释服，恰值上元令节，应穿蟒服，著俟二十三日忌辰之期再出供职。"遵于是日恭请圣安。三月，恭随圣驾谒东陵，幸盘山及南海子。二十日，晾鹰台大阅，恭进颂册。先期命领左翼翼队，至是躬擐甲胄、佩櫜鞬入队。礼成，赏赉有差，又特赐蟒袍、大缎、玉佩、玉玦。四月，五孙锡田生，奎耀出，旋殇。五月，校刊高宗纯皇帝《圣训》抬头错误三处，降为候补三品京堂，留左翼总兵任，仍在南书房行走，管理清漪园等处事务。时清漪园无尽意轩失去红毡、如意，六月，究出窃贼吴幅太，赏还总兵顶戴，旋补正红旗汉军副都统。七月，扈跸滦阳，途中授总管内务府大臣，管理奉宸苑事务。十一月，调镶蓝旗满洲副都统，授内阁学士，充经筵讲官。

十八年癸酉（1813年，42岁）　二月，经筵进讲"君子体仁，足以长人"经义。三月，授礼部右侍郎。时铁冶亭、王春甫两先生为大宗伯，秀楚翘堃、胡西庚长龄、汪文端公廷珍为少宗伯。铁出王门，胡、汪、秀三公及余前后皆出铁门，其时有"春官六座六师生"之谚。余制联留署云："典礼奉寅清，粉署重来，愧说箕裘延世业；同堂聚师弟，薪传递衍，始知桃李属春官。"恭随圣驾谒西陵，幸潭柘及南海子。五季父仁圃先生重赴鹿鸣宴。五月，顺天府循例入奏，上念为文庄胞弟、和之胞叔，特加三品卿衔。七月，恭随圣驾幸滦阳。八月，次孙女生，奎耀出，后十四岁殇。署行在理藩院侍郎。

中秋后一日，扈从圣驾由滦阳幸木兰，举行秋狝。二十日，入崖口布克栅子，是夜雨，直至二十三日始止。奉旨减围出哨，九月十五日归，至丫髻山。十六日寅初发，至半途天始明，遇黄门曹进喜驰马来，问以故，知京师有八百里告急报。又行，遇户部员外郎扎尔杭阿、主事奇昂纵马直趋，反辔同驰，得悉禁城于望日午刻有贼入，已为王、大臣督兵殄灭。是日午刻，上得报，至白涧，召同军机大臣进见，命摄执金吾事，即偕托司农津回京督办一切，并谕看昨晚山东巡抚同兴急递奏章。章内所叙逆犯张见木供称“收北方是刘老爷，伊从前是弥勒佛下界，死过多年，如今真性转生。年四十余岁，名刘真空，又名刘林，号霜木，即双木，原系单县刘家庄人，嗣缘事改姓黄，逃出，今或姓林、或姓刘、或姓黄，住京南二十八里大路旁沙河地方”等语。当即遵旨遄归，中道马蹶，易青骢复行，三时许驰百四十余里，戌刻入朝阳门，至神武门一带查看，兵卫森严，市廛安堵，候托公到，并辔行。鄙意以王、大臣所调健锐、火器二营各五百名，京师无所用，拟请喀尔喀亲王、固伦额驸拉旺多尔济于次日带赴烟郊，恭迎圣驾，托公以为然。比至北署，勒相令其子商以前事，所见略同。是日未刻，据阜城汛营弁拿获宛平县宋家庄地保宋进荣，讯系探访林清消息。申正二刻，由玉少农麟传信云：闻庄亲王在内获贼供称，大头目为宋家庄林清。既与东抚所奏姓名暗合，又与宋进荣所供相符。即派番役头目张吉，番役高铎、徐永祥，带宋进荣为眼目，会同永定汛把总田涛，连夜前往查拿。一面草奏查办军情章疏，一面派兵各处防守、搜捕。十七日凌晨，入见皇子，并晤在京诸王、大臣，备悉剿贼情形。禁城已为肃清，惟搜擒藏匿余匪。午刻，复同托公旋署商办诸务，奕贝子绍突入，出怀中纸，列从逆各贼姓名。内有太监名，亟写出，飞启皇子，在内派人拿缚，旋即一一就获，并起出逆监刘金等短刀、铁斧。申刻，张吉等擒林清至，面称本日黎明抵宋家庄，适林清闻车马声，误认为河南滑县贼首李文成来援，出门探望，即被擒获，置槛车中，并擒其同居之安住、董帼太二逆属。时庄内人声四起，势将夺犯，亟驱车奔，佯呼接应者速前，又佯呼由海子循墙走，以疑误追者，车固入海子黄村门矣。门旧阖，因予管理海子事，遂传谕辟门放入，入门复阖。取道大红门进永定门，押解到署，而张吉等惊魂未定，述前事犹色沮语吃也。讯问林清，供认大逆不讳，其悖谬之语如“前身姓刘，又系金星转世，每于入定则金星敛光，开眼则金星布采，为同教众人所共见。所习天理教经内有‘八月中秋，中秋八月，黄花满地，白阳出现’语句。本年应闰八月，则九月十五日仍是闰中秋，故欲谋逆。今事不成，弃却臭皮囊以应劫数”等语。随调兵二百名，将该逆押送刑部，即令兵丁在部监衙门墙外周防。差本衙门主事福珠隆阿、笔帖式和绷额六百里驰赴烟郊奏报。是夜，城中讹传有贼自城北越墙而进者，有自城南越墙而进者，举城惊骇，实无其事也。取令箭，派官持往弹压，毋许张皇，将传信之步甲二人插箭分翼游街示众，讹言始息。十八日，再行文催开东华、西华门，派兵四百名舆逆尸四十六具出，咨刑部押解所获活贼数名认尸，文行而终不报。连接廷寄，知蒙恩已授步军统领，并正蓝旗汉军都统，恩赐军功加三级。十九日，圣驾回京，恭迎于朝阳门内，随入乾清门，散直仍寓于署。二十一日，请印信、合符、令箭归舍。授工部尚书，署正黄旗汉军都统，管理西洋堂事务。十二月，赐紫禁城骑马，加太子少保衔。

十九年甲戌（1814年，43岁）　正月，谕曰：“前据侍郎吴璥请开捐例，当交户部核议具奏。兹据潘世恩、苏楞额议请暂开捐例，卢荫溥、桂芳、赵秉冲议请将常例推广加增，托津因甫经回京，二折俱未列名。推广常例，事多隔碍难行，暂开捐例能否于经费有裨，或于此二议外别有良策可裕国用，著派曹振镛、托津、铁保、英和四人再行妥议具奏。”臣英和奏言：“臣受恩深重，凡有所知，无不罄竭血诚，直达天听。此事潘世恩等以常捐银数行之已久，未便议加。卢荫溥等以节次开捐有名无实，持论各有所见。臣等四人公同会议之时，意见亦未必尽合，臣若稍涉依违，迹似和衷，心同漠视，恐辜圣恩；若坚执己见，再致两议，殊乖政体。惟有谨就臣所知，据实直陈，仰祈睿鉴。伏思治国不可言利，而圣人不讳理财。理财之道，不外开源节流，暂开大捐与酌加常捐，均出一时补苴之术，未为良策，臣谨各疏其弊：大捐为权宜之计，本朝屡经举行，嘉庆年间业已五次。川楚例收银两千一百余万，工赈例收银七百余万，衡工例收银一千一百余万，议叙例收银一百二十余万，较之初次开捐只二十分之一。土方例节次展限，延至三年，得银六百余万。今距土方例仅止二年，恐尚不及此数，徒有虚名，竟无实济。且捐例自开卯，讫截卯，一年不能竣事，加以展限，约需二年。近年人心机巧，相率观望，不肯上兑；又或一人报捐数项，统俟截卯之日，探明某项人少，方肯上捐，收呈人数虽多，上兑实无此数。臣任户部侍郎，知之最详。且须迟至二年之外，方收二三百万。但观历次所收银数，即知此次未必大效，所谓人情踊跃等语，不过纸上空谈。其实大捐之开，汉官得以出结，吏胥得以沾润，银号得以通融，而于国家经费未见实有裨益。现在虽当需用之际，国家库藏可支，何必图二年后之二三百万金，致天下群知国用不足。至于加增常例，诚如圣谕，事多格碍难行。此内如封典、职衔，富家藉图荣耀；加级、纪录，外官冀抵处分。酌加银两，未必便致观望，然为数无几。至贡、监生一项，有乡民藉以支持门户者，亦有士子藉以入闱者，若遽议加增，不免物议沸腾，且于经费未见有益。臣查户部原奏，现有军需善后，并河工、抚恤各事，宜通盘筹计，约需银一千万。现在内库存银一千二百四十万，若少为支用，加以各处商捐，又前经奉旨停止各处工程，并暂停巡幸，每岁可节省银百余万，一时足敷办理。惟应于此时预筹万年经久之道，务使入浮于出，岁有所余，则国用常足，不仅为一时苟且之谋，办结一事，即为塞责。现在开捐，无论不能得一千万之数，即得一千万之数，将现在军需、河工、抚恤各事办结，而岁入岁出、国家大计，亦应预为筹划。臣愚昧之见，开捐不如节用，开捐则暂时取给，节用则岁有所余。皇上至圣至明，洞悉直隶办差不无藉资民力，特降谕旨，今岁暂停谒陵，中外臣民无不同深感戴。臣伏读圣制《宋孝宗论》，以天子之孝不同庶人，圣谟广大，万世定论。盖天子之孝，在爱民保国，始为丕成先烈；不比士庶，坟园密迩，必藉春秋霜露，克展孝思。嗣后皇上谒陵之典，或三年或五年始一举行，则民力益得宽舒。至木兰秋狝，肄武习劳、联络外藩，为本朝家法。然臣屡经进哨查看，蒙古情形迥非昔比。昔之蒙古马匹众多，乐于从事，今马匹蕃庶不能如前，每岁行围不无赔累。恭查世宗宪皇帝时即未举行秋狝，嗣后秋狝亦应请酌定年限，间岁一行，于肄武绥藩大典仍不致有旷废，无庸每岁前往。如此则国家经费所省者岁不过数十万，而于直隶民力、蒙古生计所全实大。裕国之道先求裕民，十年计之，休养生息，日加富庶矣。各处工程奉旨停止，每岁可省数十万、百余万不等。我皇上于节用之道业已讲求，但天下各项无名之费不一而足，分计之则为数无多，统计之则所费甚钜。惟在承办之人实心实力、为国为民，苟于国体无伤，即不得避苛刻之名，任其靡费。即如裁撤武官名粮、添给养廉一事，系乾隆四十六年奏准。武官役使兵丁，势所不免，其时建议者因库藏充盈，奏添武官养廉，裁撤名粮，在彼时原系核实办理。但自裁撤之后，未必能禁止天下武官不复役使兵丁，而骤添此项养廉百余万，初由耗羡项下给发，继因耗羡无存，遂至动用地丁正项。国家经费有常，因一时库藏充盈，不思久远之计，遽行添设，一年百余万，三十年计之，即三千余万。臣闻其时阿桂即有恐数十年后经费不支之奏，可见老成谋国，务期久远。应请敕下部臣，详查一切正项经费之外，历年添出各款，斟酌轻重，可裁则裁，可减则减，务使岁入之数浮于岁出，一时不见有余，积久行之，国计日臻充裕矣。节流之道既应讲求，开源之计不得以事涉言利概行斥驳。夫损下益上谓之言利，若取天下自然之利，公之天下，且可赡养人民；取朝廷旧有之利，还之朝廷，不致侵吞官吏，何为不可？伏查新疆地方，我朝平定之后，岁支兵饷百数十万，内地颇受其累。其地向有金矿、银矿，恐聚集多人，滋生事端，久经封闭。窃思天地生财，原以供生人之用，开之而矿苗旺盛，裕课足民，固属全美。即或矿苗消乏，不敷工本，而工本自散在民间，究竟天地间多此一项流通，亦为有益。况新疆矿厂自开辟以来，未经发泄，盛旺可知，如办理有效，足敷该处兵饷，则内地经费日渐宽舒。其他各省矿厂亦俱久经封闭，弃同泥沙。臣伏思天下大计，东南洋货、西北皮货，以货易货者固多，而以银易货者亦不少，兼之器皿、首饰、装饰等消耗金银之处不一而足，中国金银有日减无日增，安得不致短绌？则莫若取诸矿厂，以补消耗之数，应请毋庸封闭，或官为经理，或任富商经理，无论所得多少，取之于天，并非取之于民。即使官吏难保侵渔，富商或饱囊橐，总系取弃置之物以济生民之用，实属有益无损，且可赡养贫民。虽聚多人，而多人即藉以谋生，人有谋生之路，即无滋事之人。虑其滋事，不令谋生，未免因噎废食。如蒙俞允，请敕伊犁将军并各直省详查，奏闻办理。仍需敕谕不得畏难苟安，宽其罚赔，俾有赢余，则人乐从，上下交益。又查户部入官地亩一项，乾隆年间入官者姑不具论，即以和珅、福长安两家而论，入官地不下二三千顷，此项地亩至今并未升科。臣久任户部侍郎，与诸臣屡饬井田科司员行文查催，无如直隶地方官奉行不力。大约此项地租历年尽饱胥吏之橐，且风闻有以碱薄抵换膏腴之弊。应请敕交户部查明，严催直隶总督作速升科，无令隐匿、侵渔、抵换，于国用亦有裨益。以上二事，一则取天地自然之利，一则取朝廷自有之利，并非取之于民，虽为数不能预定，或亦开源之一端。我皇上励精图治，躬行节俭，爱育黎元。诸臣能仰体圣意，尽心尽力，无玷厥官，定可感召天和，年谷顺成，百物蕃昌，天府日臻饶裕。臣世受国恩，仰见我皇上筹备军需、筹赈、筹河，宵旰焦劳，臣实不敢以取给大捐苟且塞责，谨就见闻所及，披沥直陈。”后议开捐例，奏遂寝。

二月，经筵进讲“经正则庶民兴”书义。调吏部尚书、正蓝旗满洲都统，复管咸安宫官学事务。四月，长子奎照中式第六十八名贡士，殿试二甲第十六名，朝考入选。次子奎耀散馆，列一等十七名，授检讨。五月，奎照改庶吉士。六月，奎照充武英殿协修。七月，奎耀充文渊阁校理。八月，任崇文门正监督。是月，圣驾恭谒东陵，留京办事。自是年至道光元年，咸膺是命。十一月赐貂裘一袭，命暂在军机大臣上行走，兼署户部尚书。十二月，六孙锡章生，奎耀出。

二十年乙亥(1815 年，44 岁)　二月，经筵进讲“仁民而爱物”书义。七月，命查户部三库。八月，三孙女生，奎照出。九月，奎耀转补侍读。十月，感冒请假，命乾清门侍卫容照带医诊视，又派军机章京秦绳曾看视病势。

二十一年丙子(1816 年，45 岁)　二月，经筵进讲“养教得民心”书义。三月，恭办《御制文二集》成，赏赉有差。时脐间患疖，力疾趋公，经圣明鉴及，谕请假调理，派御医诊视。四月，奎耀充日讲起居注官。五月，患处破，病势减。十一日，命工部尚书苏公楞额传旨：“好为调养，著于六月初请安。”次日令奎耀递折谢。召见奎耀，谕曰：“汝父患处初破，必使新肌结实，方可系带。六月初间尚不可出，著于六月二十日外请安。”其时，内务府具奏王、大臣、侍卫等赏参，告假人员不应与，特蒙朱笔点出，照旧颁赏。六月十八日销假，面谕：“尚应节劳，不必每日下园。”和请假三月，致廑宸怀，每见臣工，殷殷垂问，温谕展限，至再至三，虽竭血诚，难以言报也。闰六月，命稽查会同、四译馆，署工部尚书。七月，圣驾幸滦阳。因兼任过多，请开繁要之缺。得旨，解兼辖者数处，旋署户部尚书。十月，赏海龙马褂一件。十二月，复管理工程处事务。

二十二年丁丑（1817年，46岁）　署掌院学士，并教习庶吉士，时奎耀官侍读，奎照在馆肄业，人称佳话。命赴内阁，与大学士轮阅本章。圣驾谒东陵，奎耀以讲官随扈，命奎耀途中恭缮御制诗。四月，阅新进士覆试卷。奎照散馆，名列一等十名，授编修。五月，阅朝考卷。七月，署镶红旗满洲都统。九月，以督缉捕务，奉有“实属可嘉，不愧步军统领”之褒，并蒙恩开复降革处分共二十案。是月，奎耀越两庶子，授侍讲学士，实非分之荣也。阅覆试武进士弓石、马步射。十月，奎照授侍讲，其缺即奎耀所遗。命考试王、贝勒子弟马步射，拣选下第武举。是月，四孙女生，奎照出。十一月，因拿获执旗应滑县贼匪之逆犯屈名儿，蒙恩赏貂褂一件，仍加一级、纪录二次。十二月，奎照充日讲起居注官。

二十三年戊寅（1818年，47岁）　正月，缮进《秘殿珠林·石渠宝笈三编》，蒙赐开复降留、罚俸处分共三十案，并赐十二章金线蟒袍一袭、大卷宫绸二连。二月，大考翰、詹，次日蒙召入，示曰：“汝子奎照、奎耀试作，耀当在二等，照次之。今日阅卷，未尝宣露一字，俟拆封后看若何？”及定等第，耀居二等，照列三等，仍为满洲第二名。越日，圣驾诣东岳庙，命小黄门传谕云：“文章自有定评日，昨所断竟不爽。”当即叩头，钦佩无地。是月，五孙女生，奎耀出。五月，重修《明鉴》，命充总裁官。派点验八旗各营甲器。六月，恭刻《御制全韵诗》成，赐绰纱蟒袍一袭、库纱二件。七月，署掌院学士、正白旗满洲都统。九月，六孙女生，奎照出。十月，圣驾东巡回銮，赐染貂帽、沿水獭皮锦州鞯、小刀、火镰，又赐海龙褂一袭。十一月，奎耀授詹事。

二十四年己卯(1819年,48岁) 为仁宗睿皇帝六旬万寿之年。元旦，蒙恩开复罚俸处分共二十九案，泥首于神武门，复蒙亲赐荷囊。是日午刻，侍班太和殿，如己巳之仪。吏部进京察本，交部议叙，有"办事认真"之褒。二月，经筵进讲"故为政在人，取人以身"书义。奎耀授通政使。三月，署正黄旗汉军都统。四月，阅新进士覆试卷，又阅朝考卷。闰四月，阅庶吉士散馆卷。五月，调镶黄旗满洲都统。六月，奎照授少詹事。七月，署御药房、太医院、武备院事务。八月，覆任崇文门正监督，镶红旗满洲都统。九月，在香山进膳，蒙赏赉有差。十月，万寿节宴于正大光明殿，亲赐御酒，荷蒙温谕，赏玉如意及大小卷缎绸、线绉。是日，崇文门进膳，又赐蟒袍、大缎。十九日，文颖馆火，带领官兵扑救，交部议叙，加一级，又赐貂裘一袭。考试王、贝勒子弟马步射。十一月，特赏黄缰、长柄刀、锁子甲、鸟枪、鞄头刀剑。奎耀稽查左翼觉罗学，余自己未派是差，至癸酉始卸事，儿复继之，拜恩非浅。是年，遵恩诏请本身妻室封。

二十五年庚辰(1820年,49岁) 三月，管理武英殿御书处事务，奎耀每遇奏事之期，即蒙召对，屡询以"汝父今年五十岁，记是四月十四日生辰?"奎耀退直为和述之，窃念圣心垂注微臣，恐马齿加增，疲于驱策耳。至四月朔，赐对，谕曰："前问奎耀，知汝今年五十岁，欲赐汝以诗，汝当预备迎接使臣。"随泥首对曰："臣自问何人? 仰沐生成，至优极渥，鞠躬尽瘁，图报维艰。恐主上恩深，臣下福薄，逾分之荣，满盈是戒，请稍减天渊之泽，庶勉倾葵藿之忱。令臣子奎照、奎耀赴阙祇领，已足为儒臣荣幸矣!"当蒙俞允，届期率两子至香山静宜园宫门恭候，内使颁出宸章、匾额，并寿佛、玉玩、陈设、绸缎各九件，命两子率鼓乐导引至舍，设香案叩头供奉。御制诗曰："积善多余庆，家声定圃留。材能肯堂构，治足绍箕裘。为政诚无忝，殚心实有猷。香山寿星现，大衍始添筹。"同列中未有以五十赐寿者，非常异数，梦昧难安，而御制诗中呼先臣以字而不名，尤旷典也。是月，阅新进士覆试卷。因审办兵部遗失行印案月余未得实情，奉旨拔去花翎。后九日案情得实，恩旨赐还。阅新进士朝考卷。五月，兼总理工程处事务。七月，呈进《御制诗三集》样本，赏伽楠香朝珠、顾绣蟒袍。圣驾幸热河，命署户部三库、镶白旗满洲都统。

二十七日凌晨，接行在六百里，惊闻仁宗睿皇帝于二十五日戌刻龙驭上宾，呼天抢地，痛哭稽颡。遵旨一面奏知皇太后，一面催送梓宫起行，并传知在京王、大臣、官员即日成服。二十九日齐集哭临，严饬两翼、八旗、五营、十六门昼夜稽查，添派官兵，盘诘奸宄，司员、笔帖式分驻各处弹压。本报到京，知奎照蒙恩擢授詹事。是日起，斋宿于北署，旋蒙皇上简派恭理丧仪。八月初八日，天安门外宣读遗诏，王公、文武百官、绅士耆老咸传集行礼、举哀。二十日，恭迎梓宫于蔺沟，伏地号呼，不能起立，于芦殿行礼后入城，次日再往清河，晚复入城。二十二日五鼓，至清河恭迎梓宫启行，由安定门入东华门，安奉于乾清宫。自是每日三奠如仪。

九月二十七日，皇上登极，朝服行礼，预饬所属官兵屯于禁门外。命充《实录》馆总裁，授军机大臣，兼稽查钦奉上谕事件处，授阅兵大臣。（十月）初九日，赏遗念染貂冠一顶、皮袍褂一袭、绵纱袍一领、荷囊三、玉玦一、靴一双。初十日，恭送梓宫安奉观德殿，上居永思殿倚庐。十六日大祭后，上还宫。王、大臣、官员释缟素，归私第。十月，调户部尚书，蒙特赐黄面紫貂端罩一袭、织染局元青素绸一连。十一月初九日，命入内食胙。是日，皇上初御乾清宫听政。十二月初二日，派出恭捧恭慈皇太后金宝，礼成，皇太后赏大卷绸缎四，及大小荷囊。是月，赏笺纸，管理御药房、太医院事务。先是，九月间面陈直省陋规，请清查定额，作为府、厅以下办公银两。事交各省议，兹两江总督孙公玉庭议为不可行，事遂寝，奉旨不必兼军机处行走。两奉谕旨，有“人本明白，性复敢言”，及“才力可取，办事认真，不避嫌怨”之褒。是年，遵恩诏请本身妻室封。

今上御极元年辛巳(1821年，50岁) 元旦侍班，上亲赐荷囊，自是每岁咸邀是赏。正月，命入内食胙，是后咸与。上年覃恩，次孙锡祉得五品荫生、三孙锡淳、六孙锡章得七品荫生，至是题准。三月，命署正白旗满洲都统，三库、三山、钱法堂事务。仁宗睿皇帝梓宫奉安昌陵礼成，因恭理丧仪及任内务府大臣，赏随带加二级。四月，雩祭、仁宗睿皇帝升配南郊，纪录二次。命阅考试试差卷。命偕戴可亭先生均元至王佐村孝穆皇后福地相度形势，赏大卷实纱二连。五月，赏织染局屯绢袍、褂料各一。六月，奎照充顺天乡试监临官。七月，管总理工程处，署户部三库、武英殿御书处、御茶膳房事务。圣驾谒昌陵，二十日五鼓，命出城查看道路。先是，十八日亥刻大雨，是时平地水深数尺，驰马回至西安门。上已启跸，奏明水势，上还宫改期。二十二日，圣驾驻黄新庄，仍不得进，二十四日回銮。九月，命承办万年吉地工程，与庄亲王绵课、大学士戴可亭先生均元、阿少司空克当阿同经理。署吏部尚书。喘疾发，一日未入直，命内务府大臣常公福来视，次日即趋直。赏御用黄辫大小荷囊各二对，缂丝蟒袍一袭。十月二日，皇上初御乾清门听政，授奎照内阁学士兼礼部侍郎衔，管理御茶膳房事务。十四日，赴马兰峪。十八日卯时，万年吉地开工。二十一日回京，赏织染局缎袍、褂料各一。十一月，赏缎绸有差。十二月，赏磁器、江绸，赐御书“福”字，自是岁终咸膺是赏。岁除，蒙赏狍鹿，自后咸与。是年，七孙锡霖生，奎耀出，后十三岁殇。

二年壬午(1822年，51岁) 正月二日，退直，喘疾发，赏假十日，命乾清门侍卫容照带医诊视。初八日，疾再发，内务府大臣常公福传旨：“命多养时日，大愈再出供职。”赏织染局绸袍、褂料各一。吏部进京察本，奉朱谕：“户部尚书英和管理部、旗、内务府事务，均臻妥善，且于步军统领衙门尤能不避嫌怨，管辖严明，著加恩交部议叙。”当具谢折，令奎耀恭递，仰蒙召见奎耀，恩谕有加。二十八日销假，召对赐座。旧制：蒙赐座，叩头即坐。自嘉庆四年成哲亲王始谢而不坐，遂以为例。至是面奉谕旨，仍循旧制。命管理清漪园等处事务。二月朔，祀神，因管御膳房，例有执事，不应入座，特赐膳桌胙肉，其后皆如之。初二日随扈起程，至燕郊，命偕文秋潭宗伯孚先赴裕陵，恭查隆恩殿柱木情形。初四日，在隆福寺覆命，面谕回京充会试正总裁，以山阳汪文端公廷珍、萧山汤敦甫金钊、及门李芝龄宗昉为副。先进呈宗室卷，得保极等四人。闰三月，揭晓，得吕龙光等二百二十三人，赏玉杯、晶章等二十余事。恭赴裕陵查看工程，往返九日。四月，阅考试试差卷。御书处不戒于火，带领官兵扑救，议叙，加一级，赏库纱、葛纱、织染局屯绢袍、褂料。六月，署吏部尚书、掌院学士，管理户部三库事务。二十六日，面示朱谕，以户部尚书协办大学士，伏地惶悚，有“不许辞谢”之旨。次日曹俪笙相国振镛传旨，不必赴阁看本，以管理事务较多也。十月，赏碧霞玹朝珠一盘，授掌院学士，旋命以原衔充日讲起居注官。奎照署工部右侍郎。十四日，随驾恭赴昌陵行释服礼，佩行在刑部印钥。抵京前一日，奎照授刑部右侍郎。赐御用马鞍。十一月初七日，命偕戴可亭相国恭题孝穆皇后神主。授内大臣，赐腰刀、鸟枪等七事，又织染局绸袍、褂料。十六日，册封佟雅皇后，以长懋亭相国龄充正使，和副之，皇后赏赉有差。十七日，王妃、命妇应行庆贺礼，萨克达夫人素有足疾，不能行六肃礼，先期奉谕旨，径诣皇后宫行家庭礼，皇后赐食，加以彩缎、翠钿。是日早朝，和偕妻同入东华门，程春海恩泽举唐权文公与县君同朝兴庆宫故事，取其诗句为作《比翼朝天图》。二十二日，奎照授镶蓝旗汉军副都统，此即余己未年初任副都统之缺；其时该旗印务参领为何其惕，今其子何集亦任该旗印务参领，真奇缘也！二十七日，命接受恭慈康裕皇太后绢宝，礼成，皇太后赏赉有差。十二月，赏黑狐肷绛丝四开叉蟒袍一袭。十二月十八日，重华宫赐“福”字，加赏御书“寿”字，自是岁以为常。二十一日，景祺阁赐食、观剧，赏顾绣蟒袍一袭、线绉袍、褂料二端。恭进

《养正书屋诗文集》样本，赏缂丝蟒袍一袭，宝蓝洋呢一版。二十三日，上临小西厂蒙古包，赐外藩食，蒙赐膳品，自后岁以为常。二十四日，进春帖子词，赏纸笔，后每岁皆如之。又赏大卷江绸二匹。是日亥刻，内阁汉票签处不戒于火，带领官兵扑救，议叙，加一级。

三年癸未(1823年,52岁) 元日，锡宴于太和殿，凡入宴者咸朝服，因兼管宴大臣并茶膳房，命以蟒袍补服将事。是日，蒙恩开复降一级留任处分。重华宫茶宴，赏赉有差，后每岁皆如之。十二日，上初幸圆明园，命随至安佑宫行礼。命入同乐园观剧，后每岁皆如之。上元前夕，山高水长侍班，命御前侍卫传旨赐坐。元夕又观火戏。上元后一日小宴廷臣，命入座，赏赉有差，自是每岁皆与。是夕，命至含晖楼观火戏，应制作《上元观灯赋》，赏赉有差。是月，奎耀充会试知贡举。(二月)十三日，圣驾临雍，蒙赐御论。是日，余以户部尚书兼经筵讲官，奎照任刑部侍郎、奎耀任通政使、锡祉以荫生在监肄业，三代恭听玉音。二十二日，恭赴裕陵查看工程，往返七日。三月初七日，随圣驾至南苑，屡赏御枪所中鹿肉。喘疾发，赏假调养，赐嵌玉盆景两对。随驾自香山回园，赐御花园新放牡丹四枝。四月，奎照充翻译会试副总裁。恭赴宝华裕查看工程，往返七日。汉字黄绫本《实录》告成，赏赉有差。五月朔日，命至福海观竞渡，赏宫纱纨扇，澄虚榭北岸迎御舟，叩头，复至同乐园观剧。午日，又命观剧，赐御笔兰花扇及香茶杯扇。教习庶吉士。六月，命赴马兰峪，行至通州为水所阻，得旨回城。七月二十五日，命随至安佑宫行礼。万寿节，同乐园观剧，赏赉有差，自是每岁得与。时贝子绵岫等参奏总管内务府大臣嵩年挑缺不公，又有偷伐橡树者。八月二十一日，命偕汤敦甫少司农赴马兰峪查办，询由意见不合，嵩年降级，绵岫等罚俸。顺道至宝华峪查工，往返凡十日。九月，署吏部尚书。随驾至香山，命乘马遍游韵琴斋、玉华岫、栖月崖、超然堂、正凝堂、试泉、悦性山房诸胜。十七日，圣驾恭谒西陵，奎耀派出扈从，奎照调吏部右侍郎。十月，皇太后万寿，命入同乐园观剧，赏赉有差，自是每岁咸与焉。感寒未能入直，命乾清门侍卫桂轮视疾，赐白玉翎管及织染局绸袍、褂料。十一月，赐貂皮袍一袭。时孝全皇后封妃，行册封礼，命充正使，赏赉有差。故事，嘉平朔日，圣驾在重华宫，以康熙年间“赐福苍生”笔书“福”十幅，用以张贴宫廷，从不颁赐臣下。是年，上御此笔，书“福”字一幅，交总管梁宝传旨颁赏，实出非常恩遇。是月，《养正书屋全集》刻成，恭进，赏缂丝蟒袍一袭，大卷绸、缎各一连。二十八日，感寒未能入直，命乾清门侍卫宝龄视疾。

四年甲申(1824年,53岁)　四月二十日，上受书礼成，特加太子太保衔，恩命锡祉俟十八岁时吏部带领引见，遇缺即补。故事：满汉荫生皆以二十岁引见，此照宗室例以十八岁引见，实为旷典。是月，因病请假，得旨：开文渊阁提举阁事、稽查钦奉上谕事件处、管理奉宸苑之缺。六月，八孙锡蕃生，奎耀出。七月，奎照调礼部右侍郎，稽查右翼宗学。

五年乙酉(1825年,54岁)　正月，奎照充右翼税务监督。予综计天储，十年后或不继，百计筹之。如仓存豆粒，官用较少，每岁所余，尝有朽变。因思大小官员孰不豢养骡马？奏请于禄糈搭放豆石。又以亲、郡王等俸米岁支最多，而各王公家向皆售于粮店，奏请每季支放折色。是时，闻沈阳、河南粟米丰收，先致书于将军、巡抚，商及采买，得有覆音，以其时市价贱于官价，访闻商民，乐于从事，然后奏请两处各办四十万石。闽督孙平叔尔准闻之书来，云是岁台米亦丰收，闽、浙两省足敷接济，十万石可浮海来。当即促其速运，以时价售买，商人踊跃而归。

适南河水路阻滞，盘剥官粮，粒米狼戾，势不得不行海运。四月初十日，奏言：“为通筹漕河全局，酌量变通，应请暂雇海船以分滞运，酌折额漕以资治河，为一劳永逸、久安长治之计。仰祈乾断，敕议施行事。窃查上年江南御黄坝堵筑稍迟，致洪泽湖受涨决口，清水溃泻，新漕迫临，不得已而为借黄济运之计。近日恭聆天语，渡黄之船仅一千七百余只，黄水又复停淤，后帮已多阻滞，则全漕不能抵通，势所必致。宋臣程颢云:'治道从事而言,若救之则须变,大变之大益,小变之小益。'事至今日,未有不当决然变计者矣。然已渡黄之船如何催挽,速令回空?浅阻船只及尾帮江广漕粮如何设法改运?高宝运河如何得以疏浚?将来重运如何不致滞碍?是宜预筹统计,策出万全,甚非可以苟且目前,致将来补苴无术也。臣受恩深重,职司所关,昼夜焦思,不敢隐默。谨就臣管见所及,与成案可援,似有裨益于河、漕者,请为皇上陈之:

一、已渡黄河之船宜亟严饬催挽,设法卸运,速令回空也。清水现既浅弱,黄水又值消落,沙停淤厚,运河旱阻者几数十里,若不及早回空,则黄水愈灌愈淤,势难飞渡。以一千七百余只停留不归之船,人众食空,必难安静。且黄河以北从无军船经冬历春之事,此时头进帮船已入东境,应由山东巡抚严饬沿途文武员弁,并力催攒,不许片刻停泊,并饬运河道宣泄湖水,相机灌送。一面飞饬有泉各州县,实力疏浚,源源贯注,专委泉河厅亲往履勘,不任稍形短涸。一俟出闸,即由直隶总督飞提到坝,交卸回空。然臣揣度情形,犹恐缓不及待,只有沿途驳运,回空较速。查嘉庆十四年,东、豫二省回空漕船,曾有再运截留北仓米石之案,今年东、豫二省漕船将次兑竣回空,应令毋庸归次,即令迎头南下,将北来头进帮船米石装载,代运抵通。其豫省本年应运采买米石,应令暂缓归运,一并接运南粮。又查山东闸河内外额设官剥船三百只、民剥船三百只,原备全漕拨用,此时北上船仅一千七百余只,拨用甚宽,或可分出此项剥船若干只,于出闸后代拨运通。又杨村剥船二千余只,亦可分提至闸口外,接拨代运,仍饬原运旗丁押通交兑。其接兑之船应给行月、折耗等项银米,均应按定装载米数、程途,照例核给,即于截卸之船扣出银米内拨给。总期及早回空,得以渡黄归次为准。

一、高宝一代浅阻之船所载米石,宜令迅速起剥,尽数运通也。查年年江苏出运船二千数百只,浙江出运船约千余只,江安出运船六百五十余只，此时除已渡黄船一千七百余只，在后各帮尚多。如实系早经进口、滞搁淤浅之船，抽退不出，似舍剥运之外别无善策。查乾隆、嘉庆年间成案，或截剥近省平粜，或截留淮扬各属存贮，或分给回空漕船，责令来年带交。此时既已无需赈粜，而州县存贮易滋抛漏，明岁漕运尚属未定，亦难仿照。惟有剥运一策，淮安一带，现经淤浅粮船所带划船谅已剥运。闻旱路三里、水路二三十里至八九十里不等，每米一石，挑剥席片等费约银二三钱，浅阻等帮计船约千余只，共米百余万石，计需银三四十万两，所费尚不甚巨。查黄河口额设剥船七百五十只，本年两江总督奏留备用。江西、湖南代造直隶官剥船四百六十只，此项剥船尽可备拨，如再不敷，仍可就近雇船备用。惟寻常官剥、民剥船只，受载不过二百余石，舱小无篷，仅恃席片遮盖，易于渗湿偷漏。闻山东等省向有民间运粮船只，土名西河牛之类，腹大受多、楼篷俱备，此种最宜雇用长运。抑或即用东、豫二省接运头进南粮之船，俟交卸后再行接运一次，务期酌量轮转，使浅阻之米尽数北来，勿再稽迟。惟雇用民船，例价较减，地方官向有赔累，必致畏缩，雇募不力。应由该抚转饬各州县，将雇用实价详请开销，亦不得勒派民船，致滋扰累。所有各船交替换载，应扣应给银米等项，责成押运员弁随时核定详报，免致日久轇轕。再思高宝挑剥之时，适值伏夏，南方暴雨不时，箩筐肩挑、小船分剥，势难躲避风雨。米石稍沾潮湿，则以后拨运换载，必致发变无用。此为挑剥时第一紧要关系，尤应严饬督办各员，妥为设法筹备，不令致有潮湿，方为尽善。至跟接进口，尚未浅搁之船，无论何帮，概行抽退，转由镇江运赴黄浦，并归海运，以省盘剥。

一、江广等帮及江口一带未经浅搁之船，径宜雇用海船运津也。海运行之元代六十余年，至明永乐间会通河成，其法始废。而明臣邱濬犹谓会通河如人之咽喉，一日食不下咽，事即可虑,因有河、海并运之议。嘉庆九年,给事中萧芝奏请采买海运案内,浙江巡抚阮元覆奏,亦称如万不得已而行,只可量分额漕,改为海运。可见彼时亦议及此。上年御史查元偁又有上海商船买米运京之请,经该省督抚奏称有妨民食,遂置不议。由臣今日论之,窃谓全漕悉由海运则不可,而商船未尝不可分载也;江苏买米海运则不可,而额漕未尝不可暂赍也。请言其四难,更陈其四善:国家河运已数百年,一旦改由海运,无论一切章程难以骤议,第以数百万天庾之重,忽轻试于素不相习之风涛,物议人情易滋惶虑,此一难也。官运必置船,置船必设官,费既不资,船岂猝办?元代得习知海线之人,因以委任。现在既难其人,而大洋出没,又岂官府号令所能约束?此二难也。江河挽运,风火等事在所不免,沿途员弁星罗棋布,而该丁等尚或假饰捏报;海中岛屿繁多,并风色不一,既难连帮,何从稽察?倘更有放洋之失,谁执其咎?此三难也。图海运之便捷,河工必致疏懈,挑挖疏浚势必不利,渐成淤塞。百余年之成功,数千里之水利,一旦失之,后欲河运,不复可得,此四难也。全漕似未可轻试海运,屡有成议,而臣窃以为暂雇商船分运漕粮,则不虑此。闻上海沙船有三千余号,大船可载三千石,小船可载千五百石,多系通州、海门土著富民所造,立有会馆保载,牙行运货,往来并不押载,从无欺骗等情。关东一岁数至,沙线、风信是所熟悉,不致歧误,此一善也。雇船海运,无需置船之费,若令分载米石,应给脚价,仍可即于短运帮船之内划出给与,不需多费,此二善也。上海商船,船以北行为放空,以南行为正载,海船带南货不能满载,往往取草泥石块压船。今令赴津之船每船酌准七分装粮、三分带货,给与脚价,免征货税,自必踊跃从事,而暂行仍可即止,此三善也。闽粤、南洋或有海氛,而由吴淞口迤北,北洋砂碛水浅,南洋鸟船断不能入,从无他虑。且该商等所得运费与贸易之利相等,又经官取保结,必无意外之失,此四善也。有是四善而无四难,孰便于此？而议者犹以风涛为虑。查江广境内如洞庭湖、鄱阳湖、长江，俱称险阻，历年军船多有漂溺情事，不独海洋为险。且海洋节年贸易之船何以不闻淌失？而上年台湾米船又何以安稳抵津？虽有数船遇风驶至吴淞口岸，并非漂没，是其明证。又以风信靡常，守候不定为词。向来海船由上海至天津，风利七八日可到，至迟不过旬日，从无阻滞，较之河运，迅速倍蓰。又谓盐水盐风，易致霉变。上年所运台米受湿者不及百分之一，今已先行开放，领米旗分咸以为完洁。况南粮坚实，远胜台米，且载运不过旬日，为时不久，何至遽行蒸变？应请由两江总督、江苏巡抚转饬上海道，于上海口岸传齐各商行，谕知雇船出运，每官粮漕斛一石，应给运价若干，并准折耗米若干，取具互保甘结，呈明存案，陆续兑开。江广等帮共船九百八十余只，米约一百万石，内外两月之间计可兑竣。即令该商等出具领运米数清单，承认交兑。其抵津时，应请于仓场侍郎二人中分一人前往督收，严禁经纪人等，不得稍有需索等弊，俾该商等不至苦累，以肃政体。再由杨村剥船拨运赴通，其应给该商银两，应先于上海给领一半，其余一半俟运津交兑后，核明运米数目，按照补给。即于江苏、直隶酌款垫给，再由部拨归款。并严禁吏胥克扣中饱等弊，务令实数归商，不致该商裹足不前。若该商等奉行妥速，应请照上年台商运米之案，择其尤为出力者，酌给职衔，以示鼓励。至江广帮船身重大，恐未能由丹阳运河运至海口，即饬将江浙等帮已经截卸之船，于出瓜洲口时交兑替运，抑或雇船剥运，总在该督抚察看情形，妥协办理。如果行之有效，将来全漕运京时，酌分百余石交商代运，未必非漕运中并行不悖之一策也。

一、明年请暂停河运，将本年新征漕粮酌分海运，余悉征收折色，以资治河，兼可治淮、治湖，而永利漕运也。查利运必先治河，而河、漕则断难兼治。现在高宝运河亟须大加挑挖，况洪泽湖屡经黄水灌入，湖底逐渐淤高，将来必不能多蓄清水，刷黄济运，关系甚大。即山东微山等湖，亦为闸河蓄泄要区，近闻亦多淤垫。虽每岁有冬挑之例，而为时甚暂，疏浚仍浅，所以每逢漕船进闸，均需剥运。是湖、河俱应预为熟筹，以资永利。若非暂停河运，宽以岁月，断不能专心并力，湖、河通治，为一劳永逸之计。是以康熙年间停运治河，行之久有成效，为百世不易之理。而今日在工诸臣，未有以此申请者，以未知京、通仓储情形，则不敢议停河运；以大工费用浩繁，则不敢议通治湖、河；且现当河、漕两碍之际，更不敢议置漕而治河也。臣查京通各仓贮米石，为数有余，本年奉天、河南碾买米石陆续可到，加以新漕已渡黄者约一百二三十万石，其余浙江、江安、江广各帮或剥运、或海运，必令抵通，豫、东漕粮仍可照常征运，则仓贮已属充裕。若于本年新粮内，尽江苏、浙江附近海口各州县征收本色米一百万石，或一百五十万石，交兑漕船，运至黄浦，仍由商船海运抵津，拨运交仓，则天庾更属充盈。其余江苏各州县及有漕各省，概令折色，约计不下七八百万两，在百姓仍属维正之供，未尝少加，而于工需大有裨益。本年冬季即可开征，陆续起解，亦无缓不济急之虞。在民间得存此项米石，日食益裕。惟州县折征漕粮，每米一石应征银若干，应俟秋成时由督抚察看粮价情形，核定数目，奏明办理。并由该藩司将奏定折色银数，出示通谕各地方暂行折征，并严饬各州县照数通解司库，会解工次。如有加征勒措等弊，立即严参惩办。至停运旗丁，仍照减运年分津贴成案办理。其篙舵水手，皆系无业之民，道光二年江、浙两省系由各地方官查明籍贯，每人酌给盘费制钱二三千文，备文押递回籍，由本籍出具收管各结，并晓谕暂令归农，办有成案。本年折征省分即于本年各帮归次时，应由该督抚转饬，查照办理。计一州县应兑之船，多者百余只，少者数十只，每船十人，以每名制钱三千计算，每县至多不过需银三千余两。冬漕既系折色，各州县即将每年应给各帮兑运杂费，以之安插此项人等，尚有节省。惟谕各帮，俟明岁冬漕开兑时，仍听此项人等到次帮运，不必另易生手，致起争端。此一年中河运既停，计节省运费各项银七十二万余两，米二十二万余石，足敷海运脚价，而征收折色银两即可全济工需。费用既足，岁月亦宽，不特江南湖、河可治，即东省湖、河均可一律疏浚。应于本身漕船办浚后，由该河督等预筹湖、河全局，次第兴工，实力攒办，务使河、漕并治、永资利赖。

一、酌雇海船装运，督办高宝剥运，催攒东境挽运，宜钦派大员督理也。现在淮南一带驻扎漕运总督一员、南河总督一员、两江总督一员。江督总理地方事件，河督专司全河，漕务均系兼辖，惟漕督职司漕务，向来押运尾帮北上。今既高宝阻滞，黄河以北声气恐不能通，其由江南、东境直抵通州，绵亘一二千里，虽有山东巡抚、直隶总督，而相距较远，实有鞭长莫及之虑。且淮安夫挑船剥、东境攒运交替，以及上海筹办商船载运，均系权宜办理，尤须因时变通，道、府各员恐亦未敢专政。应请钦派公正、通达大员，协同该管督、抚会议妥协，于海口、河道上下往来，不时稽察，庶责成专而策应灵矣。

以上各条不揣梼昧，缕晰详列，恭候圣明采择，敕下各督抚速议施行。以臣愚昧之见，通盘核计，如此办理，滞漕既可北来，河道乃克专治。减运费以为海运之脚价，而不致疲商；折粮价以为疏浚之工需，而毋庸筹款。目前得权宜之便，将来有永赖之安。今日之计，似系不可缓者，势值万难，未可稍事拘泥，必须破除成例，酌量变通，于事方克有济。若徒畏难苟安，总以仰仗圣主洪福，遂毕乃事，则其弊不至不可收拾而不止，实非臣之所敢知也。”

越十日，又奏言：“为再陈雇商分运，及折漕治河变通章程，以期尽善无弊，仰祈圣鉴事。窃查本年河道淤塞、漕运阻滞，仰廑圣怀，宵旰焦劳，无微不至。臣受恩深重，具有天良，竭虑殚思，不敢隐默。已将酌量变通漕河、并治湖河情形于前折内缕陈，仰蒙圣明洞鉴。惟‘暂雇商船及酌折额漕’条内，尚有未经备述者，再为皇上陈之。窃维臣前议暂雇商船海运者，诚以河道既阻，重运中停，河、漕不能兼顾，惟有暂停河运以治河，雇募海船以利运。虽一时之权宜，实目前之急务，舍此别无良策，舆论亦属佥同。而任事诸臣初议未敢及此者，固以风涛之险、盗贼之虞，在在可虑，且旗丁、运官等素未经历海道，恐其未能押运，似属难行。以臣拟测，其故皆不系此，特以事属创行，万有一失，物论不能不归咎于定议之人；且事后恐有赔累，办理不善，商情易致沸腾，更惧身为怨府。臣思凡事有利即有弊，任事者但当兴其利而杜弊，不可恐有弊而废事，其间斟酌尽善，惟在当事者之权衡，安能因噎而废食？上年高堰决口，淹溺村庄，仰蒙圣恩轸恤，无非苏民困、惜民力，休养生息，俾元气长此充周。夫东南为财富之区，频年有歉薄，本年清口过船，多夫牵挽至今，起剥尚有滞漕二百万石，船运车挽，日需数万人，竣事尚须数月，以后堤堰挑挖各工，用力尚无底止。固属计工给价，然以细民力作于寒暑风雨之中，疾疫不时，耕种或辍，未得休息，其所以劳民力者至矣。亟当留其有余，纾其劳，而帑费不省，暂雇海船分运，则民力逸而生气益舒。

现据江省先后咨送本年二三月内覆奏各折到部，仰见圣谕煌煌，垂询剀切，而诸臣覆奏始终含混，无一著实之语，筹议已及半年，计仍不出剥运者，其故有二：一则虑商船到津难以交卸也。素闻旗丁历来运漕到通交卸时，经纪等皆资其津贴，而商情良懦，向不习见官吏，已多畏缩，一旦闻令代运、代交，必增疑虑。臣以为如明岁雇募商船海运，应令两江总督、江苏巡抚专委一二廉洁干员，先期于上海地方传齐商行、船户，剀切谕明，每官粮一石给运脚银若干，净照漕斛兑交，无论正耗及二五耗米，均按漕斛计数实兑，即令该委员监兑，按船给发各商实运米数执照，仍照臣前议取具各商承运米数甘结，并令存委员手，严禁吏胥等不得与商船交涉滋弊。兑清后，仍令该委员亲身押运，抵津时分出仓场侍郎一人，并请派臣部堂官一人，同赴天津，按照官给执照米数漕斛兑收。如有经纪刁难勒措，准该委员咨送仓场，并分咨户部衙门，从严惩办。一切交代事宜由该委员一手承办，经纪人等不得向商船过问。其应给商船脚价银两，每漕粮一石，需银七钱，向闻该处行用以制钱七十文为一钱，按折核计，每石只需银四钱一二分，是海运之脚价甚轻，断不可稍有克扣。应亦由该委员具结承领，亲交该商等按数实收，庶需索之弊可除，而商情踊跃偕来也。一则海运既行，恐漕运员弁及旗丁、水手难以安插也。有漕省分办漕各员各有所司，而漕标尤其专职，一旦暂停河运，前项人等似属无所事事。不知商运既行，漕粮衙门差务自简，费用自节，而例定养廉、俸工等项仍可照常支给。况当河、湖通治，大工需人孔多，漕标员弁或可暂行酌拣数员拨归河标，听候差委。员弁既不致闲散，而工次亦可多收得人之助，似属两有裨益。且一俟湖、河普治之后，员弁等仍可照常河运，永无阻滞，以视现在之办运吃力，劳逸迥殊。其津贴旗丁按照减歇之例办理安插，舵工、水手人等援照江浙成案给与盘费归籍之处，臣已于前折内声叙矣。

夫海运之说，由来已久。查有元一代，全由海运，初岁运四万石，后增至三百余万石，其道里远近，载在《元史》甚悉。明初河、海并运，永乐十年以后会通河成，始由河运，然犹三年海运一次。宏治间，邱濬奏请于无事时通海运故道，与河漕并行，一旦河漕少有滞塞，此不来而彼至。嘉靖间，胡槚请通海运，以佐河漕之急。他如梁梦龙、王鼎沐等疏，述海道里数不一而足，所言均班班可考。我朝雍正年间，蓝鼎元亦奏称，今之海道已为坦途，舟航安稳，与内河如一辙，海运在今日确乎可行等语。是彼时已有此论。嘉庆年间，诸臣疏请者更不乏人，然犹需造船设官，雇觅熟悉海线之人，故其时以为费巨势难，因辍其议。此时雇商带运，为费既省，仍可暂行即止，而经历海洋更如轻车熟路，利运便捷莫过于此，何不可行之有？但臣更有请者：海运虽无意外之虞，而防御尤须计出万全，应请当上海交兑时，由该督抚先期咨照浙江提镇水师营，出哨招、宝、钱、陈一带地方；江南提镇水师营，出哨大小洋山，会于马迹；山东镇臣出哨成山十岛，会于鹰游门，以资弹压护送。不独海洋永靖，即商船偶有失风等事，亦可藉以稽察，似觉更为周密。

至酌折额漕一节，说者以为百姓完粮日久，似难遽行改折，且此次改收折色，亦恐百姓嗣后皆援案不肯完纳本色，多有窒碍。查《漕运全书》内载，凡漕粮题准改折，将该府、州、县应征改折米数及酌定价值，刊示晓谕，不遵者指参。又漕粮遇有改折，其随漕轻赍、席木、赠截等项，例应按数折征。又起运漕粮，正米一石，例有耗米，并给军行月赠耗等米，如遇改折，一例按照时价折征。又漕粮改折，只许按价征收，如仍借兑漕为名，滥行科索者，即行参处各等语，载在册籍，各省皆知。又查额漕折色，顺治、康熙、雍正、乾隆年间，均经行之有案，而江苏之清河、阜宁、宿迁、桃源、海州、沭阳、赣榆、嘉定、宝山九州县，安徽之宁国、太平、旌德、英山四县，江西之泸溪一县，湖北之通山、当阳、通城三县，河南之祥符等州县，均因距水次窎远，奏准永远征收折色，官为采办兑运，久经遵行，各在案。其征收折色银两，乾隆年以前多系因灾改折，价多不逾二两，至各省永远征收折色者，系按照月报粮价，加以牙行、运脚、折耗等项，其折价则自三两数钱至四两数钱不等，悉归民户摊征。此系历年报部成案，并非创始，且于惟正之供，未曾加增。臣伏思明岁通治湖、河，不得不暂停河运，故臣前议，除豫、东照常征运外，江、浙漕粮暂雇商船海运一百万石或一百五十万石，增益仓庾。其余各省应征漕粮为数孔多，既不应全缓带征，而各州县仓廒无多，亦未便令征存暂贮，惟有将此项米石按照时价暂收折色，以济工需，毋庸另行筹款，实为目前一举两得之计。惟在该上司善于奉行，既不病官，又不累民，以归妥协。至改收折色，酌照市价，由该督抚奏定，藩司出示晓谕，不许科索。其折征期限，应请稍宽。盖漕既改折，地方粮石充裕，势难克期出粜，易银上兑，若必令如限完银，未免迫促。所有此次征收折色，应请本年十月起，至次年四月止，勒限埽数全完，不准丝毫拖欠，如此则期限既宽，民力自裕，工需亦可无误。其随漕轻赍、席木、赠截等项，亦应折征，并数归解，协济工需。如各州县仍借兑漕为名，滥行科征，抑或于此次折征时欲豫留将来勒折地步，于奏定折价之外加重科派，该督抚立即从重参处，勿稍姑容。以上二条总在各督抚实心实力，勿计一己之利害，而忘国家缓急之要图；勿徇属吏之私情，而失当时权宜之至计。应仍请旨，敕下各督抚速议施行。”奏入，上命与军机大臣同对。予又极言，仰蒙宸断，敕江苏督抚等筹办。十月，奎照署工部左侍郎。

六年丙戌(1826年,55岁)　正月，海运沙船攒泊江苏黄浦，计船一千五百六十二只，起运漕、白正耗各米一百六十三万三千余石，不爽时日，悉抵天津。八月十三日，谕曰："本年试行海运，系协办大学士、尚书英和首先陈奏，详查定议。及沙船受兑开行，风帆顺利，现已全数抵津，迅速竣事。英和著加恩赏用紫缰，仍著交部议叙，以为实心办事者劝。"

是时西陲有警，又奏言："窃臣连日面奉谕旨，以回疆滋事，命将筹兵。臣跪聆之下，仰见宵旰焦劳，无时或释。臣受恩深重，夙夜思维，不安寝食，于公余恭阅《钦定新疆识略》，考其山川道里，及乾隆年间用兵事宜，通盘筹划，意见所及，不揣冒昧，敬为我皇上陈之。查回疆地处天山之东南，自喀喇沙尔，西抵喀什噶尔，幅员宽广，绵历四千余里。自乾隆二十四年天戈挞伐，归入版图，分建八城，官兵驻守。原以因地制宜，不求变俗，使各城星罗棋布，互为声援，而回人怀德畏威，数十年来纳赋交粮，与腹地编氓无异。当时庙谟深远，原可长治久安。迨日久承平，相习而玩，又派往之办事、领队及侍卫、章京人等，或意存见小，子女玉帛，嗜欲纷营，又役使回人，自恣威福，往往激成事端。数年前，卡伦侍卫被戕后，即未振作。去年永芹缉捕张格尔，既失之筹划未善，而巴彦巴图贪功深入，复杀戮汰劣克家属，又失之轻举妄动，以致辱国丧师，一死不足以塞责。现在外夷蠢动，边衅不清，皆不肖官员有以启之也。目前之势，自非大加惩创，不足以壮国威而申天讨。臣查新疆南北相通路，除自乌鲁木齐至吐鲁番系安设军台，大路可通车量外，其余山僻小径仅通马行者，其道有三：一自伊犁正南，逾木素尔岭，可至阿克苏；一自伊犁东南，渡空吉斯河，逾纳喇特岭，可至喀喇沙尔；一自伊犁西南，渡纳林河，逾善塔斯岭，可至喀什噶尔。近日伊犁调派之兵，自由正南前进；东南一路系土尔扈特及霍硕特游牧，现值军兴，未便骚扰伊等地界；其西南一路系布鲁特游牧，现在汰劣克尚未就擒，未便入其巢穴，而将来攻围吃紧之时，亦应从此堵御，以绝贼人之逃窜。其地水草是否足敷驻牧，似宜预为准备。又溯查乾隆年间用兵，惟叶尔羌一城劳师久驻，其余各城多半传檄而定。回人素性恇怯，愚而易制。今南路各城敢于闻风煽动者，盖以张格尔系伊等故主子孙，素所崇奉，究之人数众多，似难概予骈诛。臣意大兵一面进剿，一面谕知伊犁将军长龄，于伊犁回子伯克中择其明白晓事、素可信任者，许以重赏，酬以官职，派令前赴各城，剀切晓示，谕以歼厥渠魁，胁从罔治之意，俾其照旧当差，安堵无恐，各城办事大臣加意抚恤。各城既定，贼势益孤，然后专力于喀什噶尔一城。以大兵由叶尔羌境或大河沿前往，制其东进，以劲卒由伊犁西南遏其归路，自不难一鼓就歼也。

用兵所急，尤在路后之粮饷。臣卷查户部档案，新疆所存之粮尽足敷用，即所需饷银，除遵旨于甘肃藩库筹拨十万两解赴伊犁，另折具奏外，臣现酌拟于就近省分再拨若干，陆续运交甘肃藩库存贮备用，亦俟另折公同具奏。似此源源接济，不至掣肘，足以上慰圣怀。又查乾隆年间西路用兵，内地督运粮饷归陕甘总督办理，关外督运粮饷归哈密办事大臣办理。此次抚臣鄂山现署陕督，呼应较灵；而哈密办事大臣恒敬历任府厅、司道，曾在军营出力，长于折冲御侮，督理后路是其专责，似可胜任。前蒙训示，杨遇春作为后劲，实佩成算，烛照几先。即日武隆阿来京，亦可面禀圣谟，授以方略，而颁发钦差大臣关防时，似可仿照前奉谕旨，提督以下受其节制之例，将回疆各城自办事大臣以下听其调遣。而伊犁为新疆根本，大学士长龄久历戎行，娴于军旅，深悉南北两路情形，足资镇驭。武隆阿督师回疆，尤当与伊犁将军彼此照会，使声势联络，更可迅速奏功矣。”

是年，署都察院左都御史。次孙锡祉吏部带领引见，以六部员外郎即用。八月，九孙锡畴生，奎耀出。九月，奎照调工部左侍郎。十二月，户部接据民人呈请开采房山县银矿，奏交直隶总督查办，奉旨调理藩院尚书，不必在内廷行走。编丙辰年(嘉庆元年，1796年)至是年四月应制诗为《赓扬集》。

七年丁亥(1827年，56岁)　五月，奎照调兵部左侍郎。六月，因失察家人私议增租，为佃户所控，奉旨拔去花翎，降为二品顶戴，补授热河都统，仍留内大臣之职。七月，履任。是月七孙女生，奎照出。九月，孝穆皇后奉安礼成，宝华峪工程巩固，奉旨赏还一品顶戴并花翎，仍交部从优议叙。十二月，萨克达夫人卒。是月，年班回京。是年，刻《恩福堂试帖诗钞》。

八年戊子(1828年，57岁)　元旦，赐书帖。命赴南河查勘要工。二月，奎耀妇高佳氏卒。三月，回京，仍赴热河。七月，授宁夏将军，到京喘疾复作，奉旨具折请假，开缺调理。九月，孝穆皇后陵寝地宫内水浸，革职，并革奎照、奎耀职，同系狱，籍没家资。爰书以宝华峪动工时，后山石中见有水滴，因系废槽，其时仅面陈无碍，引应奏不奏例，比拟大辟。奉旨改为发往黑龙江充当苦差，命二子随行，并革锡祉即补员外郎。选定自癸丑(乾隆五十八年，1793年)至是年古今体诗为《恩福堂诗钞》十二卷。

九年己丑(1829年，58岁)　二月，到齐齐哈尔，寓于木城北门外。四月，以萨克达夫人柩尚在殡，命锡祉等卜日，葬于长营。锡祉聘户部郎中恒文女。十月，寄书冢妇，为之授室。是年，作《卜魁城赋》，更号曰胥叟。

十年庚寅(1830年，59岁)　九月，长曾孙女萱格生，锡祉出，旋殇。

十一年辛卯(1831年，60岁)　三月十四日，赐环。二十七日，携奎照、奎耀起程。五月初八日到京，在圆明园道旁稽首，老病疲癃，二子扶掖以谢。入城，寓毛家湾养疴。二十一日，奎照赏翰林院编修，奎耀赏候补六部笔帖式。次日，锡祉赏六部笔帖式。六月二十日，奎照授国子监司业。七月，命奎照偕散秩大臣、侯裕宽致祭青海札萨克郡王沙克都尔。为奎耀聘额驸、武勋王扬古利之五世女孙为继室。九月，乡试揭晓，锡祉中式第一百六十五名举人。十月，移居什刹海侧李广桥新宅。十二月，奎照差竣回京。是月，次曾孙女同格生，锡祉出，后三岁殇。编戊子（道光八年，1828 年）十月至是年五月古今体诗为《卜魁集》。

十二年壬辰（1832 年，61 岁） 二月，奎照授理藩院右侍郎。四月，吏部照例题准，复还锡章正三品原荫。五月，奎照教习庶吉士，授正蓝旗蒙古副都统。九月，奎照调工部右侍郎，旋调刑部右侍郎，授泰宁镇总兵，兼管内务府大臣。十月，十孙锡绶生，奎照出，旋殇。

十三年癸巳（1833 年，62 岁） 二月，锡章荫生及岁，以文职用，签掣太常寺典簿上学习行走。奎耀补户部笔帖式。四月，锡祉补礼部笔帖式。十二月，三孙女字武备院卿钟灵之子、太学生宜振为室。

十四年甲午（1834 年，63 岁） 二月，十一孙锡苐生，奎照出。奎耀授詹事府右赞善。四月，十二孙锡爵生，奎照出，后三岁殇。十月，奎耀授翰林院侍讲。十二月，奎耀转侍读。

十五年乙未（1835 年，64 岁） 三月，四孙女字庆丰司员外郎庆德之子、太学生锡畴为室。四月，会试揭晓，锡祉中式第八十四名贡士，殿试二甲一百八名。朝考入选，改庶吉士。九月初二日，龙泉峪大功告成，奎照在工弹压，赏戴花翎。是月，乡试揭晓，锡章中式第五十九名举人。八孙女治格生，奎照出。是年，刻《恩荣叠唱集》。九月作《石氏受姓源流纪略》，勒之石。

十六年丙申（1836 年，65 岁） 四月，锡祉散馆，授职编修。五月，奎照调京营右翼总兵。六月，署正黄旗汉军副都统。及门英侍郎瑞以刁公岩园居赠，是夏入山，题所居曰“观颐山墅”。七月，奎照授镶红旗汉军副都统。八月，锡祉授詹事府左赞善，旋充文渊阁校理。九月，三曾孙女洋格生，锡祉出，后三岁殇。二十六日夜，圆明园殿廷不戒于火，奎照率兵扑救，赏加三级，又授总管内务府大臣，管理清漪园等处事务。十一月，锡祉授詹事府右中允。奎照授工部右侍郎，兼管钱法堂事务。五孙女字热河都统嵩溥第三子、候补笔帖式昆联为室。是年，得翁覃溪先生自记家事，为之刊行。

十七年丁酉(1837 年,66 岁)　五月，奎照授都察院左都御史、镶红旗汉军都统，锡祉授国子监司业。六月，九孙女招格生，奎照出。七月，奎照奉旨，著在军机大臣上学习行走，赏还挂甲屯旧园，改名“承晖”，因移居焉。十月，六孙女字前两湖总督嵩孚第四子、候补笔帖式昆载为室。十二月，奎耀授詹事府右庶子。是年，刻《恩福堂笔记》二卷、《制义》一卷。

十八年戊戌(1838 年,67 岁)　四月，奎照管理咸安宫官学、乐部，充武英殿总裁。七月，充崇文门副监督。八月，授礼部尚书，管理太常寺、鸿胪寺事务。锡章回避，签掣光禄寺行走。十一月，奎照充崇文门正监督。是年，刻《何义门先生小集》。

十九年己亥(1839 年,68 岁)　正月二十日，奎照奉旨，著毋庸在军机大臣上行走，缴还园居，予移居于家。二月，大考翰、詹，奎耀改官员外郎，掣签刑部。五月，锡淳考中翻译笔帖式，在内务府月官处行走。

右，先公自为《年谱》，终于己亥之冬。盖自是年夏，时抱小恙，已倦笔札也。庚子(道光二十年，1840 年)春，渐得加餐。客至，清谈无间。四月，开七秩，作诗遣兴，及门诸公复以诗文相投赠，先公意颇乐之。适逢孝全皇后之丧，奎照奉命总理丧仪。奎耀以外弟德诚任刑部侍郎，回避，改官兵部。事会蹉跎，未得奉觞称庆。而入五月来，饮食大减，每日处分家事，骨瘦神臞，不能久坐。至六月初八日，已不食数日矣。忽撰联句，书赠徐星伯仪部，观波磔之妙，不异平时，方谓神明未衰，真元可复，孰知竟以是为绝笔耶？初十日巳、午间，啜茗饮少许，命家人扶掖以兴坐，既定，奄然而逝。呜呼恸哉！事闻，天子轸念旧劳，恩加三品卿，生荣死哀，庶几不朽。惟是先公受三朝眷遇，国家之事知无不为，而戒满持盈，不言温室，即燕闲之际，亦从不露端倪，故密勿论思，奎照等无由知而载之，只以国史例当立传，不敢无所叙述，因检此编以拟行状。至先公翰墨，久已流播艺林，古今体诗自《卜魁集》后，近年山居之作名曰《植杖集》，亦大半脍炙人口，更无俟奎照等一一称道。先公平生服膺苏文忠公，则是谱之传，岂仅与施元之、王宗稷辈相颉颃已哉！奎照、奎耀稽首、顿首恭记。

门下士徐松填讳。

国史馆本传[①]

英和，姓索绰络氏，内务府满洲正白旗人，礼部尚书德保子，德保自有传。

英和乾隆五十八年进士，改翰林院庶吉士。六十年散馆，授编修。

嘉庆元年升侍讲，二年转侍读。三年二月大考二等，升侍读学士。十月充顺天武乡试正考官，十二月升詹事府少詹事。

四年正月奏言："民惟邦本，则庶政尤以民事为先。州、县为亲民之官，知府有表率之责，诚使府、州、县人人称职，天下自无不治。然群吏各修其职，在大吏先得其人。皇上于大臣之贿赂公行者，法有必加。由是慎选乃僚，廑恤民隐，薄赋税、绝贡献，损上益下，藏富于民。更以次厘剔各省钱漕积弊，圣治蒸蒸日上矣。"二月，充文渊阁直阁事，稽查左翼觉罗学。三月，充会试同考官。五月升詹事，寻授内阁学士，兼礼部侍郎衔。九月，补镶蓝旗汉军副都统。十月，充武英殿读卷官。

五年七月，升礼部右侍郎。八月，充顺天乡试副考官，转左侍郎。十一月，署正蓝旗汉军副都统。

六年正月，授总管内务府大臣，调正红旗满洲副都统，充经筵讲官。二月，署工部左侍郎。三月，署翰林院掌院学士。四月，仪亲王参奏："英和授副都统后，未到正红旗衙门，有旷职守。"得旨："革副都

---

① 国史馆英和本传见李桓《国朝耆献类征初编》卷三十九《宰辅三十九》，光绪十七年增刻本。

统。”五月，充教习庶吉士。六月，署理藩院左侍郎，寻充江南乡试正考官。九月，署吏部左侍郎，旋调户部左侍郎。十月，充武殿试读卷官。十一月，以圜丘大祀引礼合宜，赏戴花翎。十二月，授正白旗汉军副都统。

七年正月，命在南书房行走。二月，署护军统领。七月，调正蓝旗满洲副都统。八月，扈跸木兰，获鹿以献，赏穿黄马褂。十一月，授翰林院掌院学士，寻署镶蓝旗汉军副都统。

八年六月，充续纂四库全书总裁官。七月，署理藩院左侍郎。

九年正月，上临幸翰林院，赐一品补服，赏加太子少保衔，御书“清华励品”额赐之。六月，署吏部左侍郎，命在军机大臣上学习行走。七月，调镶黄旗满洲副都统，赏穿绿皮押缝靴。十月，赐紫禁城内骑马。时有旨检查巡幸五台山典礼。英和奏言：“古圣垂巡狩之典，列圣奉行维谨，且以为民祈福，初非徒事游盘。然事有重轻，时有先后，窃以三省甫定，民气未苏，警跸所临，虽事事轻减，而长途供亿不能不借资民力。敢恳缓降谕旨，俟数岁后年谷顺成，民乐其业，则属车莅止，遐迩胪欢，锡福敷祺，苍生幸甚。”疏入，上嘉纳之。十二月，西陵赞礼郎清安泰呈控内务府大臣盛住于禁地开采山石等款，命偕户部左侍郎戴均元驰赴查办，廉得其实。盛住褫职，遣戍乌鲁木齐。

十年三月，充会试副考官。六月，呈递密封，恳请召见，面参协办大学士刘权之瞻徇中书袁煦。谕曰：“军机章京等趋直当差，届应行保奏之时，自当核明行走年月，及当差勤慎与否，秉公保奏。今刘权之以袁煦为伊师纪昀之婿，欲并列入，错谬固不在言。彼时英和即应向庆桂、董诰、戴衢亨三人会同参奏，乃乘刘权之、戴衢亨进城之际，辄行奏请面见，虽称请与庆桂、董诰一同召见，其实庆桂、董诰并未知有此密奏，则与自请独对何异？伊奏此事见已停止，恳求不必询问刘权之，寻事退出军机。此言实属狂妄胆大！著革去太子少保，拔去花翎，退出南书房，不必在军机处行走，听候议处。”越日，廷臣议以降三级调用。得旨:“英和所参究属因公,著加恩降补太仆寺卿,从前所赏一品补服、黄马褂、紫禁城骑马、绿牙缝靴,俱著革去。”

九月,授内阁学士兼礼部侍郎衔。十二月,充经筵讲官,署理藩院左侍郎,十一年正月实授。寻署吏部右侍郎,旋调工部左侍郎,兼正红旗汉军副都统,旋调镶红旗满洲副都统。二月,充《实录》馆副总裁。

时甘肃已革正宁县知县徐振鹏受贿故出人罪,经陕甘总督倭什布拟以遣戍,振鹏遣弟振鹤来京翻控,上命英和偕内阁学士初彭龄往治其狱,坐振鹏诬,谕罪如律。

先是,倭什布奏山西大同等府向食蒙古盐斤,嗣因商人马君选获罪,经理乏人,恐误晋省民食,已移咨阿拉善王玛哈巴拉迅速派人经理。谕曰:“向来晋省池盐由商行运,蒙古盐斤入口,本有例禁。嗣经奏明,分定地界行销。迨将河东盐课改归地丁,听民间自行贩运,遂无一定口岸,蒙古盐斤因此侵越内地。此时因查拿马君选之后,一年以来并未捞盐发运,是奸商一经拿办,阿拉善遂无经理之人,正是极好机会,与其令阿拉善侵占,何如令淮北越境畅销?必当趁此时熟筹妥办。见派英和、初彭龄赴甘省查办事件,路经晋省,令与同兴会商,妥议奏明,候旨施行。

五月,奏体察情形:非禁水运不能限制口盐,非设官商不能杜绝私贩。请照旧例,阿拉善盐斤只准由陆路行销,其河东盐法仍改商运。又奏蒙古吉兰泰盐池产盐丰旺,蒙古人等性拙耽逸,不能挖运。自马君选获罪,严禁内地民人出口,盐池渐成废弃,请一并招商运办。得旨:“为今之计莫若将蒙古池盐、河东池盐一并招商,酌剂行销。此事关系重大,头绪亦复纷繁,英和、初彭龄著会同倭什布、方维甸、同兴将山、陕、甘三省盐务通盘筹划,妥议具奏。”旋奏:玛哈巴拉呈恳将吉兰泰盐池请归国赋。允之。

七月,奏言:“河东盐务,扼要首在招商,而商人所以易致赔累者,实因从前以贱价定为长额之故。嗣后请照乾隆十年以前成例,准三省运商按每年盐收丰歉、成本轻重，听其自定卖价，不复限以定制，并准旧商再保新商，分任承办。其口岸畅滞不一者，于五家互保伙办中均匀搭配，俾得互相调剂。至吉兰泰捞盐，坐商必须熟习地利，方知办理情形，应在甘肃就近募充。运商只需家道殷实、不亏引课，则山西尚可招募。三省所属地方，除甘肃向无行销吉兰泰盐斤之处，山西之口外五厅，大同、朔平二府，阳曲等四十三州县；陕西之府谷等八州县，应即定为吉兰泰行盐引地。河东盐政仍令山西巡抚兼管。吉兰泰为捞盐之地，磴口为发盐之所，河口镇系盐船停泊要区。应添设磴口运判一，吉兰泰及磴口盐大使各一，河口镇批验大使一，并各设武职一员，由内地提镇标派拨移驻，以资弹压。”疏入，下大学士、九卿议行。

是月，授左翼总兵官。九月，授总管内务府大臣，兼管理咸安宫官学。十月，直隶南皮县民妇穆曹氏控捕役陈玉受贿，诬其子穆六为窃，拷打致死。又天津县民人田会控张发杀死胞嫂赵氏，诬赖伊弟田科杀死等情。命英和往按之。究出田科与张赵氏之夫张起比邻居住，乘张起外出，起意图奸。遣张守亮先往通信，赵氏不允。入夜，科往，赵氏持剪相拒，反为所夺，乱扎殆毙。张守亮从而加功，田会架词妄控，均置之法。寻讯明陈玉殴毙穆六属实，惟受贿为诬，按坐如例。十一月，命充会典馆总裁官，并赏还花翎。

十二年二月，署教习庶吉士。三月，两江总督铁保奏请河工物料加价，命偕工部右侍郎蒋予蒲赴南河查访。四月，奏查明南河需用秸料等项价值增昂，实由大工屡兴、收成歉薄所致，不能悉照旧价，应酌拟增添。将来年丰工减，物价日平，仍责成督抚随时据实奏减，以示限制而杜浮冒。从之。七月，回京，命在南书房行走。时热河副都统福长安劾前任副都统庆杰收受属员财物等款，夺庆杰职，命偕户部左侍郎托津往鞫。谳定，庆杰依官吏求索所属财物律，戍乌鲁木齐。旋扈跸热河，奉命射鹄，中二矢，赏还黄马褂。十一月，署翰林院掌院学士。十二月，充文颖馆副总裁官。

十三年正月，署理藩院右侍郎。三月，复署翰林院掌院学士。五月，因节届端阳，各部院堂官呈递膳牌，并无一处奏事，降旨严饬，以内务府实无应奏之件，加恩免议。越日，广兴奏内务府有请派修理庆隆舞器物一折，文宁坚以无事可奏，饰词欺罔。上以英和未据实陈奏，又未参奏文宁，下部议处。寻议降调，上加恩改为降四级留任。旋充教习庶吉士，又充武英殿总裁官、文渊阁提举阁事。闰五月，署户部左侍郎。得旨：暂在军机大臣上行走。六月，调户部右侍郎，管理钱法堂事务、奉宸苑事务。七月，署刑部右侍郎。十一月，内务府大臣广兴扣减宫中例用绸缎，上以英和不行阻止，褫花翎、降三品顶带。十二月，赏还二品顶带，寻赏还花翎。

十四年二月，署护军统领。三月，充会试副总裁官。十二月，因前失察工部书吏王书常私雕假印、冒领库银，褫花翎，降三品顶带。

十五年二月，转户部左侍郎。四月，以上年承办万寿庆典，经理妥协，赏还二品顶带。六月，以盛京、吉林、宁古塔所进参枝违禁掺杂秧参，命偕候补四品京堂初彭龄赴盛京查办。寻讯明局员协领扎布扎那等得赃弊混，及纵容奸商私种秧参，按律惩办。十一月，以直隶涿州、房山县放赈迟延，命偕刑部尚书勒保、鸿胪寺少卿卢荫溥往按之。得实，涿州知州赵宜霖、房山县知县沈一仁皆遣戍。

十六年三月，上巡幸五台，英和随扈。拿获包揽差务人犯，赏还花翎。十月，丁母忧。

十七年五月，武英殿进呈高宗纯皇帝《圣训》，讹写庙号，承校各员降革、遣戍有差，上以英和不加敬慎，厥咎甚重，实降三级调用，仍留南书房行走。命署右翼总兵官。六月，以拿获偷窃清漪园陈设贼犯，审明治罪，赏还总兵顶带，旋授正红旗汉军副都统。七月，授总管内务府大臣。十一月，调镶蓝旗满洲副都统，寻授内阁学士兼礼部侍郎衔，充经筵讲官，寻实授右翼总兵官。

十八年正月，署户部左侍郎。三月，补礼部右侍郎。八月，扈跸热河。九月，直隶长垣教匪不靖，贼渠林清逆党乘间擅入禁城，意图肆扰。命英和署步军统领，回京查办，寻获林逆于黄村西之宋家庄。上以英和督拿要犯，克日就擒，厥功甚巨，下部优叙，旋授步军统领、正蓝旗汉军都统，赐军功加三级。上还宫，授工部尚书，署正黄旗汉军都统。十二月，赐紫禁城骑马，旋以教匪肃清，大功告蒇，赏加太子少保衔。

十九年正月，吏部右侍郎吴璥请开捐例，廷议不一，上命英和偕大学士曹振镛等妥议具奏。英和独疏言开捐之弊，兼陈裕国之策，略曰："治国不可言利，而圣人不讳理财，理财之道不外开源节流。大捐为权宜之计，本朝屡经举行，但观历次所收银数，即知此次未必大效。至于加增常例，诚如圣谕，事多格碍难行，且于经费未见有益。窃以开捐不如节用，开捐则暂时取给，节用则岁有所余。皇上洞悉直隶办差不无借资民力，特降谕旨，今岁暂停谒陵，中外臣民同深感戴。嗣后谒陵之典，或三年或五年始一举行，则民力益舒。至木兰秋狝，肄武习劳、联络外藩，为本朝家法。然蒙古情形迥非昔比，嗣后秋狝亦请间岁一行，则蒙古生计所全实大。各处工程奉旨停止，每岁可省数十万、百余万不等。但天下无名之费不一而足，苟于国体无伤，即不得任其靡费。即如裁撤武官名粮，添给养廉一事，乾隆四十六年奏准。其时建议者原系核实办理，但裁撤名粮之后未必能禁天下武官不役兵丁，而骤添养廉百余万。应请敕下部臣，详查一切正项经费外历年添出各款，可裁则裁，可减则减，积久行之，国计日裕矣。节流之道，既应讲求，开源之计，不得以事涉言利概行驳斥。查新疆地方岁支兵饷百数十万，内地颇受其累。其地向有金矿、银矿，久经封闭，开之而矿苗旺盛，足敷该处兵饷，则内地经费日渐宽舒。其他各省矿厂亦应详查办理。又户部入官地亩，请严催直隶总督作速升科，于国用亦有裨益。以上二事一则天地自然之利，一则朝廷自有之利，并非取之于民，虽为数不能预定，或亦开源之一端。"

越日，谕曰："英和单衔具奏，极言捐例之弊，而所陈裕国之策，一请复名粮之旧，一请多开矿厂。名粮一节前已饬查核办，开矿则流弊滋多，亦未可行。本日曹振镛等仍以暂开捐例为请，见在军需、河工各项动用均出常年经费之外，姑照所请，暂开豫工事例。此朕万不得已之举，非以捐例为必可行也。诸臣食君之禄，皆当忠君之事，除此次曾经交议者，毋庸再行渎奏，其余各大臣果有真知灼见，能为裕国之策者，奏上时朕采取施行，即将捐例停止。若止言捐例之弊，别无良谋，其言皆朕所稔知，毋庸虚陈奏牍也。"

二月，调吏部尚书，正蓝旗满洲都统。三月，充文渊阁提举阁事。七月，充崇文门正监督。十月，命暂在军机大臣上行走，署户部尚书。

二十年七月，派查户部三库。二十一年正月，京察届期，谕曰："三载考绩，为激扬大典，朕厘工熙绩，统计三年功过，以示甄别。英和兼任步军统领，年来所获仅属余犯，不能再邀甄叙。"闰六月，署工部尚书，旋署户部尚书。

二十二年三月，署翰林院掌院学士，并教习庶吉士。七月，署镶红旗满洲都统。

二十三年二月，署镶白旗满洲都统。五月，以纂辑《明鉴》体例不合，罢原纂各官，另派总裁，英和与焉。七月，署翰林院掌院学士，正白旗满洲都统。

二十四年正月，京察届期，得旨："英和办事认真，下部议叙。"三月，署正黄旗汉军都统。先是，盛京将军赛冲阿、黑龙江将军松宁请于各城添设马匹。时吉林将军富俊请裁撤大凌河马群，分拨各处。上命英和会同军机大臣、兵部妥议。寻奏："东三省添设官马，惟有添至数万匹，庶可布置周妥，而经费有常，断难轻议，不若仍循旧章，以安本俗。"如所议行。五月，调镶黄旗满洲都统。八月，充崇文门正监督，署镶红旗满洲都统。时永定河漫水下注，恐淹及南苑，英和未奉谕旨，即派员驰往察看防守，先将水势情形奏入。上是之。

二十五年四月，英和五十生辰，御书福、寿字、匾额，及诸珍物，并御制诗章赐之。诗曰："积善多余庆，家声定圃留。材能肯堂构，治足绍箕裘。为政诚无忝，殚心实有猷。香山寿星见，大衍始添筹。"时兵部遗失行印，英和坐承审懈玩，褫花翎。旋以研鞫得实，得旨赐还。七月，署镶白旗满洲都统。

仁宗睿皇帝升遐，命恭理丧仪，旋充《实录》馆副总裁。八月，命在军机大臣上行走，授阅兵大臣。十月，调户部尚书。时左都御史松筠奏请设立八旗义学，英和以摊扣钱粮未得政体议驳。又议准御史李振庸奏，内阁正途出身行走人员，请一体给与正俸。均从之。十二月，谕曰："朕自热河回京时召见英和，询以政治。据奏：各省、府、州、县养廉不敷，办公莫不取给陋规，请逐一查明，分别存革，示以限制。其言似为近理，因令各督抚体察详议。谕旨甫下，即据汤金钊、陈官俊、汪廷珍先后陈奏，以为事不可行；嗣方受畴、蒋攸铦更力陈其不可。又据孙玉庭奏，清查陋规，舆情不协，国体有关，所言尤为剀切详明。朕非饰非文过之主，今既洞悉其弊，则迁善改过，尤恐不及。著即宣示各督抚，停止查办。英和此奏虽误，究系为公起见，若遽下吏议，恐廷臣以言为戒。惟仍留枢密之地，恐不足以服众心，英和著毋庸在军机大臣上行走。"旧制，各省满营兵丁按月支领孤孀养赡，其有事故者，长支银两仍行追缴。至是，英和奏言，该孤孀既经病故，所有长支之项恳恩豁免。上从其请，并谕永以为例。

道光元年三月，署正白旗满洲都统。九月，命承办万年吉地工程，署吏部尚书。十一月，喀什噶尔参赞大臣武隆阿、帮办大臣秀堃奏请各省绿营兵马分半作为旗缺，并准携眷分赴各府、州、县就近应差，其充补绿营之缺，以八成调取在京旗人往补，以二成补本营驻防闲散。英和等以事涉纷扰，请毋庸议。上甚是之。武隆阿、秀堃俱下部严加议处。

二年正月，京察届期，谕曰："英和管理部务、内务府事务均臻妥善，且于步军统领衙门尤能不必嫌怨，管辖严明，著加恩交部议叙。"三月，充会试正总裁官。六月，署吏部尚书，管理户部三库事务。寻命以户部尚书协办大学士，授翰林院掌院学士。

三年五月，充教习庶吉士。时直隶州县被水，上命顺天府五城添设粥厂。至是，英和闻通州所属马驹一带来者甚多，请于适中处所再添一厂，俾灾黎就食为便。从之。九月，署吏部尚书。

四年四月，仁宗睿皇帝《圣训》《实录》告成，赏加太子太保衔，其孙锡祉俟十八岁时交吏部带领引见，遇缺即补。七月，充经筵讲官。

五年正月，京察届期，上以英和管理旗务俱能尽职，下部议叙。四月，奏筹议八旗疏通劝惩之法。一，闲散告假与官员、兵丁定例有别，不应一概严禁。一，犯窃刺字旗人宜销除旗档。一，汉军有考职、捐职之例，满洲、蒙古宜画一办理。一，双城堡屯田经始维艰，宜推广以竟成功。疏入，报闻。旋奏移双城堡屯田，原议章程只身不准算户，未免向隅，宜酌量变通以广皇仁。允之。

先是，洪泽湖决口，运道艰阻，英和奏请暂雇海船以分滞运，酌折额漕以资治河。略言："近日渡黄之船，仅一千七百余只，黄水又复停淤，后帮已多阻滞，则全漕不能抵通，势所必致，宜预筹统计，策出万全。谨陈管见所及，似有裨于河漕者。一，已渡黄河之船宜严饬催挽，设法卸运，速令回空。一，高、宝一带浅阻之船，所载米石宜令迅速起剥，尽数运通。一，江广等帮及江口一带未经浅搁之船，宜雇用海船运津。一，明年暂停河运，将本年新征漕粮酌分海运，余悉征收折色，以资治河。一，酌雇海船装运，督办高、宝剥运，催攒东境挽运，宜钦派大臣督理。如此筹办，滞漕既可北来，河道乃克专治。减运费以为海运之脚价，折粮价以为疏浚之工需，似系今日不可缓之计。"

越日，复奏前议："暂雇商船海运者，诚以河、漕不能兼顾，惟有暂停河运以治河，雇募海船以利运，而任事诸臣初议未敢及此者，一则虑商船到津难以交卸。窃以雇船海运应令督抚专委干员，先期剀切晓谕，官粮一石运价若干，净照漕斛兑交。抵津时按官给执照米数兑收，经纪人等不得过问。其脚价银两由委员具结承领，亲交该商按数实收，庶需索之弊可除，而商情踊跃。一则虑海运既行，恐漕运员弁、旗丁、水手难以安插。不知商运既行，漕运衙门费用自节，而养廉仍照常支给。况河湖通治，大工需人，酌拣数员拨归河标，亦收得人之助。其津贴，旗丁应照减歇之例办理。安插舵工、水手，应援江浙成案，给与盘费归籍。至折漕一节，应酌照市价由该督抚奏定，出示晓谕，不许科索。其折征期限，应请自本年十月起，至次年四月止，扫数全完，则限期既宽，民力自裕，工需亦可无误。"疏入，上命有漕省分各督抚悉心妥议。寻覆奏，折漕于民未便，海运可以暂行。诏如所议。

六年二月，署正白旗蒙古都统。七月，署都察院左都御史。八月，海运沙船全数抵津。谕曰："本年试行海运，系英和首先陈奏，详查定议。及沙船受兑开行，风帆顺利，见已全数抵津，迅速竣事。英和著加恩赏用紫缰，仍交部议叙，以为实心办事者劝。"

是时，逆回张格尔入卡滋事，英和奏言："回疆处天山之西南，自乾隆二十四年归入版图，与腹地编氓无异。迨日久承平，相习而玩，又派往之办事、领队，及侍卫、章京等，或意存见小，嗜欲纷营，役使回人，自恣威福，往往激成事端。见在边衅不清，皆不肖官员有以启之。目前之势，自非大加惩创，不足以壮国威而申天讨。伏查新疆南北相通路，除自乌鲁木齐至吐鲁番系安设军台大路外，其余山僻小径仅通马行者：一自伊犁正南逾木素尔岭，可至阿克苏；一自伊犁东南渡空吉斯河，逾纳喇特岭，可至喀喇沙尔；一自伊犁西南渡纳林河，逾善塔斯岭，可至喀什噶尔。近日伊犁调派之兵，自由正南前进，其东南、西南两路将来攻围吃紧之时，亦应从此堵御，以绝贼人逃窜。其地水草是否足资驻牧，似宜预为准备。又大兵进剿，当于伊犁回子伯克中择其可任者，派往各城，谕以歼厥渠魁，胁从罔治之意，俾其安堵无恐，则贼势益孤，自可一鼓就歼。所需饷银除遵旨于甘肃藩库筹拨外，拟于就近省分再拨若干，运交备用。内地督运粮饷，应归署陕甘总督鄂山办理。伊犁为新疆根本，大学士长龄久历戎行，足资镇驭。武隆阿督师回疆，尤当与伊犁将军声势联络，更可迅速奏功。"

十二月，奏大兴县民人陆有章等呈请开采银矿，上命直隶总督那彦成等详勘。越日，谕曰："各省银矿向系封禁，况畿辅重地，且近易州一带，讵可轻议开挖？著停止委员履勘。英和率行具奏，冒昧之至，著调补理藩院尚书，退出南书房、总管内务府大臣，仍交部严加议处。”寻议降二级调用，上加恩改为降三级留任。

七年六月，通州民人王文弼呈递封章，控告英和家人张天成增租扰累。上命大学士托津等治其狱，谳定，命革紫缰，开协办大学士之缺，仍下部严议。旋议夺职。上念其平日办事认真，革理藩院尚书、镶黄旗满洲都统，并太子太保衔，褫花翎，加恩赏二品顶带，补授热河都统。九月，孝穆皇后奉安礼成，赏还一品顶带并花翎，仍下部优叙。

八年正月，南河总督张井奏湖河应办要工各条，命英和驰往查勘。寻奏：添作扫坝一项不能疏通积淤，徒糜经费，毋庸置议。海口接筑长堤，应俟一二年后察看办理。其高堰、山盱两厅加砌湖堤，及扬河厅西岸增培纤堤等工，分别缓急，陆续修整。疏入，从之。是时回疆底定，恩逮近臣，赏还太子太保衔。七月，授宁夏将军，因病陈请开缺。许之。

九月，宝华峪地宫浸水，上以英和始终其事，其罪尤重，先革去顶带，褫花翎，旋夺职，并夺其子兵部侍郎奎照、通政使奎耀职。越日，谕曰：“奕绍等奏，讯百寿供称，当开通土工时，北面圹帮间有石母在内滴水，用土拦当，恐日久圹内霉湿，原议两旁安置龙须沟出水，因英和告以不用安置，是以停止。并据牛坤供称，伊只管开发银两，不管工程，亦无克扣情事等语。前于宝华峪开工时，曾经询问英和，所阅土性有无泉石显露？龙须沟应否安置？据奏地甚干洁，可以停办。至牛坤在工，曾据英和保奏，有伊在彼，英和即不必常往督工。此时牛坤则称不管工程。是此二事显敢在朕前欺饰，是诚何心？英和著即拿交刑部严讯。”寻命查抄家产。十月，谳定，得旨：“英和承办宝华峪吉地要工，自应慎重详审，乃催促工程，勒限完竣，以致工多草率，遂有浸湿。奕绍等审讯明确，比例拟斩监候，本属罪所应得。姑念英和曾任尚书、协办大学士，此案讯无赃私，且吉地工程系朕一人之事，不肯因办理不善诛戮大臣。英和著发往黑龙江充当苦差,以示法外之仁。伊子奎照、奎耀著即随侍前往,伊孙候补员外郎锡祉著即革职。”

十一年三月,加恩释回。五月,得旨:赏奎照翰林院编修,奎耀以六部笔帖式补用。越日,赏锡祉六部笔帖式。

二十年,卒,赏三品卿衔。

子奎照,甲戌进士,前任礼部尚书;奎耀,辛未进士,前任通政使司通政使,改官兵部员外郎,降捐南河同知;孙锡祉,乙未进士,前官翰林院侍讲学士,见改官礼部郎中。

姚莹《煦斋英公》[1]

协办大学士英和，定圃尚书文庄公子。少有异才，和珅欲婿之，不可，颇衔之。乾隆癸丑，公登进士，殿试恐为所中，乃变异书体，得免。仁庙亲政，和珅伏诛，以公不附其党，嘉焉，荐至大用。

上即位，首言开捐之弊，上深纳之，有永停捐例之旨，海内翕然，吏治一变。道光五年，高堰河决，漕运不前，公力请海运，江督琦公、苏抚陶公助之，时议惧险，仅分运苏松诸帮，已而海上舟安抵通仓，识者皆伟公策，欲久远行之，不果。盖漕运、仓场二总督以下食河运之利者，不便海运，多方尼之也。公感恩遇，知无不言，为户部尚书，深以国用为忧。张格尔事起，西域用兵，计费千万。有请于易州开矿者，公未察，奏之，幸上英明，不许。太仆少卿梁中靖奏酌增常捐事例以裕军需，西事方亟，廷议皆以为宜行，公亦不得持前说。然公判度支，边饷莫筹，亦共谅公之非得已也。

公尝数主试，尤风雅爱才。六十寿日，诸门生故旧颂祝之词甚众，公独取桐城诸生刘开诗以张堂中，观者叹刘诗之工，而益服公之好士也。

万年吉地初营宝华峪，上命庄亲王及大学士戴公相度地形，而公督工程。公荐户部某郎中为监督。先是，公为内务府大臣，久习知吉地工巨，财力匮耗，颇以尚俭为言，与上意合。尝燕暇从容举汉文帝薄葬事，上称善。至是，遂议于旧制小有裁省。道光五年，余在都中

---

① 姚莹所作英和小传见李桓《国朝耆献类征初编》卷三十九《宰辅三十九》，光绪十七年增刻本。

闻某为监督，节省工费三十万。曰："嘻！其败矣！昔嘉庆中吉地年久费巨，工犹未善，盛公以此得罪，某何能省费若是？其工可知矣！英公必为所累。"友人刘元恩在工，当议叙。余戒之曰："君其辞之。"刘曰："诺。"七年工竣，戴公、英公皆晋宫衔，某擢内阁侍读学士。某故粗鄙，希旨节省，工不坚而众恶之。八年，上闻地宫有水，使人视之验。车驾临视，则孝穆皇后梓宫下见水迹。上大悲恸，逮问诸人。公及二子革职，戍黑龙江。庄亲王以先薨免。戴公初逮，祸且不测，皇太后言不可以吉地事诛大臣，乃释归。某亦遣戍。

方英公之被逮也，尽封家财，登诸籍。戒家人曰："上必籍没，悉以献，敢匿一物者，吾以闻。"遂皆入官无隐。然公家数世贵显，悉所有不及数万，天下悲公之忠悫而误于非人也。

《清史稿》卷三百六十三《列传一百五十》

曹振镛　文孚　英和　王鼎　穆彰阿　潘世恩

英和，字煦斋，索绰络氏，满洲正白旗人，尚书德保子。少有俊才，和珅欲妻以女，德保不可。乾隆五十八年，成进士，选庶吉士，授编修，累迁侍读。嘉庆三年，大考二等，擢侍读学士。洎仁宗亲政。知其拒婚事，嘉焉，遂向用，累迁内阁学士。五年，授礼部侍郎，兼副都统。六年，充内务府大臣，调户部。以不到旗署为仪亲王所纠，罢副都统。七年，直南书房。扈跸木兰，射鹿以献，赐黄马褂。授翰林院掌院学士。九年，帝幸翰林院，赐一品服，加太子少保，命在军机大臣上学习行走。时诏稽巡幸五台典礼，英和疏言教匪甫平，民未苏息，请俟数年后再议，上嘉纳之。寻自请独对，论大学士刘权之徇情欲保荐军机章京袁煦，上不悦，两斥之。遂罢直书房、军机，降太仆寺卿。历内阁学士、理藩院、工部侍郎。

数奉使出按事，河东盐课归入地丁，而蒙古盐侵越内地，命偕内阁学士初彭龄往会巡抚察议。疏言："非禁水运不能限制蒙盐，非设官商不能杜绝私贩。请阿拉善盐只由陆路行销，河东盐仍改商运，吉兰泰盐池所产亦招商运办。"事详《盐法志》。兼左翼总兵，复为内务府大臣。十二年，偕侍郎蒋予蒲查南河料物加价，议准增添，仍示限制，从之。复直南书房。十三年，命暂在军机大臣上行走，调户部、武英殿。进高宗《圣训》庙号有误，坐降调内阁学士。寻迁礼部侍郎。十八年，随扈热河，会林清逆党为变，命先回京署步军统领。擒林清于黄村西宋家庄，实授步军统领、工部尚书。滑县平，复太子少保。

十九年，将开捐例，廷议不一。偕大学士曹振镛等覆议，独上疏曰:“理财之道,不外开源节流。大捐为权宜之计,本朝屡经举行。但观前事,即知此次未必大效。窃以开捐不如节用,开捐暂时取给,节用岁有所余。请嗣后谒陵,或三年五年一举行,民力可纾。木兰秋狝,为我朝家法,然蒙古迥非昔比,亦请间岁一行,于外藩生计所全实大。各处工程奉旨停止,每岁可省数十万至百余万不等。天下无名之费甚多,苟于国体无伤,不得任其糜费。即如裁撤武职名粮,未必能禁武官不役兵丁,而骤增养廉百余万。应请敕下部臣详查正项经费外,历年增出各款,可裁则裁,可减则减,积久行之,国计日裕。至开源之计,不得以事涉言利,概行斥驳。新疆岁支兵饷百数十万,为内地之累,其地金银矿久经封闭,开之而矿苗旺盛,足敷兵饷;各省矿厂,亦应详查兴办。又户部入官地亩,请严催升科,于国用亦有裨益。”疏入,诏以名粮已饬核办,开矿流弊滋多,仍依众议,豫工事例遂开。是岁调吏部,复命暂在军机大臣上行走。

二十五年,宣宗即位,命为军机大臣,调户部。宣宗方锐意求治,英和竭诚献替。面陈各省府、州、县养廉不敷办公,莫不取给陋规,请查明分别存革,示以限制。上采其言,下疆吏详议,而中外臣工多言其不可,诏停其议,遂罢直军机,专任部务。道光二年,以户部尚书协办大学士,兼翰林院掌院学士。四年,仁宗《实录》成,加太子太保。五年,洪泽湖决,阻运道,河、漕交敝,诏筹海运,疆臣率拘牵成例,以为不可。英和奏陈海运、折漕二事为救时之计,越日复上疏,略谓:“河、漕不能兼顾,惟有暂停河运以治河,雇募海船以利运,而任事诸臣未敢议行者,一则虑商船到津,难以交卸;一则虑海运既行,漕运员弁、旗丁、水手难以安插。”因陈防弊处置之策甚悉。诏下各省妥议,仍多诿为未便,惟江苏巡抚陶澍力行之,拨苏、松、常、镇、太五属漕米,以河船分次海运,六年八月,悉数抵天津。上大悦,诏嘉英和创议,予议叙,特赐紫缰以旌异之。

张格尔犯回疆,英和疏陈进兵方略,筹备军需,并举长龄、武隆阿可任事,多被采用。七年,奏商人请于易州开采银矿,诏斥其冒昧,调理藩院，罢南书房、内务府大臣。未几，坐家人增租扰累，出为热河都统。八年，命勘南河工程。回疆平，复太子少保。授宁夏将军，以病请解职，允之。

初，营万年吉地于宝华峪，命英和监修，尝从容言汉文帝薄葬事，上称善，议于旧制有所裁省，工竣，孝穆皇后奉安，优予奖叙。至是地宫浸水，谴责在事诸臣。诏以英和始终其事，责尤重，夺职，籍其家。逮讯，得开工时见有石母滴水，仅以土拦，议设龙须沟出水，英和未允状，谳拟大辟，会太后为上言不欲以家事诛大臣，乃解发黑龙江充当苦差，子孙并褫职。十一年，释回，复予子孙官。二十年，卒，赠三品卿衔。

英和通达政体，遇事有为，而数以罪黜。屡掌文衡，爱才好士。自其父及两子一孙，皆以词林起家，为八旗士族之冠。子奎照，嘉庆十九年进士，历官至礼部尚书、军机大臣，缘事夺职，复起为左都御史；奎耀，嘉庆十六年进士，官至通政使，后为南河同知。奎照子锡祉，道光十五年进士，历翰林院侍讲学士，后官长芦盐运使。

……

论曰：守成之世，治尚综核，而振敝举衰，非拘守绳墨者所克任也。况运会平陂相乘，非常之变，往往当承平既久，萌蘖蠢兆于其间，驭之无术，措置张皇，而庸佞之辈，转以弥缝迎合售其欺，其召乱可幸免哉？宣宗初政，一倚曹振镛，兢兢文法；及穆彰阿柄用，和战游移，遂成外患。一代安危，斯其关键已。英和才不竟用，王鼎忠贞致身，文孚、潘世恩皆恪恭保位者耳。

《壬戌扈从随笔》所录诗作各版本比勘表

题目	《壬戌扈从随笔》	《恩福堂诗钞》稿本十二卷，卷五	《恩福堂诗钞》钞本十二卷，卷五	《恩福堂诗钞》刻本十卷《外集》一卷，卷五	《赓扬集》
起程	凉月趁霜蹄，秋山略彴西。人因出塞健，云为作霖低。见猎心原喜，随銮句又题。壮怀时起舞，何事待闻鸡。	题目改：《扈跸热河起程》。余与《随笔》同	与稿本同	“天为作霖低改”改作“天为酿云低”。余与稿本同	未收
赠谭铁箫通判	南丰才调旧知名，识面颐园盖便倾。颐园，菊溪先生园也。壬子初，识君于此，遂订交。今十年矣。聚首重将双眼豁，阖家全仗只身撑。君于戊午衔恤南归，今夏始入都，五年之间备尝困苦。官宁小就缘无奈，君屡试不售，其妇伯陈乐真舍人 相约戚友代为纳赀，高谊难辞，遂授通判。心为深谈转不平。六七年前贵公子，今成落拓一书生。君前有《英雄儿女图》，近有《吹铁箫乞食图》	题目改《赠谭子受通守》。注释删去。“官宁小就”改“官何小就”。余与《随笔》同。	题目与《随笔》同。余与稿本同。	“今成落拓一书生”改作“到今落拓一书生”。余与稿本同。	未收

续表

题目	《壬戌扈从随笔》	《恩福堂诗钞》稿本十二卷，卷五	《恩福堂诗钞》钞本十二卷，卷五	《恩福堂诗钞》刻本十卷《外集》一卷，卷五	《赓扬集》
纪恩诗	属车重得赋长杨，嘉果频频赐饱尝。沿途屡蒙颁赐各种果品。才解征鞍临玉塞，特令仙棹泛银塘。特命以舟代步。音能正俗心消滓，演剧三折。味到回甘齿作香。捷奏飞驰天有喜，推恩臣庶拜荷囊。	未收	未收	未收	未收
贺赵谦士太常诗(二首)	不信儒生懦，能将猿臂舒。壮怀趁出塞，奇气欲凌虚。破格今叨赐，无争本在书。头衔飘灿灿，薄弱最惭予。 落第仍争第，仲夏月随班试射于出入贤良门，君三矢虚发而退，今特旨命射，五发五中。连珠星共辉。非君有神力，惟帝普恩晖。诸部心都慑，多年志不违。寄声同学者，莫漫佩弦韦。	未收	未收	未收	未收
归寓得家书，内子索诗，走笔寄答(二首)	诗兴阑珊逊昔年，粧台远远钵声传。一言聊为殷勤寄，健饭而今较胜先。 养亲教子无须属，家事纷纭奈若何。得有余闲应旷达，或摹画本或清歌。	未收	未收	未收	未收

续表

题目	《壬戌扈从随笔》	《恩福堂诗钞》稿本十二卷，卷五	《恩福堂诗钞》钞本十二卷，卷五	《恩福堂诗钞》刻本十卷《外集》一卷，卷五	《赓扬集》
带理藩院引见于宫门，恩赐蟒服，恭纪诗	立雪曾颁赉，去岁正月随驾拜庙，蒙赐一袭。临池又拜恩。秋蛇惭质陋，华衮被身温。笔墨司其职，丝纶敬所尊。服之争艳羡，绚藻入宫门。	未收	未收	未收	未收
连得颁赐鹿肉恭纪，次石君朱相国韵	搏兽深林中叠双，御来神器捷于鏦。获鹿皆御枪连中者给鲜梦断蕉生叶，作脯庖夸酱在缸。藩服有臣看拜虎，天威临蜀息惊厖。频烦叨赐惟申颂，获丑西南福禄降。	题目改作《连得颁赐鹿肉恭纪，次石君朱协揆韵》。注释删去。“给鲜梦断蕉生叶，作脯庖夸酱在缸”改作“割鲜梦异占蕉叶，作脯尝宜对酒缸”。余与《随笔》同。	保留《随笔》注释。余与稿本同。	未收	未收
恭和御制“启跸幸避暑山庄感赋”元韵	凫旌雉扇当风丽，玉勒金羁傍辇行。侵晓远山衔月彩，迎凉官柳占秋清。大田多稼三农喜，膏泽流甘万卉荣。继举上仪钦圣武，八方同仰孝思诚。	未收	未收	未收	与《随笔》同
恭和御制“忆昔”元韵	典行秋狝非豫游，恪遵前规讲武事。习劳戒逸抚众藩，省方观民训大吏。	未收	未收	未收	“作述”改作“述作”。余与《随笔》同

续表

题目	《壬戌扈从随笔》	《恩福堂诗钞》稿本十二卷，卷五	《恩福堂诗钞》钞本十二卷，卷五	《恩福堂诗钞》刻本十卷《外集》一卷，卷五	《赓扬集》
	作述相承圣慕长，安益求安治益治。实心实政感召符，先天不违荷天赐。				
恭和御制“出古北口”元韵	一片当关月，秋高奋玉骢。在天威服远，惟帝德绥戎。古渡横残柳，长城卧晓风。前徽垂奕世，效法仰宸衷。	未收	未收	未收	与《随笔》同
恭和御制“至避暑山庄感述”元韵	仙庄风景尚依然，刚趁微凉七月天。驻跸登临佳气拥，据鞍瞻眺圣怀牵。清华境纳新秋色，欢喜园开净界缘。柔远诘戎钦世德，神皋垂法庆绵延。	未收	未收	未收	与《随笔》同
恭和御制“永佑寺瞻礼泣述”元韵	佛地庄严瞻列圣，高皇天表室西悬。凭依雍肃辉云日，对越精诚耀几筵。福备范畴同有极，功昭谟典万斯年。圣心不匮仁兼孝，家法恒钦允执传。	未收	未收	未收	本诗写在夹签上，夹入原钞本，内容俱与《随笔》同。诗后注：此首写在“延熏山馆”前

续表

题目	《壬戌扈从随笔》	《恩福堂诗钞》稿本十二卷，卷五	《恩福堂诗钞》钞本十二卷，卷五	《恩福堂诗钞》刻本十卷《外集》一卷，卷五	《赓扬集》
恭和御制“至避暑山庄喜接经略额勒登保加紧奏报，官兵歼戮首逆苟文明，剿捕余党各情形，诗志感慰”元韵	捷章一骑湿征鞍，巨憝诛夷万姓安。帝德动天兼继武，仁人后获本先难。洗兵伫听红旗报，磔逆旋闻白刃攒。始信羽阶昭感格，懋功惟重圣恩宽。	未收	未收	未收	内容与《随笔》同，顺序接“至避暑山庄感述”后。余与《随笔》同。
恭和御制“继德堂”元韵	世德延洪万亿年，皇躬继述念殷然。赐居先后昭遗训，圣圣相承奕祀传。	未收	未收	未收	未收
恭和御制“敬题依清旷”元韵	念兹释兹言在兹，在天昭鉴默佑随。抚绥几暇览佳胜，瞻楣恒切恩勤悲。孝思锡类益黾勉，亿年永固丕丕基。仙庄游赏念堂构，璇题辉映昭鸿规。	未收	未收	未收	未收
恭和御制“延薰山馆”元韵	珍肴昨荷御厨分，七月二十七日蒙恩赐食于馆东入座凉生殿角薰。列牖山容浮翠黛，依蒲鱼影漾波	未收	未收	未收	内容与《随笔》同，顺序接“永佑寺瞻礼泣

续表

题目	《壬戌扈从随笔》	《恩福堂诗钞》稿本十二卷，卷五	《恩福堂诗钞》钞本十二卷，卷五	《恩福堂诗钞》刻本十卷《外集》一卷，卷五	《赓扬集》
	纹。芳洲尽占名湖胜，睿藻全该大块文。抚序留题符圣制，皇衷随处念恩勤。				述”夹签后
恭和御制“八月朔日作”元韵	壬秋金水交，阳曦偶薄蚀。圣心纯不已，乾惕念靡极。保泰在持盈，戒惧益修德。纶綍下九天，命臣贡愚直。臣愚亦何知，祇凛旷臣职。仰窥丕冒怀，照临遍万国。政皆协礼乐，刑岂纵蟊贼。况当言路开，上闻讵壅塞。枢机应千里，神武扫阴蜮。卿云烂光华，康衢歌作息。	未收	未收	未收	“祇凛旷臣职”改作“惧弗称臣职”；“政皆协礼乐”改作“政皆协礼制”
万树园锡宴，蒙赐绸缎恭纪	令节绥遐旧典仍，筵开万树宴番僧。望中月宇毡为殿，醉后诗歌酒似渑。悦耳三终聆雅乐，章身一袭耀缣缯。年年合礼成嘉会，中外臣僚颂日升。	未收	未收	未收	未收
中秋作	庚辛两中秋，南北闱中过。今秋来兴	未收	未收	未收	未收

续表

题目	《壬戌扈从随笔》	《恩福堂诗钞》稿本十二卷，卷五	《恩福堂诗钞》钞本十二卷，卷五	《恩福堂诗钞》刻本十卷《外集》一卷，卷五	《赓扬集》
	桓，丁巳诗重和。文囿聆钧天，南薰异楚些。悦耳复娱目，山容浓个个。却笑小园饮，生徒席前贺。己未与及门饮于适园。不如赋壮行，使我眼界大。来朝理征鞍，毡帐和烟卧。				
入崖口随驾行围即事	无数好山屹相向，旷如奥如不一状。牛毛虎皮是谁皴，红树青山画中望。鸣琴戛竹齐鏦铮，山川至此益奇宕。丰草有香复有脂，驽马长嘶亦声壮。横腰羽箭催霜蹄，风疾沙平试一放。天开福地降山灵，长杨上林尽虚妄。圣人多能本天纵，发矢叠双必精当。徒御不惊庖不盈，诸藩泥首拜毡帐。	题目改作《入崖口随驾行围》。"牛毛"以下两联改作"牛毛虎皮谁所皴，红树丹崖画中望。崖端百道泻飞泉，吹以天风势奇宕"。余与《随笔》同。	题目与《随笔》同；"长杨上林尽虚妄"改作"长杨上林真虚妄"。余与稿本同	未收	未收
归营后炮兔佐饮，以雉遗朱石君相公，旋有诗	腐儒技无奇，文字亦臃肿。幸逢秋狝时，趋跄属车奉。帝曰汝世臣，射猎宜示勇。臣再拜受命，策马冈峦耸。	题目改作《随驾至巴颜喀拉佛勒行围，获雉、兔各一，归营炮兔佐饮，以雉遗朱石君	与稿本同	题目较稿本少"佛勒"二字。末尾两联改作"持鼓过雷门，所恃在无恐。期共赋《车	未收

续表

题目	《壬戌扈从随笔》	《恩福堂诗钞》稿本十二卷，卷五	《恩福堂诗钞》钞本十二卷，卷五	《恩福堂诗钞》刻本十卷《外集》一卷，卷五	《赓扬集》
言谢，因自作一首答之，兼示铁箫	一矢中一雉，获兔不旋踵。下马贻同人，投轻报甚重。兴酣胆益豪，所向鲜惊恐。即鹿期来朝，献尾答天宠。	协揆，协揆有诗言谢，作以答之》。“投轻报甚重”改作“报乃重”		攻》，拜舞酬天宠”。余与稿本同。	
蒙恩赏穿黄马褂恭纪	有获皆天赐，章身被宠光。短衣夸外著，正色合中央。尽擅儒臣美，曾聆圣训详。（前期两次赐对，命刷羽抨弦，勉力从事，并教以跪献之仪）归时寿萱幄，元吉是黄裳。	题目改作《恩赐黄马褂恭纪》。余与《随笔》同。	“尽擅儒臣美”改作“尽羡儒生美”。余与稿本同。	未收	未收
闻照、耀两儿夜读，寄示二首	两儿初可就规绳，督责深惭我未能。惟有阿娘曾习惯，至今图画纪秋灯。内子当日秋夜伴读，曾绘图以纪。 黄裳翠羽趁金貂，数十年来孰幸邀。花翎、黄褂自章嘉文端公后三十余年，我满洲翰林出身，兼而有者仅见。尽是读书能食报，好持定力坐深宵。	未收	未收	未收	未收
出崖口	鞭丝历遍十三围，罢猎櫜弓命赋归。	与《随笔》同	与《随笔》同	与《随笔》同	未收

续表

题目	《壬戌扈从随笔》	《恩福堂诗钞》稿本十二卷，卷五	《恩福堂诗钞》钞本十二卷，卷五	《恩福堂诗钞》刻本十卷《外集》一卷，卷五	《赓扬集》
	无数好山留客顾，多情红叶伴云飞。劲风吹袂人偏健，丰草如春马亦肥。计日黄花开正好，寿觞欢捧侍亲闱。				
恭和御制"敬题狮子园"元韵	普陀福地拓狮园，天藻辉煌圣制存。鸟语蛩吟齐奏响，溪声山色解迎恩。云烟浮翠遥成绘，星斗联珠近可扪。最上一乘登鹫岭，众峰俯瞰列雄藩。	未收	未收	未收	与《随笔》同
恭和御制"含青斋小憩漫题"元韵	几余策马偶寻探，生意蓬蓬众妙含。琪草满庭秋亦润，璚林浮绿雨初酣。当窗兰沼凝香雾，隔牖烟峦擁夕岚。茂对摛毫多澈悟，宸游岂为景光耽。	未收	未收	未收	"烟峦"改作"松关"。余与《随笔》同。
恭和御制"清溪远流有会"元韵	知者本乐水，澄澈无泥淤。在山与出山，清浊分毁誉。帝谓性本洁，激扬权在予。一线落星宿，静若人生初。江河既疏决，溟渤成沟渚。瀹流必溯源，渣滓当汰除。天心月才到，清风	未收	未收	未收	"溟渤成沟渚"改作"溟渤为之渚"。余与《随笔》同。

续表

题目	《壬戌扈从随笔》	《恩福堂诗钞》稿本十二卷，卷五	《恩福堂诗钞》钞本十二卷，卷五	《恩福堂诗钞》刻本十卷《外集》一卷，卷五	《赓扬集》
	来穆如。渊泉悟时出，川上天怀舒。				
恭和御制“八月十三日恭逢皇考诞辰，敬诣永佑寺后楼拈香泣述”元韵	琼楼云烂日华舒，展拜升香近玉虚。昔服山龙虔颂祝，今瞻梁梠感欷歔。绥邦屡兆丰年乐，偃伯新闻巨憝除。缵述前功皆不匮，圣心犹谓歉于予。	未收	未收	未收	未收
恭和御制“启跸幸木兰行围即事”元韵	启跸双旌建，行围六纛开。时巡旧章率，风动主恩培。塞草缘坡上，秋山拥翠来。中权叨侍猎，即鹿向林隈。	未收	未收	未收	与《随笔》同
恭和御制“入崖口”元韵	好山无数送青来，日丽旌旗大漠开。继志难忘先训重，慕恩常为旧游哀。合围千骑临崖曲，一发双狍落涧隈。驰献仙庄遥致祷，孝思家法道全该。	未收	未收	未收	与《随笔》同
恭和御制“永安莽喀围敬述”元韵	沙冈兽孳蕃，灵囿百年泽。施恩道大光，义取风雷益。习劳体健行，志岂矜多获。三驱射熊	未收	未收	未收	与《随笔》同

续表

题目	《壬戌扈从随笔》	《恩福堂诗钞》稿本十二卷，卷五	《恩福堂诗钞》钞本十二卷，卷五	《恩福堂诗钞》刻本十卷《外集》一卷，卷五	《赓扬集》
	虎，发矢羽没石。奎章丽丰碑，尧文耀史册。家法垂万年，永安永不易。				
恭和御制“四宜居晚坐”元韵	行殿支连月宇支，旰宵无倦帝居之。法天象地方圆配，临水登山位置宜。沟洫廑怀卑禹室，凿耕成颂仰尧茨。侍臣绕幄簪毫立，似步花砖日影移。	未收	未收	未收	与《随笔》同
恭和御制“参赞德楞泰奏报，歼毙首逆蒲添宝全伙千余名，诗志感慰”元韵	万马腾云峻岭屯，荒山穷寇悸残魂。窜林巢穴终难遁，絓树头颅亦仅存。干羽两阶惟圣德，枢机千里讵空言。荡平伫听铙歌奏，五等酬庸尽拜恩。	未收	未收	未收	未收
恭和御制“诸蒙古王公进宴，诗以纪事”元韵	月城云幔净无埃，黄幄高张瑞色开。风漾旌旗诸部肃，心倾葵藿累朝培。芦笳奏曲齐翔凤，竿木随身各贡駷。尽是圣人威德暨，光昭谟典亿年恢。	未收	未收	未收	与《随笔》同

续表

题目	《壬戌扈从随笔》	《恩福堂诗钞》稿本十二卷，卷五	《恩福堂诗钞》钞本十二卷，卷五	《恩福堂诗钞》刻本十卷《外集》一卷，卷五	《赓扬集》
丫髻山碧霞元君庙叠庚戌年韵	神居缥缈白云端，有客重登试壮观。伯仲一峰来作髻，儿孙众岭未齐栏。广生福庇群黎厚，资始功襄渥泽宽。东鲁自惭虚展拜，灵风曾护使车安。	未收	未收	未收	未收
过莲花岭寄怀谭子受	七宝池中开一朵，万瓣芙蓉势砐硪。神人化石多奇功，田盘以西位置妥。千骑万骑瓣中来，人人嘻戏歌高哉。我独振衣凌绝顶，拍浮欲唤荷筒杯。云峰东望状不一，云罩数峰时一出。山灵向客真有情，惜无画笔与诗笔。忽忆同怀谭铁箫，云梯未共来联镳。情深意重《莲花曲》，付与何人歌且谣。谭七集中有《莲子曲》	题目改作《过莲花岭寄怀谭七子受》。“人人嘻戏歌高哉”改作“人马瑟缩愁崔嵬”；“云峰”改作“好山”；“数峰”改作“一峰”；“《莲花曲》”改作“《莲子曲》”。余与《随笔》同。	“情深意重《莲子曲》”改作“忆深意重《莲花曲》”；余与稿本同。	与稿本同。	未收
游天成寺	已入招提境，招提路又迷。石峰迎面立，云树与肩齐。地接危楼险，天临大漠低。偷闲频策马，即景便留题。	“石峰”改作“石崖”；“偷闲频策马，即景便留题”改作“吟鞭回指处，斜日万峰西”。余与《随笔》同。	与稿本同	与稿本同	未收

续表

题目	《壬戌扈从随笔》	《恩福堂诗钞》稿本十二卷,卷五	《恩福堂诗钞》钞本十二卷,卷五	《恩福堂诗钞》刻本十卷《外集》一卷,卷五	《赓扬集》
留题挂月山庄(二首)	胸臆一何畅,征骖停蓟门。分明来故里,相对喜诸昆。同宿人谁在?己亥春同游者,今己仅在多年迹尚存。拂尘看马鬣,衰草没霜痕。 对月壶觞引,挑灯笑语呼。时调娇女笑,醉倩小男扶。客梦今宵稳,天涯一雁孤。四兄宦游甘肃何当同聚此,应候插茱萸。	第一首改小注为"己亥春,宿山庄累日";第二首"笑语呼"改作"怀抱娱";"醉倩小男扶"改作"醉倚稚男扶"。余与《随笔》同。	"怀抱娱"仍作"笑语呼"。余与稿本同	与稿本同	未收
	共38题,42首。	共10题,11首。	共10题,11首。	共7题,8首。	共16题,16首。

《奉使陕甘日记》所录诗作各版本比勘表

题目	《奉使陕甘日记》	《恩福堂诗钞》稿本十二卷,卷七	《恩福堂诗钞》钞本十二卷,卷七	《恩福堂诗钞》刻本十卷《外集》一卷,卷七
奉使甘肃,及门诸子送于普济堂留别一律	什又咏皇华,西秦去路赊。春光才到柳,风色半因沙。作客年来惯,多君礼有加。归期应不远,相约醉荷花。	首联改作"策马咏皇华,西秦路未赊"。余与《日记》同	与稿本同	首联改作"策马河湟去,逡巡日渐斜";颔联改作"春光青到柳,风色白飞沙"。余与稿本同
窦店道中	轮蹄络绎过郊坰,短梦因风一再醒。博得輶轩开笑脸,菜花黄衬麦苗青。	"博得輶轩开笑脸"改作"博得行人开笑口"。余与《日记》同。	与稿本同	未收
桓侯祠	为访灵祠特整冠,干城气象尚桓桓。将军一代威原重,天下三分势已难。直性堪同吾道白,壮心终向使君丹。燃萁煮豆征佳作,对此应教胆亦寒。	"燃萁煮豆征佳作"改作"燃萁煮豆催成什"。余与《日记》同。	内容与《日记》同。惟将"燃萁"作"然萁",或为讹字。	未收
喜晤菊溪前辈叠寄怀诗韵	举世难知己,何人解爱才。眉从今日放,首为旧时回。佳客杯同泛(谓初颐园先生),行厨甕又开。浓阴春日里,好共话归来。	未收	"春日里"改作"长昼里"。余与《日记》同。	未收

续表

题目	《奉使陕甘日记》	《恩福堂诗钞》稿本十二卷，卷七	《恩福堂诗钞》钞本十二卷，卷七	《恩福堂诗钞》刻本十卷《外集》一卷，卷七
慈航寺观方恪敏公遗照	画图还未开，此心已向往。追忆上世交，旧闻记畴曩。恪敏未遇时，敞庐设书幌。我祖弟若兄，盍簪喜占象。文恭负笈从，文庄侍几杖。臭味无差池，诗酒日倜傥。秋月复春风，故园起遐想。命驾薄言旋，祖饯东村壤。庭前花正芳，对花各怏怏。相约花再开，归期定不爽。驹隙一转瞬，气清天又朗。花开人未来，问芳遂题榜。因之号问亭，美誉流传广。鸾凤鸣于时，羽仪众所仰。善政皆服膺，王事每鞅掌。先公督学时，范阳拜父党。中丞方弱龄，一见便欣赏。嗣于庚子年，珊瑚归铁网。渊源结最深，当代孰能仿？余暮披图坐，焄蒿念肸蠁。	题目改作《慈航寺观方恪敏公遗照寄葆岩中丞》。“旧闻记畴曩”改作“敬闻自畴曩”；“命驾薄言旋”改作“言归”；“归期定不爽”改作“北来期不爽”；“美誉”改作“名誉”；“皆服膺”改作“皆及民”；“珊瑚归铁网”改作“收铁网”；“当代孰能仿”改作“盛事孰能仿”；最后一句改作“披图记趋庭，我心重惘惘”。余与《日记》同。	与稿本同	“归期定不爽”改作“此来期不爽”；“盍簪喜占象”改作“盍簪叶爻象”；“祖饯东村壤”改作“作饯东村壤”。余与稿本同。
同初颐园先生宿古莲花池	莲池遗迹旧知名，此日登临笑语并。侵屐绿芜三迳乱，称心春水一潭清。闲中偶契鸢鱼乐，梦里犹闻鹤鹿声。若使亭台复完美，更教行客动深情。	“此日”改作“今日”；“三迳乱”改作“三迳曲”；“鹤鹿声”改作“鹤鹿鸣”；最后一联改作“此是人才陶冶地，琅琅花外读书声”。余与《日记》同。	“莲池遗迹”改作“莲花遗迹”。余与稿本同。	“三迳曲”改作“三迳绿”；“称心春水”改作“尘心春洗”。余与稿本同。

续表

题目	《奉使陕甘日记》	《恩福堂诗钞》稿本十二卷，卷七	《恩福堂诗钞》钞本十二卷，卷七	《恩福堂诗钞》刻本十卷《外集》一卷，卷七
雪浪石追和东坡韵并引	石性粗，其形不方不圆，广长约二尺，黑质白文，日光射处，点点凝光，此殆雪浪之所由名也。后有湖石，高且盈丈，旧镌篆书"雪浪"二字。乾隆丙戌方恪敏公得之临城，移于此者也。 神物诃护风云屯，石乎名以髯翁尊。平生访古有奇癖，膏车秣马灯初昏。行不廿里日挂树，炊烟几缕来孤村。逢人遍问雪浪迹，纡道定州城北门。坏垣古堑就荒落，往来不碍诗人魂。为石披榛更拂土，摩挲我欲穷其根。黑质白文恍浮浪，点点光摇如雪痕。得名或竟在乎此，其他未敢轻评论。考据之家枉饶舌，石尚未确何言盆？从来微物不足贵，所以贵者因人存。	小引改作"石质粗丑，不方不圆，广长约二尺许，黑质白文，日光射处，晶晶若点雪，殆雪浪之所由名耶。后别有一石，太湖产也。高且盈丈，镌篆书'雪浪'二字。乾隆丙戌，方恪敏公得之临城，移于此者也"。"石乎"改作"石友"；"坏垣古堑就荒落，往来不碍诗人魂"改作"坏垣古堑颇荒落，往来那碍诗人魂"；"为石披榛更拂土"改作"不辞下马细拂拭"；"黑质白文恍浮浪，点点光摇如雪痕"改作"黑质白文若浮浪，古雪几点犹留痕"。余与《日记》同。	与稿本同	与稿本同
正定隆兴寺瞻礼	法像身高七十尺，庄严非木亦非石。范铜铸就天人姿，想见当年费力役。鸠工遥溯开宝初，	稿本题目误改《正定兴隆寺》。"始信其中原有天"改作"别有	钞本题目仍作《正定隆兴寺》。余与稿本同。	刻本题目作《正定兴隆寺》。"费力役"改作"穷力役"；"有宝"至"桑田"两句改作

续表

题目	《奉使陕甘日记》	《恩福堂诗钞》稿本十二卷，卷七	《恩福堂诗钞》钞本十二卷，卷七	《恩福堂诗钞》刻本十卷《外集》一卷，卷七
	劫灰五代才消除。将军到处能平乱，宰相还教用读书。有宝因之地不爱，穴中铜块如土块。固闻佛法浩无边，毕竟良材出昭代。居诸已阅八百年，沧海几变为桑田。岿然此寺独森立，始信其中原有天。清漪园与独乐寺，随地现身一而二。鸢飞鱼跃昆明波，虎卧龙跳太白字。蓟州独乐寺"观音之阁"四字为谪仙书。巨体我得观其三，何修缘结优钵昙。或呼灵运作前辈，未敢弥勒为同龛。	天"。余与《日记》同。	"从知有宝地不爱，铜穴产铜贱如块。岂真佞佛有神灵？所喜伽蓝传往代。春色已阅八百年，沧海几变为桑田"。余与《稿本》同。	
过东天门口占	行过获鹿石果崇，陶穴山田有晋风。我正西南遵大路，如何门榜却题东。	未收	未收	未收
井陉怀古	依山面水起城楼，景物苍茫一望收。麦饭当年进何处，滹沱终古付长流。谈兵谁识将军背，爱士宁怜美女头。款段垂鞭残照里，临风无语思悠悠。	"宁怜"改作"何怜"；"垂鞭"改作"停鞭"。余与《日记》同。	与稿本同	"谁识将军背"改作"谁相"；"款段停鞭残照里，临风无语思悠悠"改作"最好停鞭残照里，临风凭吊思悠悠"。余与稿本同。
入山西境	俭勤从此问唐风，石栈重重绊玉骢。滹水潺湲春泛浪，冠山突兀影浮	"春泛浪"改作"春有浪"。余与《日记》同。	与稿本同	"绊玉骢"改作"驿路中"；颈联改作"马嘶芳草无情碧，犬吠桃

续表

题目	《奉使陕甘日记》	《恩福堂诗钞》稿本十二卷，卷七	《恩福堂诗钞》钞本十二卷，卷七	《恩福堂诗钞》刻本十卷《外集》一卷，卷七
	空。零星草色无情碧，镇日桃花别样红。谩道奚囊频得句，闲心输与牧羊童。			花别样红”。余与稿本同。
芹泉驿即景	白袷衣堪著，韶华竟杳然。路纡云作栈，风聚土凝烟。黎庶多居穴，荒山尽辟田。谘诹访民志，可似夏商前。	未收	“韶华”改作“春光”。余与《日记》同。	未收
为初颐园先生题唐六如《溪山亭子图》，次卷中祝枝山韵	变化妙无端，如公此卷难。至今苍翠湿，莫作画图看。山静春常驻，林虚夏亦寒。顾厨留旧迹，梅蕊未凋残。余家藏六如《仕女折梅图》极佳。	题目无“初”字。小注改为“家藏有六如《仕女折梅图》”。余与《日记》同。	与稿本同	“如公此卷难”改作“由精返朴难”；“莫作”改为“不作”。余与稿本同
颐园先生于徐沟客舍以路遇菊溪前辈感赋诗见示，即次元韵	长安西去赋从游，春色苍凉淡似秋。古庙好同寻不窋，庙在庆阳雄关今喜近偏头。衔杯我感三生石，得句公居百尺楼。闽海烟波应尽静，军中新政有参谋。闻菊翁即日赴闽，同办军需。	题目改为《颐园先生以路遇菊溪前辈感赋诗见示，次韵》。小注改为“闻菊翁赴闽襄办军务”。余与《日记》同。	与稿本同	“闽海烟波应尽静”改作“应已静”。余与稿本同
尧城庙中小憩	庙貌亦巍巍，禅关晓叩扉。我来春色老，世远古风微。杯茗劳僧瀹，檐花作雨飞。降膏资帝力，三晋万家肥。时晋省得泽甚殷。	小注改为“时晋省待泽甚殷”。余与《日记》同。	未收	未收

续表

题目	《奉使陕甘日记》	《恩福堂诗钞》稿本十二卷，卷七	《恩福堂诗钞》钞本十二卷，卷七	《恩福堂诗钞》刻本十卷《外集》一卷，卷七
舅犯故里在祁县城北	凭轼荒郊感晋臣，嘉言两字说仁亲。盟心白水要沈璧，公子终难取信人。	题目后省去“在祁县城北”五字。“要”字后加“平声”两小字。余与《日记》同。	未收	“公子终难取信人”改作“穿冢难将士会邻”。余与稿本同。
介之推庙（二首）	霸业原非第一功，也随鞭弭效孤忠。为田绵上虚旌善，野有遗贤笑晋公。 堪盟汾水本无田，偕隐终推母氏贤。聊学夷齐事高饿，藏弓烹狗见几先。	第二首“汾水”改作“江水”。余与《日记》同。	未收	改动较大，改作： 佐霸原非第一功，也随鞭弭效孤忠。至今绵上田何在，岁岁花飞寒食中。 茫茫江水浸寒烟，偕隐终推母氏贤。聊学夷齐事高饿，不争狐赵立功先。
三月十三日陪颐园先生游介休李氏园（二首）	寻幽联辔到城南，古晋春光试共探。蜡屐此生知几两，看花今日展重三。客怀顿为芳园惬，时雨还期大野含。蒿径禁童毋洒扫，田家风味最相谙。 软红车毂几多时，至此真能解客颐。题句我今鸿印爪，他年人笑豹留皮。精蓝一杵钟声到，驿馆三更月色移。何事清香侵入梦，好花折得满军持。	稿本顺序在《郭有道祠古槐行》后。第二首“几多时”改作“转多时”；“好花折得满军持”改作“好花满把插军持”。余与《日记》同。	与稿本同	未收
郭有道祠古槐行	林宗墓前有古槐，土人传说先生栽。交柯接叶十围大，千载未曾遭劫	稿本顺序在《三月十三日陪颐园先生游介休李氏	未收	改动较大，改作： 林宗墓前有古槐，土人传说先生栽。交

续表

题目	《奉使陕甘日记》	《恩福堂诗钞》稿本十二卷，卷七	《恩福堂诗钞》钞本十二卷，卷七	《恩福堂诗钞》刻本十卷《外集》一卷，卷七
	灰。日夜雨露得有养，天之所笃因其材。我今抚树非爱树，望古遥集心低回。当时声价龙门李，共济同舟夸两美。葛経公尝守礼经，刍束人来取诗旨。我从萧菌企芝兰，接此条枚忆杞梓。枝折真如垫角巾，樗散终怜弃珠履。临风凭吊登祠堂，寻碑好为拓硬黄。典型渺矣岂可得，虎贲原不如中郎。只有孤槐是旧物，杈枒老干龙回翔。天留作伴亚夫树，人喜常看召伯棠。	园》前。"日夜雨露得有养"改作"得所养"；"我今抚树非爱树"改作"停车抚树非爱树"；"接此条枚忆杞梓"改作"攀陟条枚仰杞梓"；"典型渺矣岂可得"改作"岂能见"；"孤槐"改作"古槐"。余与《日记》同。		柯接叶十围大，精灵飒飒随风来。生前匿迹免党锢，死后余荫钟瑰材。过者爱德兼爱树，停车下马心徘徊。当时声价龙门李，仙侣同舟夸两美。况闻葛経守礼经，生刍悟得诗人旨。我从萧菌企芝兰，攀陟条枚仰杞梓。风流空想垫角巾，黄琼赵典非知己。临风凭吊登祠堂，铭辞端不愧中郎。典型渺矣那复见？空于淡处寻文章。矧兹古槐是旧物，参天老干龙麟翔。贞固隐括宜视此，勿翦常同召伯棠。
喜晤河东监司刘松岚赋赠	曾经东道主人贤，弹指光阴已八年。己未冬相识宁远州旧雨最难行路遇，春风无奈遍郊扃。时正祷雨高才卓越宁空晋，美利均平要体乾。简在如君能有几，况当日日近熏弦。道署现在运城，距歌熏楼咫尺。	未收	未收	未收

续表

题目	《奉使陕甘日记》	《恩福堂诗钞》稿本十二卷，卷七	《恩福堂诗钞》钞本十二卷，卷七	《恩福堂诗钞》刻本十卷《外集》一卷，卷七
为颐园先生题石田画卷即用沈韵	离离草阁傍横陂，合下江都董子帷。极浦片帆人去远，故乡千里雁来迟。恍闻嘉树传秋韵，闲把幽情付墨池。名画展看天又雨，驿亭相与豁襟期。	稿本顺序在《喜雨》后。“合下江都董子帷”改作“绿影云摇薜荔帷”。余与《日记》同。	与《日记》同	改动较大，改作：数间草阁傍横陂，绿影云摇薜荔帷。极浦片帆人去远，故乡千里雁来迟。恍闻秋树声传户，闲写家山墨满池。名画展看天欲雨，驿亭相与豁襟期。”
三月十七日喜雨	征鞍昨日解尧都，不耐飞尘蔽客途。侵晓忽看云势合，隔邻先听笑声呼。一旬过去应无麦，十斛量来较胜珠。驿馆又当题喜雨，愧难文笔继髯苏。	稿本顺序在《为颐园先生题石田画卷》前。题目改作《喜雨》，题下有小注“三月十七日平阳府城作”。“隔邻”改作“满街”；“驿馆又当”改作“驿馆却当”。余与《日记》同。	未收	未收
裴晋公故里	社稷安危系，惟公任以身。四朝传相业，终日对诗人。战垒长留绩，清风又结邻。徘徊当道左，想见午桥春。	“社稷安危系”改作“社稷安危重”。余与《日记》同。	与稿本同	首联改作“出处关天下，艰危任一身”；颈联改作“战垒留碑碣，清风结比邻。”
涑水吊古	柱石中朝重，声华外域知。本来儒者象，何计党人碑。流水无终古，临风自远思。生刍随处有，停骑问荒祠。	“中朝重”改作“中朝望”；颔联改作“自然儒者象，独冠党人碑”；“自远思”改作“忽远思”。余与《日记》同。	与稿本同	改作：柱石中朝重，声名外域知。自呈儒者象，独冠党人碑。流水与终古，临风生远思。还当摘芳杜，停骑奠荒祠。

续表

题目	《奉使陕甘日记》	《恩福堂诗钞》稿本十二卷，卷七	《恩福堂诗钞》钞本十二卷，卷七	《恩福堂诗钞》刻本十卷《外集》一卷，卷七
松岚观察连日以新笋佐庖，喜而有作	每食费万钱，犹无下箸处。其语固近奢，其意良可恕。熊蹯胹不熟，何如藿羹饫。所贵在味精，庖厨要善御。解事惟松岚，食单亲手著。雨后锄猫头，时把盘飧助。甘应胜蔗浆，鲜真压薯蓣。吐慧到齿牙，盘桓不能去。	题目中“松岚观察”改作“刘松岚观察”。“解事惟松岚”改作“主人真解事”。余与《日记》同。	与稿本同	与稿本同
为钱节女题《听竹图》（二首）	钱湘舲阁学女未字而夫夭，守志不移，有“夜来风雪里，听得竹声寒”句，因作是图。 雪能昭节何殊玉，竹为凌冬不改柯。苏武悲歌湘女泫，忠臣烈妇本同科。 挑残烛烬漏声移，落笔先成薄命词。清到此君寒到雪，其间只有素娥知。	题目后加“并引”二小字。小引“钱湘舲阁学”改作“湘舲阁学”，“女未字”改作“女未嫁”。“竹为凌冬不改柯”改作“竹为陵冬不改柯”；“苏武悲歌湘女泫”改作“苏武悲歌湘女泣”；“落笔先成薄命词”改作“落笔真成薄命词”	“陵冬”仍作“凌冬”，余与稿同本	刻本不录第一首。第二首改作：烧残蜡炬漏声移，落笔真成薄命词。清到此君寒到雪，碧天惟有素娥知。
渡黄河	不过一勺多，汤汤自万古。黄流款在中，涨溢昨宵雨。屈指卅载来，观澜此第五。心与水俱远，精诚祝大禹。海口濬以深，淮扬庆安堵。挂帆千万艘，利济供天庾。永奠厥民居，泽国尽乐土。即日施神功，旰宵慰圣主。	未收	未收	未收

续表

题目	《奉使陕甘日记》	《恩福堂诗钞》稿本十二卷，卷七	《恩福堂诗钞》钞本十二卷，卷七	《恩福堂诗钞》刻本十卷《外集》一卷，卷七
潼关	天险从来不可梯，而今随意驻轮蹄。登临此地襟应豁，摭拾陈言句漫题。壮士好酬三尺剑，书生惯误一丸泥。当风岸帻关情甚，落日苍茫华岳西。	“登临此地襟应豁”改作“登临此地襟逾畅”。余与《日记》同。	与《日记》同	改动较大，改作： 天险从来不可梯，雄关有客驻轮蹄。登临到此烦襟涤，凭吊从前好句题。壮士悲歌三尺剑，书生迂论一丸泥。当风岸帻无穷感，落日苍茫华岳西。
登西岳庙后阁望华山	谁把庄严七宝座，洪濛因化秦关西。三峰突出插天表，好事巨灵为削齐。我登高阁向南望，惆怅半岭烟云迷。清风习习试一扫，毕露凸凹分高低。飞流界道隐远见，分晓仙掌如柔荑。其间微妙不能悉，细刮拙目无金篦。吁嗟俗尘涴万斛，孤负青云空有梯。安得希夷笑相引，拍肩绝顶寻幽栖。	未收	未收	未收
郭汾阳祠	富贵还兼寿，如公见几朝。本来才最大，也要福能消。重望曾无忝，全终在不骄。许多怀古意，直与暮山遥。	与《日记》同	与《日记》同	未收
寇莱公故里	切要简编惟霍传，最良针砭是张公。能教玉烛调天下，不碍成堆蜡泪红	“针砭”改作“药石”；“能教玉烛”改作“能将玉烛”。余与《日记》同。	与稿本同	未收

续表

题目	《奉使陕甘日记》	《恩福堂诗钞》稿本十二卷,卷七	《恩福堂诗钞》钞本十二卷,卷七	《恩福堂诗钞》刻本十卷《外集》一卷,卷七
过新丰	旧迹全归眺望中,鸿门古坂接新丰。沛公事业重瞳泪,成败而今一样同。	与《日记》同	与《日记》同	改动较大,改作: 成败终看事业空,鸿门古坂接新丰。十千买醉秋风里,莫问重瞳与沛公。
宿骊山客舍	名迹入关中,应接苦不了。行行来骊山,下马急寻沼。征尘洗涤尽,回廊偶一绕。万树翠柏森,结荫覆岭表。闲云时往还,衔破惟飞鸟。好景在当前,所得原不少。惜无佳句成,高吟忆谢朓。我欲追前踪,踪踪又久杳。	"急寻沼"改作"寻清沼";"衔破"改作"冲破";"惜无佳句成,高吟忆谢朓"一句删去;"踪踪又久杳"改作"前踪已久杳"。余与《日记》同	未收	未收
复得绝句	无此诗	名胜曾传此一区,华清旧迹未模糊。千年祸水流无尽,何事争题出浴图。	未收	题目作《骊山客舍》,内容与稿本《复得绝句》同。
西安二首	建国燕京实大猷,此邦徒说帝王州。讴歌雅颂风原古,表里山河气尚遒。蔓草荒烟频驻马,抚今追昔一登楼。千秋兴废无从论,且藉皇华赋壮游。 名胜探寻笑我痴,当时父老近无遗。消完汉世多年迹,博得唐人几句	第一首"蔓草荒烟频驻马,抚今追昔一登楼"改作"芳草夕阳频驻马,浮云平野一登楼";"千秋兴废无从论"改作"千秋兴废姑无论"。第二首"消完汉世多年迹"改作"消磨汉	第一首仍作"蔓草荒烟频驻马",下半句改"晚风斜日一登楼"。余与稿本同。	刻本删去第二首,第一首改作: 建国燕京实远猷,此邦空说帝王州。讴歌雅颂风原古,表里山河气尚遒。芳草夕阳频驻马,浮云平野一登楼。千秋兴废终陈迹,且赋皇华纪壮游。

续表

题目	《奉使陕甘日记》	《恩福堂诗钞》稿本十二卷,卷七	《恩福堂诗钞》钞本十二卷,卷七	《恩福堂诗钞》刻本十卷《外集》一卷,卷七
	诗。芍药香中春又去,梧桐枝上月偏迟。漏声渐隐钟声到,把酒挑灯触客思。	代多年迹”。余与《日记》同。		
唐乾陵	宫闱不正笑唐初,祸水滔滔势有余。留得才人充妾媵,几令国社付邱墟。雉飞矫健应同志,燕舞轻盈合并书。若论任贤能纳谏,须眉多少未能如。	“能纳谏”改作“还纳谏”。余与《日记》同。	未收	未收
游果林石洞	无此诗	长春真人说元祖,不嗜杀人衹一语。途中所历偶志之,光怪陆离亦何与?名藉初唐元奘师,别开生面逞雄词。言医言道争详解,斗角钩心人好奇。一附会还再附会,要以虚无作真事。林当孔道绿全遮,果绽繁枝红欲坠。洞中流水声湲湲,不知何处来真源。最宜游客黏芒屐,何事馨香供石猨。拂去征尘贾余勇,芳树闲攀看泉涌。春云过眼作熏风,我正西游到秦陇。	未收	未收

续表

题目	《奉使陕甘日记》	《恩福堂诗钞》稿本十二卷，卷七	《恩福堂诗钞》钞本十二卷，卷七	《恩福堂诗钞》刻本十卷《外集》一卷，卷七
邠州大佛寺亲偈（二首）	示现非常身，终古不可转。灵山宁远求，烟云妙舒卷。 偶然坐趺跏，无誉亦无毁。若问牟尼珠，门前有泾水。	未收	题目作《邠州大佛寺》。钞本将第一首删去，第二首与《日记》同。	未收
抵甘肃宁州	地迥春光少，山多夏气寒。吹衣风万叠，蹇步岭千盘。谁说宁江碧，曾闻蜀道难。梁公留善政，遗迹未颓残。	题目改作《甘肃宁州》。余与《日记》同	题目、内容与《日记》同。宁字缺末笔	题目作《甘肃宁州》，诗改作： 地迥春光少，山多夏气寒。衣披云万叠，足茧岭千盘。谁说龙川碧，曾闻蜀道难。梁公留善政，遗迹未销残。
李空同故里	大复一时为社友，对山无奈谒貂珰。土人说到才人事，此日犹分姓字光。	以下三首稿本顺序为：《月夜怀菊溪前辈用老杜韵》《李空同故里》《庆阳府》。稿本所收《李空同故里》一首，内与《日记》所录无关，诗作： 杯酒言欢向日无，一函驰报语含糊。对山雅有怜才意，慕义真能勉怯夫。	未收	顺序及内容大致与稿本同，改“对山雅有怜才意，慕义真能勉怯夫”作“对山惟有怜才意，慕义真能起懦夫”
庆阳府作	纡折行过路万重，白山黑水助雄封。北豳流寓怀周祖，灵武征祥记肃	题目改作《庆阳府》。颔联改作“北豳流寓周先	未收	题目改作《庆阳》。颔联改作“夕阳禾稼周豳国，灵武衣冠唐

续表

题目	《奉使陕甘日记》	《恩福堂诗钞》稿本十二卷，卷七	《恩福堂诗钞》钞本十二卷，卷七	《恩福堂诗钞》刻本十卷《外集》一卷，卷七
	宗。大狱片言安敢断，甘霖广沛又为容。居民莫怪观如堵，此地原难驿使逢。	世，灵武征祥唐肃宗"；"甘霖广沛又为容"改作"甘霖镇日又何浓"；"此地原难驿使逢"改作"此地原难使者逢"。余与《日记》同。	肃宗"。余与稿本同。	
月夜怀菊溪前辈用老杜韵	弹指驹驰隙，惊心雁别群。北河才话旧，闽峤又从军。梦断他乡月，神迟远岫云。破杨应八日，纪事赖高文。	与《日记》同	与《日记》同	与《日记》同
过烂泥沟	鸟道嵚崎整复斜，行人至此汗交加。青浮万叠来牟浪，紫认连藤豌豆花。木末水滨看主仆，诗情画意在烟霞。一旬有半经重过，心与摩空健翼遐。	尾联改作"那期半月重经过，鞅掌风尘感岁华"。余与《日记》同。	未收	未收
经回中山	破晓过回中，遥瞻金母宫。岚光浮树白，旭彩耀波红。汉帝疆何有？周王运早终。惟余山水在，凭眺意无穷。	未收	未收	未收
望崆峒山	黄帝在何处，只余崆峒山。仙踪自高远，泾水犹潺湲。咫尺不能即，寻常安许攀。欲求广成子，丹药寿慈颜。	与《日记》同	与《日记》同	"祗余"作"徒余"；"仙踪自高远"改作"白云自飘渺"；"欲求"改作"欲派"。余与《日记》同。

续表

题目	《奉使陕甘日记》	《恩福堂诗钞》稿本十二卷,卷七	《恩福堂诗钞》钞本十二卷,卷七	《恩福堂诗钞》刻本十卷《外集》一卷,卷七
蒿店道中即景	十日端应短至占,阳曦正午不知炎。涧流沐雨清无滓,草色随山绿到尖。荷锸云迷田父笠,当垆风动酒家帘。板桥立马成幽赏,一笑奚囊句又添。	题目改作《蒿店道中》。“阳曦正午不知炎”改作“阳曦停午不知炎”。余与《日记》同。	题目、内容与《日记》同	题目同稿本。首联改作“短至将临晷刻淹,阳曦亭午不知炎”;“沐雨”改作“过雨”。余与稿本同。
马上口占	草碧裙腰一望遐,蔚然深秀忆琅邪。就中别自饶风味,开遍沿山马蔺花。	未收	未收	未收
雨中过六盘山	暘雨咸应时,使车以之乐。所遇多休徵,试为述其略。平阳旱经年,使至甘霖落。西安愁雨多,使至时阳若。庆阳民望泽,使至油云作。从兹迭阴晴,欢声遍城郭。锡福皆皇恩,輶轩幸仰托。晨过六盘山,万峰起云脚。苍翠滴空濛,涧水满沟壑。香挹新蓬蒿,妍争野芍药。纡折迷征途,间关闹山雀。行行来岭头,风劲客衣薄。只诵装绵句,那寻避暑阁。旧传山上有避暑阁,今不存。须臾红日升,放眼穷寥廓。过六盘山不特草树稀疎,而且山多赤土,不耐观。	“万峰起云脚”改作“万峰插云脚”;诗中小注改为“元太祖征西夏,于此避暑,今阁不存”;诗尾小注删去。余与《日记》同。	诗中小注与《日记》同,余与稿本同。	改动较大,改作: 平阳旱经年,使至甘霖落。西安愁雨多,使至时阳若。庆阳民望泽,使至油云作。所遇多休徵,欢声遍城郭。锡福皆皇恩,輶轩幸仰托。晨过六盘山,万峰插云脚。苍翠滴空濛,涧水满沟壑。香挹新蓬蒿,妍争野芍药。纡折迷征途,间关闹山雀。行行来岭头,风劲客衣薄。只诵装绵句,那寻避暑阁。元太祖征西夏,于此避暑,今阁不存。须臾红日升,放眼穷寥廓。

续表

题目	《奉使陕甘日记》	《恩福堂诗钞》稿本十二卷，卷七	《恩福堂诗钞》钞本十二卷，卷七	《恩福堂诗钞》刻本十卷《外集》一卷，卷七
喜接家书	两缄同日报平安，看罢从头又细看。五十日余驹过速，四千里外雁来难。投名儿辈将童试，佐馂闺房得母欢。若问言旋应在迩，好寻瓜李助杯盘。	未收	未收	未收
安定阻雨	庆阳曾阻雨，一夕小淹留。到此霖优沛，翻教客动愁。酒杯终日里，乡梦五更头。伫望阴霾扫，冲泥控紫骝。	未收	未收	未收
五月朔，游安定刘氏芸香精舍，喜牡丹成树，犹有余花，走笔题二绝句付之（二首）	曾于绵上问芳园，雅爱名花几本繁。不料晴岚山下见，残枝霞举又轩轩。 阻雨无端二日留，对花畅饮破新愁。衔杯忽忆春明景，开遍盈盆安石榴。	题目改作《五月朔日游安定刘氏芸香精舍，喜牡丹成树，犹有余花，走笔题之》。第一首删去，第二首与《日记》同。	与稿本同	未收
午日登源远楼 楼在总督署中北城上，俯瞰黄河，实一壮观。	一样天中候，今兹气象殊。源探星宿海，骨相渥洼驹。是日制军出马品题山影欹城角，波声到座隅。时清魑魅净，何事帖灵符。	题目改作《午日登督署源远楼》，题后小注删去。"今兹"改作"而今"；"源探星宿海"句后增加小注："城临黄河，有船为桥"；"骨	未收	题目与稿本同。首联改作"一样天中节，相看气象殊"；"源探"改作"源流"。余与稿本同。

续表

题目	《奉使陕甘日记》	《恩福堂诗钞》稿本十二卷，卷七	《恩福堂诗钞》钞本十二卷，卷七	《恩福堂诗钞》刻本十卷《外集》一卷，卷七
		相渥洼驹”后小注改为“制军出马，属为品题”；“波声到座隅”改作“撼座隅”。余与《日记》同。		
倭泽圃制府邀同颐园、小霞两前辈游五泉山	名胜而不探，恐贻山灵笑。畴昔蜡屐成，凌晨履岩峤。五泉闲访寻，相携拜古庙。造极凭山栎，时复划然啸。烟火列万家，河流在一眺。不闻凡鸟喧，入耳天鸡叫。若非贤主人，安得领其妙。人皆夸二难，我喜有同调。留连不忍去，苍茫指返照。归与宜速归，首又为之掉。	题目改作《倭泽圃制府邀同初颐园、蔡小霞两前辈游五泉山》。稿本此题诗与《日记》所录无关，诗作：不速尚欲来，好将双眼豁。乃有贤主人，移樽出城阙。山樏聊代步，入庙时复歇。泉与世穷通，甘冽汲不竭。山色频扑人，绿当秀语夺。望河真似带，迥异豫扬阔。名胜夸兰州，蹂躏逆回悖。仍劳文成公，奏功此其末。昔年开战场，今日设烹割。既同我太平，逸兴因之发。觞飞酌又斟，奚能辞百罚。形迹两相忘，我帽笑先脱。	未收	未收

续表

题目	《奉使陕甘日记》	《恩福堂诗钞》稿本十二卷，卷七	《恩福堂诗钞》钞本十二卷，卷七	《恩福堂诗钞》刻本十卷《外集》一卷，卷七
		况得文苑俦，先世传衣钵。贪赏不知归，夕阳红一抹。		
过晴岚山	万朵云从脚下生，分明身在雾中行。陇西五月春犹在，时听催归叫几声。	此首稿本顺序在《内子画花蝶扇》一首后。余与《日记》同	此首钞本顺序在《内子画花蝶扇》一首后。余与《日记》同	此首刻本顺序、内容与《日记》同。
内子画花蝶扇见寄	想象娱亲暇，优游问画禅。时当春已暮，意在笔之先。旅况君能慰，仁风我愿扇。花香随处挹，蝶梦入秋园。	此首稿本顺序在《过晴岚山》前。"仁风我愿扇"改作"仁风我欲扇"。余与《日记》同。	此首钞本顺序在《过晴岚山》前。余与《日记》同。	本诗存《恩福堂诗钞外集》，题目后注"时予使甘肃"五字，余与《日记》同。
怀那绎堂前辈	我赋归与君远行，东冈坡下话班荆。笳鸣绝塞人千里，铃语浮图夜二更。颖叔所思惟有母，不疑其奈本无兄。搏沙放手宁多嘱，古论还当诵养生。	"话班荆"改作"暂班荆"，"坡"字下加小注"地名"二字；"不疑其奈"改作"不疑可奈"；尾联改作"搏沙放手无多嘱，蠲忿忘忧在养生"。余与《日记》同。	与稿本同	与稿本同
谒毕陌	万古端臣极，高邱护柏阴。客怀三代上，蓍草一丛深。赖有成康绪，应怜管蔡心。仁风知近在，六月暑难侵。	未收	未收	未收

续表

题目	《奉使陕甘日记》	《恩福堂诗钞》稿本十二卷，卷七	《恩福堂诗钞》钞本十二卷，卷七	《恩福堂诗钞》刻本十卷《外集》一卷，卷七
六月七日，方葆岩中丞、朱晋阶方伯约游少陵原（二首）	不期偶住輶轩使，也许同寻杜子祠。社稷一生忧未已，身心三代比非奇。癯容此日犹存骨，学法何人竟得皮。我记游踪写怀抱，对公安敢复言诗。 昨岁中丞解俸缗，故祠重见一番新。客来原上精神爽，云散终南面目真。未必去天刚尺五，果然拔地几由旬。青畴绮陌迷归骑，雨后斜阳更爱人。	此题稿本顺序在《西安府学碑林》一首后。《日记》存两首，稿本删去第二首。第一首“身心三代比非奇”改作“身心四岳比非奇”。余与《日记》同。	此题钞本顺序在《西安府学碑林》后。余与稿本同	“杜子祠”改作“老杜祠”；颔联改“社稷一生忧未已，文章千古托谁知”；“竟得皮”改作“仅得皮”。余与稿本同
西安府学碑林	一碑一碑穷其源，一字一字相与论。深思好学不惮烦，博引载籍殊纷繁。不求甚解嗤吾昏，略见大意无多言。况乃鞅掌于轮辕，软红逐日劳追奔。诗书争奈夙好敦，偷闲拜谒棂星门。暑雨初霁明朝暾，好风习习吹何温。徘徊碑下立复蹲，宝玉难辨珏耶璠。山阴道中谁接援，竟许客来游一番。惜乎仅有皮毛存，安得初拓遗子孙。	此首稿本顺序在《六月七日，方葆岩中丞、朱晋阶方伯约游少陵原》前。“博引载籍殊纷繁”改作“博引载籍千万番”；“竟许客来游一番”改作“口不能读手且扪”；“安得初拓遗子孙”改作“安得初拓贻子孙”。余与《日记》同。	此首钞本顺序在《六月七日，方葆岩中丞、朱晋阶方伯约游少陵原》前。题目、内容与稿本同	未收
灞桥	无此诗	岸柳参差系客思，灞桥桥畔立多时。相公自是	与稿本同	与稿本同

续表

题目	《奉使陕甘日记》	《恩福堂诗钞》稿本十二卷，卷七	《恩福堂诗钞》钞本十二卷，卷七	《恩福堂诗钞》刻本十卷《外集》一卷，卷七
		风流甚，驴背能为歇后诗。		
游玉泉院	选胜非缘慳，风尘怯形秽。华岳排云端，玉泉在郊内。近且不往探，无乃太知退。策马过涧蹊，远峰浓似黛。入门竹万竿，翻风各作态。流水穿小桥，琴筑声交碎。更寻希夷洞，至今寐謦欬。岂必睡未醒，梦中笑吾辈。吾辈复何言，仙踪愧坐对。呼童速返辕，夕阳满牛背。	“至今寐謦欬”改作“高眠自宋代”。余与《日记》同。	与《日记》同	“无乃太知退”改作“安知问海岱”；“更寻希夷洞”改作“古洞寻希夷”。余与稿本同。
路雨	霹雳一声走，遍山都是云。烟拖柳丝重，风荡黍苗纷。不惜征衣湿，全无暑气熏。阴晴原有数，随遇每多欣。	未收	未收	未收
韩侯祠	幼读龙门史，低徊每不胜。才高宜善用，功大复何矜。说士藏弓喻，仙人辟穀能。祇余荒墓在，岭表立崚嶒。	与《日记》同	与《日记》同	改作：幼读龙门史，低徊每不胜。才高偏哙伍，功大并彭称。解识藏弓喻，何如辟谷能？只今荒墓在，岭表立崚嶒。
夜行	残梦何曾醒？迷离眼倦揩。草深虫语细，风定月华佳。黄帽牵诗思，蒲牢静客怀。秋光知已透，明净万山皆。	与《日记》同	与《日记》同	与《日记》同

续表

题目	《奉使陕甘日记》	《恩福堂诗钞》稿本十二卷，卷七	《恩福堂诗钞》钞本十二卷，卷七	《恩福堂诗钞》刻本十卷《外集》一卷，卷七
留题太原学署兼简同年陈钟溪阁学（二首）	都是唐虞盛世民，膠庠习尚至今淳。能谙苜蓿盘中味，昔忆芙蓉镜下人。谓莲士、古香两前辈此日停轩山又仰，当时题额墨犹新。署有先文庄公“不负初心”额咨询六十年前事，衹有萱堂记最真。 与君同日咏霓裳，芸馆安排笔砚良。酒兴诗情随地好，鞭丝帽影为花忙。旧游久已成陈迹，好友何期遇晋阳。急出奚囊新得句，推敲间与细商量。	稿本题目无“兼”字，且只一首，内容亦与《日记》原诗大不同，改作：衡文追溯我生前，周甲将逢六十年。趋鲤又教添梦寐，挥毫今尚袅云烟。先文庄公于乾隆丁卯视学此邦，署有笔迹。收来铁网多名士，刮用金鎞望后贤。何敢蚓蛇纡绾壁，濒行命受北堂传。慈亲当日居署三年，此来奉命留题以识。	未收	未收
咏归	来时堤畔柳才黄，归日盆中桂已香。十六旬余何所获？新髯颏下数茎长。	未收	未收	未收
南天门口占	斜日西风过古檀，南天门下息征鞍。闲将平定州中路，试与落丘较易难。	未收	未收	未收
	共 64 题、72 首。	共 52 题、56 首。其中 3 题为《日记》所无；3 题题目为《日记》所录，内容与《日记》全不相关。	共 40 题、43 首。其中 1 题为《日记》所无。	收 37 题、37 首。其中 2 题为《日记》所无；1 题题目为《日记》所录，内容与《日记》全不相关。

人名字号音序索引

H

J

K

L

M

N

P

Q

R

S

T

W

Z

地理信息音序索引

E

F

G

H

P

Q

R

S

T

W

X

Y

Z

参考文献

一、英和及其家族成员著作

英和《壬戌扈从随笔》一卷，稿本，《清华大学藏稿钞本日记丛刊》第1册，国家图书馆出版社2019年版。

英和《奉使陕甘日记》一卷，稿本，《国家图书馆藏稿钞本日记全编》第5册，国家图书馆出版社2015年版。

英和《恩福堂诗钞》十二卷，稿本，《上海图书馆未刊古籍稿本》第49、50册，复旦大学出版社2008年版。

英和《恩福堂诗钞》十二卷《试贴诗钞》二卷，清钞本，《清代诗文集珍本丛刊》第375、376册，国家图书馆出版社2017年版。

英和《恩福堂诗钞》十卷《恩福堂外集》一卷，清刻本，《清代诗文集汇编》第502册，上海古籍出版社2010年版。

英和《容台集》一卷，稿本，《清代诗文集珍本丛刊》第374册，国家图书馆出版社2017年版。

英和《瀛洲集》三卷，稿本，《清代诗文集珍本丛刊》第374册，国家图书馆出版社2017年版。

英和《西馆集》不分卷，稿本，国家图书馆藏。

英和《民部集》不分卷，稿本，大连图书馆藏。

英和《赓扬集》不分卷，清钞本，大连图书馆藏。

英和《卜魁集》不分卷，稿本，《上海图书馆未刊古籍稿本》第49册，复旦大学出版社2008年版。

英和《植杖集》二卷，稿本，《上海图书馆未刊古籍稿本》第50册，复旦大学出版社 2008 年版。

英和《恩福堂试帖诗钞》二卷，钞本，《清代诗文集珍本丛刊》第 376 册，国家图书馆出版社 2017 年版。

英和《恩福堂散文》一卷，清钞本，《清代诗文集珍本丛刊》第 375 册，国家图书馆出版社 2017 年版。

英和《恩福堂笔记》，《瓜蒂庵藏明清掌故丛刊》，上海古籍出版社 1985 年版。

英和《恩福堂年谱》，《北京图书馆藏珍本年谱丛刊》第 113 册，北京图书馆出版社 1999 年版。

英和《卜魁纪略》，《小方壶斋舆地丛钞》第 6 册，光绪十七年(1891)铅印本。

英和《恩福堂奏议》一卷，清钞本，《清代诗文集珍本丛刊》第 375 册，国家图书馆出版社 2017 年版。

英和《钦案奏稿》不分卷，清钞本，大连图书馆藏。

英和《旗务奏稿》不分卷，清钞本，大连图书馆藏。

英和《修奏底稿》不分卷，清钞本，大连图书馆藏。

德保《乐贤堂诗钞》十三卷，稿本，中国社会科学院文学所图书馆藏。

德保等《石氏家谱》，清钞本，国家图书馆藏。

观保《补亭先生遗稿》，稿本，《清代诗文集汇编》第 316 册，上海古籍出版社 2010 年版。

奎照《使青海草》，清钞本，大连图书馆藏。

奎照《沙龙纪事诗》，清刻本，国家图书馆藏。

二、其他史料文献

中国第一历史档案馆藏清代军机录副、朱批奏折等未刊档案史料。

《清实录》，中华书局 1986 年版。

《嘉庆道光两朝上谕档》,广西师范大学出版社 2000 年版。

《清代官员履历档案全编》,华东师范大学出版社 1997 年版。

《乾隆至嘉庆年添减底帐》,全国图书馆文献缩微复制中心编《国家图书馆藏清代孤本内阁六部档案续编》第 4 册,2005 年。

《清代缙绅录集成》,大象出版社 2008 年版。

《清代朱卷集成》,台北成文出版社 1992 年版。

《嘉庆五年乡试同年齿录》,清刻本。

刘昫《旧唐书》,中华书局 1975 年版。

张廷玉《明史》,中华书局 1974 年版。

赵尔巽《清史稿》,中华书局 1977 年版。

《清史列传》,中华书局 1987 年版。

李桓《国朝耆献类征初编》,光绪十七年(1891)增刻本。

李元度《国朝先正事略》,《续修四库全书》第 538 册,上海古籍出版社 1996 年版。

钱仪吉《碑传集》,《近代中国史料丛刊》一辑 0923—0930,文海出版社 1973 年版。

闵尔昌《碑传集补》,《近代中国史料丛刊》一辑 0991—1000,文海出版社 1973 年版。

张维屏《国朝诗人征略》,天津图书馆历史文献部编《三十三种清代人物传记资料汇编》第四十一册,齐鲁出版社 2009 年版。

福隆安《钦定八旗通志》,吉林文史出版社 2004 年版。

陈用光《太乙舟文集》,《清代诗文集汇编》第 489 册,上海古籍出版社 2010 年版。

谭光祜《铁箫诗稿》,《清代诗文集汇编》第 506 册,上海古籍出版社 2010 年版。

阮元《揅经室集》,《清代诗文集汇编》第 477 册,上海古籍出版社 2010 年版。

包世臣《艺舟双楫》,《续修四库全书》第 1082 册,上海古籍出版社 2002 年版。

朱珪《知足斋诗集》,《清代诗文集汇编》第 376 册,上海古籍出版社 2010 年版。

姚文田《邃雅堂集》,《清代诗文集汇编》第 448 册,上海古籍出版社 2010 年版。

孙原湘《天真阁集》,《清代诗文集汇编》第 464 册,上海古籍出版社 2010 年版。

袁枚《小仓山房文集》,《袁枚全集》第 2 册,江苏古籍出版社 1993 年版。

尹继善《尹文端公诗集》,《清代诗文集汇编》第 279 册,上海古籍出版社 2010 年版。

张玉书《扈从赐游记》,《小方壶斋舆地丛钞》第 4 册,光绪十七年(1891)铅印本。

高士奇《松亭行纪》,《小方壶斋舆地丛钞》第 4 册,光绪十七年(1891)铅印本。

汪灏《随銮纪恩》,《小方壶斋舆地丛钞》第 4 册,光绪十七年(1891)铅印本。

查慎行《陪猎笔纪》,《历代日记丛钞》第 19 册,学苑出版社 2006 年版。

胡季堂《扈从木兰行程日记》,《历代日记丛钞》第 31 册,学苑出版社 2006 年版。

柳得恭《滦阳录》,《丛书集成续编》第 259 册,新文丰出版公司 1989 年版。

朴趾源《热河日记》,朱瑞平点校,上海书店出版社 1997 年版。

林则徐《林文忠公日记》,《近代中国史料丛刊》二辑 0041,台北文海出版社 1974 年版。

《宝刻类编》,中华书局 2016 年版。

法式善《清秘述闻》,中华书局 1982 年版。

吴振棫《养吉斋丛录》,中华书局 2005 年版。

陈康祺《郎潜纪闻初笔》,中华书局 1997 年版。

朱寿彭《安乐康平室随笔》,中华书局 1997 年版。

吴熊光《伊江笔录》,可庐巾箱钞本。

许仲元《三异笔谈》,《笔记小说精品丛书》,重庆出版社 2000 年版。

穆彰阿《大清一统志》,民国二十三年(1934)商务印书馆影印本。

李鸿章《畿辅通志》,光绪十年至十二年(1884—1886)刻本。

海忠《承德府志》,清道光十一年(1831)刻本。

查美荫《围场厅志》,《国家图书馆藏地方志珍本丛刊》第 21 册,天津古籍出版社 2016 年版。

于敏中《日下旧闻考》,北京古籍出版社 1983 年版。

缪荃孙《顺天府志》,光绪十至十二年(1884—1886)刻本。

高天凤《通州志》,乾隆四十八年(1783)刻本。

臧理臣《密云县志》,民国三年(1914)铅印本。

陈嵋《良乡县志》,光绪十五年(1889)刻本。

周志中《良乡县志》,民国十三年(1924)铅印本。

李培祜《保定府志》,光绪八年至十二年(1882—1886)刻本。

李逢源《清苑县志》,同治十二年(1873)刻本。

吴山凤《涿州志》,光绪元年(1785)刻本。

王锡璁《定兴县志》,乾隆四十四年(1779)刻本。

严祖望《定兴县志》,民国二十一年(1932)刻本。

刘延昌《徐水县新志》,民国二十一年(1932)铅印本。

陈宝生《满城县志略》,民国二十年(1931)铅印本。

宝琳、劳沅恩《直隶定州志》,道光、咸丰间刻本。

郑大进《正定府志》,乾隆二十七年(1762)刻本。

贾孝彰《正定县志》,光绪元年(1875)刻本。

俞锡刚《获鹿县志》,光绪七年(1881)刻本。

钟文英《井陉县志》,雍正九年(1731)刻本。

丁灿《续修故城县志》,民国十年(1921)刻本。

曾国荃《山西通志》,光绪十八年(1892)刻本。

海宁《晋政辑要》,杨一凡、刘笃才编《中国古代地方法律文献》乙编第十三册,世界图书出版公司 2006 年版。

赖昌期《平定州志》,光绪八年(1882)刻本。

白昶《寿阳县志》,光绪八年(1882)刻本。

张岚奇、刘鸿逵《盂县志》,光绪八年(1882)刻本。

俞世铨、陶良骏《榆次县志》,同治二年(1863)刻本。

王勋祥《清源县乡志》,光绪八年(1882)刻本。

刘发岏《祁县志》,光绪八年(1882)刻本。

恩端《平遥县志》,光绪九年(1883)刻本。

徐品山、陆元镳《介休县志》,嘉庆二十四年(1891)刻本。

李培谦《阳曲县志》,道光二十三年(1843)刻本。

员佩兰《太原县志》,道光六年(1826)刻本。

张启蕴《兴县续志》,光绪六年(1880)刻本。

崔允昭《直隶霍州志》,道光六年(1826)刻本。

王志瀜《灵石县志》,嘉庆二十二年(1817)刻本。

章廷珪《平阳府志》,乾隆元年(1736)刻本。

王耀章《翼城县志》,民国五年(1916)刻本。

孙奂仑《洪洞县志》,民国六年(1917)铅印本。

李焕扬《直隶绛州志》,光绪五年(1879)刻本。

钱墉《襄陵县志》,光绪七年(1881)刻本。

张兆衡《新修曲沃县志》,道光二十二年(1842)刻本。

余宝滋《闻喜县志》,民国八年(1919)石印本。

黄缙荣、万启钧《夏县志》,光绪六年(1880)刻本。

言如泗《安邑县志》,乾隆二十九年(1764)刻本。

赵辅堂《安邑县续志》,光绪六年(1880)刻本。

潘钺《猗氏县志》,光绪六年(1880)刻本。

周之桢《续猗氏县志》,光绪六年(1880)刻本。

李荣和、刘钟麟《永济县志》,光绪十二年(1886)刻本。

茹金《壶关县志》,道光十四年(1834)刻本。

邵力子、杨虎城《续修陕西通志稿》,民国二十三年(1934)铅印本。

李恩继、文廉《同州府志》,咸丰二年(1852)刻本。

向淮《续潼关厅志》,嘉庆二十二年(1817)刻本。

李可久《华州志》,万历八年(1580)刻本。

朱登岳《华阴县续志》,民国二十一年(1932)铅印本。

舒其绅《西安府志》,乾隆四十四年(1779)刻本。

史传远《临潼县志》,乾隆四十一年(1776)刻本。

王廷珪《兴平县志》,民国十二年(1932)铅印本。

蒋骐昌《醴泉县志》,乾隆四十九年(1784)刻本。

郑德枢《永寿县重修新志》,光绪十四年(1888)刻本。

姚本《邠州志》,康熙刻本。

王朝爵、王灼《直隶邠州志》,民国三十三年(1944)石印本。

樊士锋《长武县志》,嘉庆二十四年(1819)刻本。

升允、长庚《甘肃新通志》,宣统元年(1909)刻本暨石印本。

晋显卿《宁州志》,康熙钞本,《中国地方志集成·甘肃府县志辑》第24册,凤凰出版社2012年版。

陶奕曾《合水县志》,民国二十二年(1933)钞本。

张延福《泾州志》,乾隆十八年钞本,《中国地方志集成·甘肃府县志辑》第20册,凤凰出版社2012年版。

李从图《镇原县志》,道光二十七年(1847)刻本。

刘兴沛《平凉县志》,民国钞本。

刘敏宽《固原州志》,清刻本。

桑丹桂《重修隆德县志》,民国二十四年(1935)石印本。

王烜《静宁州志》,乾隆十一年(1746)刻本。
杨恩《巩昌府志》,康熙二十七年(1688)刻本。
毕光尧《会宁县志》,道光十一、十二年(1831、1832)刻本。
陈士桢《兰州府志》,道光十三年(1833)刻本。
吴鼎新《皋兰县志》,乾隆四十三年(1778)刻本。
恩福《金县志》,道光二十四年(1844)刻本。
余泽春《重纂秦州直隶州新志》,光绪十五年(1889)刻本。
张廷槐《续修宁羌州志》,道光十二(1832)年刻本。
王政《滕县志》,道光二十六年(1846)刻本。
王陵基《福山县志稿》,民国二十年(1931)铅印本。
宋宪章《寿光县志》,民国二十五年(1936)铅印本。
保忠、吴慈《重修平度州志》,道光二十九年(1849)刻本。
吴坤修《重修安徽通志》,光绪七年(1881)刻本。
李蔚、王峻《六安州志》,光绪二十一年(1895)刻本。
宋如林《苏州府志》,道光四年(1824)刻本。
李铭皖《苏州府志》,光绪九年(1883)刻本。
孙琬、王德茂《武进阳湖河志》,道光二十三年(1843)刻本。
汪坤厚、程其珏《娄县续志》,光绪五年(1879)刻本。
丁兆基《金坛县志》,光绪十一年(1885)刻本。
严辰《桐乡县志》,光绪十三年(1887)刻本。
余丽元《石门县志》,光绪五年(1879)刻本。
刘坤一《江西通志》,光绪七年(1881)刻本。
殷礼、张兴言《湖口县志》,同治十三年(1874)刻本。
李人镜《南城县志》,同治十二年(1873)刻本。
沈定均《漳州府志》,光绪三年(1877)刻本。
唐侍陛《重修怀庆府志》,乾隆五十四年(1789)刻本。
袁通《河内县志》,道光五年(1825)刻本。
沈传义《祥符县志》,光绪二十四年(1898)刻本。

王庭桢《江夏县志》,同治八年(1869)刻本。

王希琮《天门县志》,道光元年(1821)刻本。

陈嘉榆《湘潭县志》,光绪十五年(1889)刻本。

吴征鳌《临桂县志》,1963 年石印本。

鲁凤辉《达县志》,嘉庆二十年(1815)刻本。

李熙龄《澄江府志》,道光二十七年(1847)刻本。

刘显世《贵州通志》,民国三十七年(1948)铅印本。

三、今人论著

于植元《英和与奎照》,辽宁人民出版社 1988 年版。

邸永君《清代满蒙翰林群体研究》,黑龙江人民出版社 2005 年版。

赵春辉《索绰络氏家族文化与文学源流考》,《学术交流》2017 年第 1 期。

黄全毅《三世与四世哲布尊丹巴生平考释》,《藏学学刊》2017 年第 2 期。

焦南峰等《咸阳“周王陵”为战国秦陵补证》,《考古与文物》2011 年第 1 期。

段清波、朱晨露《咸阳“周陵”属性研究》,《西北大学学报(哲学社会科学版)》2013 年第 3 期。

郑小悠《清代刑部官员的形象:自我期许与外部评价》,《北京师范大学学报》2015 年第 1 期。

郑小悠《清代刑部之堂司关系》,《史学月刊》2017 年第 1 期。

《中国近现代稀见史料丛刊》已出书目

第一辑

莫友芝日记
汪荣宝日记
翁曾翰日记
邓华熙日记
贺葆真日记
徐兆玮杂著七种
白雨斋诗话
俞樾函札辑证
清民两代金石书画史
扶桑十旬记(外三种)

第二辑

翁斌孙日记
张佩纶日记
吴兔床日记
赵元成日记(外一种)
1934—1935中缅边界调查日记
十八国游历日记
潘德舆家书与日记(外四种)
翁同爵家书系年考
张祥河奏折
爱日精庐文稿
沈信卿先生文集
联语粹编
近代珍稀集句诗文集

第三辑

孟宪彝日记
潘道根日记
蟫庐日记(外五种)
王癸避难日志　辛卯年日记
嘉业堂藏书日记抄
吴大澂书信四种
赵尊岳集
贺培新集
珠泉草庐师友录　珠泉草庐文录
校辑民权素诗话廿一种

第四辑

江瀚日记
英轺日记两种
胡嗣瑗日记
王振声日记
黄秉义日记
粟奉之日记
王承传日记
唐烜日记
王锺霖日记(外一种)
翁同龢家书诠释
甲午日本汉诗选录
达亭老人遗稿

第五辑

袁昶日记
吉城日记
有泰日记
额勒和布日记
孟心史日记·吴慈培日记
孙毓汶日记信稿奏折（外一种）
高等考试锁闱日录
东游考察学校记
翁同书手札系年考
辜鸿铭信札辑证
郭则沄自订年谱
庚子事变史料四种（外一种）
《申报》所见晚清书院课题课案汇录
近现代“忆语”汇编

第六辑

江标日记
高心夔日记
何宗逊日记
黄尊三日记
周腾虎日记
沈锡庆日记
潘钟瑞日记
吴云函札辑释
新见近现代名贤尺牍五种
稀见淮安史料四种
杨懋建集
叶恭绰全集
孙凤云集
贺又新张度诗文集
王东培笔记二种

第七辑

豫敬日记　冼俗斋诗草
宗源瀚日记（外二种）
曹元弼日记
耆龄日记
恩光日记
徐乃昌日记
翟文选日记
袁崇霖日记
潘曾绶日记
常熟翁氏友朋书札
王振声诗文书信集
吴庆坻亲友手札
画话
《永安月刊》笔记萃编
浙江省文献展览会文献叙录
杨没累集